KB237477

過香積寺

향적사를 찾아가다

향적사 어딘지 알지 못하여
구름 봉우리 속으로 몇 리나 들어간다
고목 우거져 사람 다니는 길 없건만
깊은 산 속 어딘가의 종소리
샘물 소리 가파른 바위에서 흐느끼고
햇살은 푸른 소나무를 차갑게 비치고 있네
해질녘 고요한 연못 굽이에 앉아
편안히 참선하며 잡념을 걸어 낸다네

不知香積寺
數里入雲峰
古木無人徑
深山何處鍾
泉聲咽危石
日色冷青松
薄暮空潭曲
安禪制毒龍

不善茶樓

불선다루

불선다루 4

송진용 新무협 판타지 소설

초판 1쇄 찍은 날 § 2006년 5월 31일
초판 1쇄 펴낸 날 § 2006년 6월 11일

지은이 § 송진용
펴낸이 § 서경석

편집장 § 문혜영
편집 § 최하나 · 문정흠

펴낸곳 § 도서출판 청어람
등록번호 § 제1081-1-89호
등록일자 § 1999. 5. 31
어람번호 § 제2-0926호

주소 § 경기도 부천시 원미구 심곡1동 350-1 남성B/D 3F (우) 420-011
전화 § 032-656-4452 팩스 § 032-656-4453
http://www.chungeoram.com
E-mail § eoram99@chollian.net

ⓒ 송진용, 2006

ISBN 89-251-0150-5 04810
ISBN 89-251-0028-2 (세트)

송진용 新무협 판타지 소설
Fantastic Oriental Heroes

不善茶樓

④

블선다루

ㅣ풍운(風雲)ㅣ

도서출판 청어람

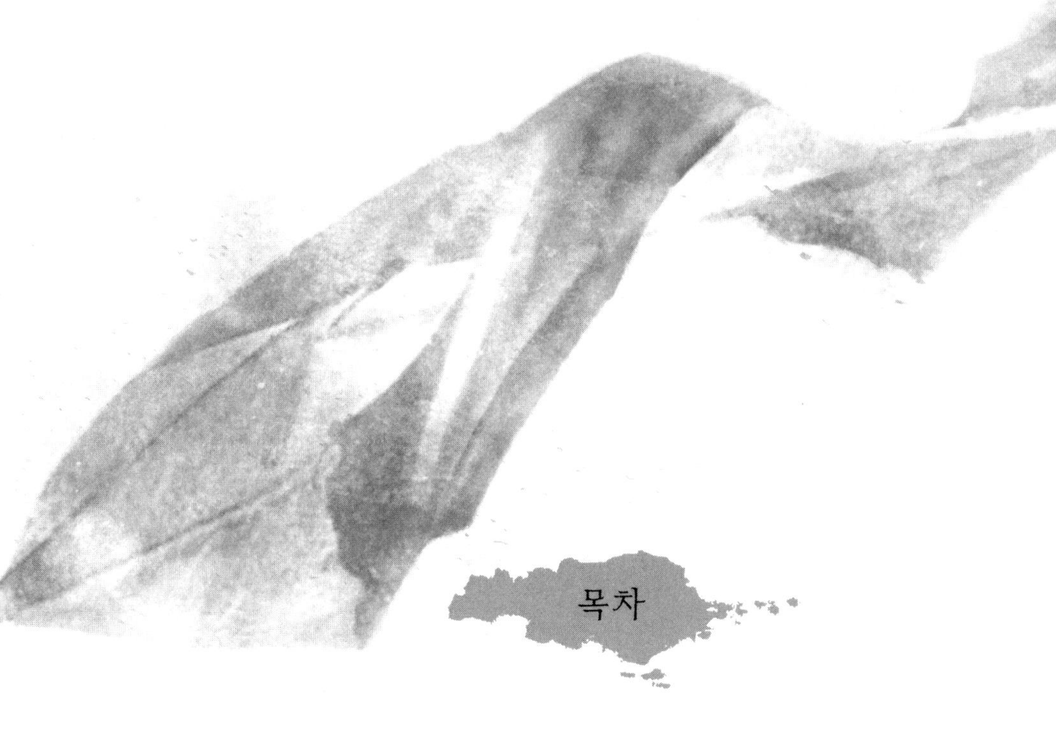

목차

【第一章】
황학루(黃鶴樓)의 만남

날이 지나가는 건 쏜살과 같다고 한다.

시간이 어떻게 흘러가는지, 세월이 어디로 사라지는지 일일이 기억하고 의식하며 사는 사람은 없으리라.

그래서 소걸은 태평하게 코를 골고 있는 중이었다.

코 고는 소리가 높아질수록 곁에서 초조하게 그를 지켜보고 있던 두 명의 꽃다운 시비의 얼굴이 활짝 펴졌다.

"이제 됐나 보다."

"산 거야?"

"그래, 살았다."

소걸의 생사를 두고 하는 말이 아니라 바로 저희들의 목숨을 이야기하는 것이다.

"어서 달려가 말씀드려, 공자님께서 잠드셨다고."

“알았어.”

열예닐곱은 되어 보이는 소녀가 치맛자락을 움켜쥐고 부리나케 달려나갔다.

남은 소녀는 물 적신 비단 수건으로 조심스럽게 소걸의 이마며 콧잔등의 땀을 찍어낸다.

일 다경쯤 지났을까.

낭하를 바쁘게 달려오는 발소리가 들리더니 곧 한 떼의 사람들이 방문을 왈칵 밀치고 뛰어들었다.

“살아났다고? 잠들었다고?”

제일 먼저 외치고 침상으로 달려든 자는 능학빈이었다.

“이 사람. 조심하지 않고.”

동창 무한 지부의 지부대인인 태감 용소충이 소걸을 만지려는 그의 손을 제지하며 탓했다.

“아직 상태가 완전히 회복된 건 아니잖아. 조심해야지.”

용 태감을 바라보고 잠든 소걸의 얼굴을 바라보는 능학빈의 눈에 물기가 어렸다.

“대인, 대인의 후의에 감사드립니다.”

“무슨 소리. 우리가 이 작은 공자를 돌봐주지 않으면 세상천지에서 누가 그렇게 하겠어?”

한껏 생색내는 소리지만 능학빈은 개의치 않았다. 어쨌든 죽을 뻔한 소걸이 다시 살아났다는 게 중요하지 않은가.

만약 그가 죽었다면……

생각만 해도 끔찍하다.

“끄응—”

소란스러워져서일까? 소걸이 입맛을 다시며 돌아누웠다.

"소걸아, 깨어났니?"

아직도 소걸의 침상에 붙어 서서 바라보는 능학빈의 얼굴에서 간절함과 간곡함이 사라질 줄을 모른다.

"아, 뭔데 이렇게 시끄러워?"

투덜대는 그 음성이 그렇게 반가울 수 있을까.

"과연 살아났구나!"

능학빈이 감격에 겨워 울먹이며 소걸을 와락 껴안았다. 꺼칠한 볼을 마구 비벼대니 소걸은 눈을 뜨지 않을 수 없다.

"너는 내 생명의 은인이야. 내가 어떻게 해야 이 공을 갚을 수 있을지……."

"……?"

소걸은 지금 제가 꿈속에 있는 건지 아닌지 잘 분간이 되지 않았다. 아직도 머리 속이 멍하고 귓속에는 이명이 웅웅 울리는 까닭이다.

눈을 몇 번 비비고 난 그가 멍하니 능학빈을 바라보았다. 대체 무슨 일이 있었던 건지 생각해 내려고 애쓰는 기색이 역력하다.

"아!"

드디어 생각이 났는지 화들짝 놀라 두리번거리다가 엉뚱한 소리를 했다.

"주 소저는? 주지약은 어디 있지요?"

"무슨 소리야?"

"정자 위에 앉아 있었는데…… 어라? 그리고 보니 여기는 아니네? 내가 왜 여기에 와 있는 거지요?"

"이봐, 이봐. 설마 나를 못 알아본단 말인가?"

다급해진 능학빈이 소걸의 가슴을 움켜쥐고 마구 흔들었다.

혹시라도 기억을 잃은 거라면 죽은 것 못지않게 큰일이다. 염 파파에게 뭐라고 변명할 수 있단 말인가.

흔들면 흔드는 대로 머리를 끄덕거리며 능학빈과 눈을 맞추던 소걸이 버럭 소리쳤다.

“이놈! 단옥당아, 어디 있느냐? 이리 와! 다시 한 번 싸워보자!”

“소걸아, 정신 차려!”

“능 아저씨, 그러고 보니 아저씨도 살아났군요.”

“응? 나를 알아보는 거야?”

“단옥당이가 아저씨를 죽이려 했고, 말리는 나를 아프게 때렸잖아요. 괘씸한 놈. 반드시 열 배로 갚아주고 말 테야.”

“기억을 잃지 않았구나. 잘됐어, 잘된 일이야.”

“몹시 아팠는데…… 아저씨를 업고 정신없이 달아나다가…….”

“그래, 장원 밖에서 무한성의 병사들과 만났지.”

“우리도 있었다네.”

능학빈이 제 이야기를 쏙 빼놓자 눈을 흘기고 있던 용 태감이 참지 못하고 끼어들었다.

“소형제가 다 죽어가는 이 사람을 업고 미친 듯 장원에서 뛰쳐나오더군. 상태가 매우 안 좋아 보였다네. 그래서 우리가 즉시 구해 이곳으로 데려온 거지.”

그때, 소걸은 가슴에 단옥당의 일장을 맞고 기혈이 들끓어 올라 견디기 힘들었다.

눈앞이 어질어질하고 뜨거운 무엇이 목구멍으로 치솟아올랐지만 오직 달아나야 한다는 일념이 그 모든 것을 참을 수 있게 했다.

등에 능학빈을 업고 있다는 것도 의식하지 못했다.

본능적으로 수라구유보(修羅九幽步) 중의 절세 경공 신법인 일보무영(一步無影)의 절기를 펼쳐 미친 듯 달릴 뿐인데, 유성이 흐르듯 빠르고 맹렬했다.

장원을 포위하고 있던 군병들이 놀라 '앗!' 하고 소리칠 때 소걸은 그들의 어깨를 밟고 투구를 차며 새처럼 훌훌 날았다.

그리고 허공에서 뚝, 떨어졌다.

기어이 꽉 막혔던 기혈이 터져 버린 것이다.

왈칵 토해내는 선혈이 분수처럼 뿜어져 나가 허공을 물들였다.

"떨어진다!"

병사들 뒤에서 불쑥 외치며 뛰쳐나온 자는 동창 무한 지부의 창위들이었다.

그들이 의식을 완전히 잃어버린 소걸과 능학빈을 받아 안았다.

"서둘러! 조금도 지체해서는 안 된다!"

누군가의 명령에 소걸과 능학빈을 들쳐업은 창위들이 천마가 된 듯 정신없이 달려갔다.

무한 지부에 비상이 걸렸다.

"어떻게 하든 살려내!"

용 태감의 한마디에 무한 지부 제일의 고수인 두 명의 첩형이 팔을 걷어붙이고 달려들었다.

능학빈은 보이지도 않는다. 오직 소걸이 죽느냐 사느냐가 그들의 관심사일 뿐이다. 소걸이 죽으면 저희들도 죽는 거나 다름없게 되니 그럴 수밖에 없으리라.

갑조의 위령(衛領)인 첩형 이장청이 즉시 소걸의 몇 군데 혈도를 점해 기혈이 제멋대로 흩어지지 못하도록 한 후 완맥을 쥐고 상태를 점검했다.

"내상이 심각합니다. 서른여섯 대혈 중 반이 넘게 상했고, 임맥과 독맥의 통로가 막혔으며, 기문이 닫혀 기혈이 소통하지 못합니다."

"그래서?"

환관에 지나지 않는 용 지부대인이 그 말이 무얼 뜻하는 건지 다 알아들을 리가 없다.

한숨을 쉰 이장청이 거두절미하고 한마디로 축약했다.

"벌써 죽었어야 할 목숨이라는 겁니다."

"응? 방법이 없어?"

"그런데도 아직 숨이 붙어 있으니 방법이야 있겠지요."

"그럼 그걸 해. 어떻게 하든 살려야 한다."

그래서 이장청은 자신의 내공으로 소걸의 막힌 혈맥을 뚫어주는 모험을 해야만 했다.

한번 그렇게 내공을 주입해 강제로 소걸의 혈맥을 뚫어 나가기 시작하자 이제는 걷잡을 수 없게 되었다.

이장청의 내력을 무기력하게 받아들이던 소걸의 몸이 어느 순간부터인가 무섭게 그것을 빨아들이기 시작했던 것이다.

마치 마른 솜뭉치가 접시의 물을 빨아들이고, 텅 빈 바다가 강물을 빨아들이는 것과 같았다.

기운이 돌기 시작하자 저절로 혈마구유신공 중의 흡자결(吸字訣)이 발동한 것인데, 장안성 불선다루에서 당문 사천왕의 둘째인 소면비표(素面飛豹) 당경(唐庚)의 내력을 빨아들이던 것과 같다.

이장청은 위기를 느끼고 사색이 되었다. 하지만 소걸의 명문에 붙인 손을 이제는 떼어낼 수 없게 되었다. 제 손이 아니라 소걸의 몸에서 뻗 어나온 가지 같았던 것이다.

곁에서 지켜보던 을조의 위령 왕추련이 크게 놀라 대갈일성하고 이 장청의 명문에 손을 댔다. 이체전공의 수법으로 자신의 내력을 이장청 에게 흘려보내 소걸로부터 떼어내려는 것이다. 그건 바로 당경이 위기 를 맞자 당 노인이 행했던 것과 같은 수법이었다.

하지만 왕추련의 내공이 당 노인과 비교될 수 있을 것인가. 한번 그 렇게 소걸의 흡입력에 접하자 이제는 그마저 제 마음대로 손을 뗄 수 없게 되고 말았다.

그렇게 두 사람의 내력이 소걸의 혈맥 속으로 무한정 빨려 들어갔 다. 그러던 어느 순간, 비로소 소걸이 혈마구유신공의 운기를 멈추고 포만감으로 트림을 하듯 두 사람의 내력을 튕겨냈다.

만약 소걸의 본래 내력이 그들 두 사람보다 높았다면 그들은 자신의 모든 힘을 다 빼앗기고 바람 빠진 풍선처럼 되어 죽었을 것이다.

하지만 지금 소걸의 그릇은 그들 두 사람에 미치지 못했다. 때문에 자신은 양껏 배를 채웠고, 두 사람도 살아날 수 있게 된 것이다.

이장청과 왕추련은 석 달 동안 꼼짝하지 않고 운기조식을 해야 비로 소 예전과 같은 공력을 되찾을 수 있을 것이다.

무한 지부의 기둥인 두 첩형이 그 지경이 되었으니 그건 곧 동창 무 한 지부 전체가 삼 개월 동안 폐문을 해야 한다는 것과 같은 중대한 일 이었다.

하지만 용 태감은 소걸이 소생한 걸 기뻐할 뿐 그런 일 따위는 신경 쓰지 않았다.

"어룡보단(御龍寶丹)을 가져와! 아무래도 마음이 놓이지 않는다. 보단도 먹여!"

미심쩍은 마음에 수하들을 더욱 다그칠 뿐이다.

2

"어룡보단은 또 뭐야?"

"죽어가는 사람도 벌떡 일으켜 세우는 절세의 영약이지."

"그런 게 다 있어?"

"소림사의 대환단이 무림 최고의 보배이고, 무당파의 대정환, 아미파의 옥룡단이 그렇다고 한다. 하지만 어룡보단 또한 그에 못지않을 거야."

능학빈이 친절하게 설명해 주었지만 소걸에게는 그 모든 게 생소하기만 했다.

그것은 황궁의 의약고에 있는 온갖 영재(靈材)들 중에서 효과가 극대한 것들만 서른두 가지를 골라 어의들이 일 년을 정제해서 만들어낸 신단(神丹)이었다.

황제를 위해 열 알을 만들었는데 조 태감이 그중 일곱 알을 빼내 각지의 동창 지부에 하나씩 나누어 주었다.

조 태감의 하사품 중 그만큼 값어치있는 게 없는 터라 지부대인들은 신주단지 모시듯 소중하게 간직했다.

용 태감이 그걸 아낌없이 소걸에게 복용시킨 것이다.

소걸이 그 공을 알아주기만 한다면, 그래서 염 파파에게 고하고, 염 파파가 다시 조 태감에게 치하의 말 한마디만 던져 준다면 그까짓 어룡보단쯤은 문제가 아니다.

하지만 소걸은 그것의 가치를 조금도 알지 못하고 있었다. 그래서 한숨을 내쉰 능학빈이 그가 알아듣기 쉽게 말해주었다.

"인세에서 다시 찾아보기 힘든 보약이야. 지부대인이 하나뿐인 그것을 아낌없이 너에게 먹여서 살려낸 거니 감사하다고 해야 해."

보약이 무언지는 안다. 소걸의 입이 금방 헤벌쭉 벌어졌다.

"그래서 내가 이렇게 힘이 펄펄 넘쳐 나는군요?"

"두 첩형의 내력이 몽땅 들어갔고, 거기에 어룡보단의 약효까지 더해졌으니 화가 변하여 복이 되었다고 해도 이렇게 큰 복은 없을 거다."

소걸은 자신의 몸 안에서 충만한 기운을 느끼고 있었다. 여태까지 이처럼 거대하고 이처럼 뜨거운 기운을 느껴본 적이 없었다.

한번 손을 뻗어 장력을 쏟아내면 철벽이라 해도 단번에 박살 내버릴 것 같은 자신감이 넘쳐 났다.

소걸은 자신의 내력이 단옥당에 의해 부상당하기 전보다 훨씬 높아졌다는 걸 느끼고 마음이 들떴다. 지금의 기분 같아서는 단옥당을 다시 만나 싸운다고 해도 조금 전같이 맥없이 당하지 않을 것 같았다.

그는 그 일이 조금 전에 일어났다고 여기지만, 제가 만 하루 동안이나 꼼짝하지 못하고 누워 있었다는 걸 까맣게 모르는 것이다.

*　　　　*　　　　*

흘러가는 시간을 무심하게 바라볼 수 없는 한 사람이 있다.

지루함과 스멀스멀 피어오르는 노여움을 감추고 있는 일이 느려터진 시간을 참는 것보다 더 견디기 힘들다.

"찻물이 떨어졌다."

황포노인의 조용한 말에 시비들이 날듯이 움직였다.

장강의 누런 물줄기가 내려다보이는 사산(蛇山) 위.

우거진 숲을 뚫고 높이 솟아오른 오층의 붉은 누각이 있으니, 무한의 명소이면서 '천고의 명승, 천하의 절경'이라고 칭송되는 황학루(黃鶴樓)다.

그곳. 사방의 창문을 모두 열어젖힌 삼층의 다락방에 한 사람이 고풍(古風)한 대리석의 석탁(石卓)을 앞에 놓고 비스듬히 앉아 뉘엿뉘엿 흐르는 누런 장강을 바라보고 있었다.

자단목을 깎아 만든 의자의 봉황 문양이 날아갈 듯 섬세하고, 비단 보료를 깔았다. 그 의자 하나만으로도 왕후장상의 호사를 엿보기에 충분했다.

그 위에 앉아 있는 수염 하나 없는 늙은이.

팔십을 바라보는 나이가 분명한데, 곱게 늙어가는 얼굴의 살결이 처녀의 그것처럼 탄력있고 윤기가 났다.

다랑이 논처럼 층층이 물결치는 주름살과 연륜을 더해주는 깊은 눈이 없다면 누구도 노인으로 여기지 않을 괴이한 용모의 소유자인 것이다.

황제를 내려다보며 하늘 아래 최고의 권력을 행사하고 있는 조충이었다.

그는 동창의 우두머리인 제독태감이면서, 최고 권력 기관인 사례감(司禮監)의 수장인 사례태감이다.

가히 천하를 손안에 넣고 쥐락펴락하는 거물인데, 벌써 한 시진 가까이 황학루에 앉아 멍하니 창밖의 풍경을 감상하고 있는 것이다.

그의 일 장 뒤에는 근엄하게 생긴 두 명의 황포(黃袍)노인이 시립해 있었다.

옷깃이 넓은 장포를 황제만이 두를 수 있는 황금색 비단 허리띠로 조이고 있으니 황궁 내에서도 독특한 신분을 가진 노인들이라는 걸 짐작할 수 있다.

양광자(陽光子) 엄태선(嚴太善)과 미염신장(美髥神將) 이검무(李劍武)였다.

황제의 비밀 호위라 할 수 있는 내원(內院)의 노기인들인데, 와호장룡처라 할 수 있는 황궁 내에서도 다섯 손가락 안에 꼽히는 절정의 고수들이었다.

그들이 황제의 곁에 있지 않고 조충의 그림자가 되어 그를 호위하고 있는 것이다.

사정이 그러하니, 한낱 환관에 지나지 않는 조충의 입김이 능히 황제와 견줄 만하다는 게 다시 한 번 입증된 것이나 다름없다.

날듯이 사라졌던 두 시비가 다시 날듯이 돌아와 뜨거운 찻물이 가득 담긴 차 주전자를 석탁 위에 공손히 내려놓고 물러났다.

오고 가는 걸음이 구름을 타는 선녀들인 양 가볍고, 옷자락 스치는 소리조차 나지 않았다. 그녀들 또한 보통의 시비들이 아니었던 것이나.

천천히 차를 따라 마시는 조충이 눈살을 살짝 찌푸렸다. 얼굴에 지루해하는 기색이 어리고, 눈 깊은 곳에서 은은한 노여움이 일렁였다.

"신시(辰時:오후 3시—5시) 말(末)이 맞는 게냐?"

양광자 엄태선이 즉시 허리를 숙이고 대답했다.

"그렇습니다. 틀림없이 그렇게 전했습니다."

“음, 늦는군.”

무심코 던지는 말이 그들 두 황궁 노기인을 불안하게 했다.

이 넓은 천하에 누가 조충을 무려 한 시진 가까이나 기다리게 할 수 있단 말인가. 불경죄를 물어 효수하고 집을 허물어 연못을 만든다 해도 부족할 것이다.

조충에 대한 충성심이 그들의 마음속에 염 파파에 대한 노여움으로 자리잡았다.

그때 염 파파는 구부정한 허리를 지팡이에 의지하고 사산 아래를 서성이고 있었다.

조충을 만나기로 약속한 것을 잊은 것 같다.

파파의 마음속에는 밤새 돌아오지 않은 소걸에 대한 근심만 가득했다. 성병들이 몰려다니고, 동창 무한 지부의 창위들이 살기등등해서 말을 달리는 걸 보았으니 더 그렇다.

‘이놈이 대체 어디에 있담?’

벌써 수백 번도 더 뇌까린 말이다. 이마의 주름살이 수심으로 더욱 깊어졌기에 파파는 시간이 어떻게 흐르는지 살필 여유도 없었다.

죽지는 않았을 것이다.

눈에 차지는 않지만, 지금 소걸의 무위라면 어떤 상황에서든 제 한 몸을 지키기에는 부족하지 않았다.

게다가 동창에서 기를 쓰고 보호하고 있다는 걸 아는 터라 한편으로는 마음이 놓였다. 그래도 불안함을 다 떨쳐 버릴 수 없는 건 내 눈 안에 들어 있지 않기 때문이다.

그래서 염 파파는 어린 자식을 물가에 내보낸 어미의 심정이 되어 있었다. 내 눈길이 미치는 곳에 있어야 하고, 내 품 안에 있어야만 비로소 안심이 되는 그런 것 아니냐.

가벼운 옷자락 스치는 소리와 함께 창위 한 명이 숲에서 나와 고개를 숙였다.

"파파, 시간이 많이 지체되었습니다만……."

"얼마쯤 되었지?"

"신시를 지나 유시(酉時)를 한참 넘겼습니다."

"그래? 벌써 그렇게 되었나?"

"태감 각하께옵서 지루해하십니다."

"흥!"

염 파파의 콧방귀에 젊은 창위가 흠칫 떨고 두어 걸음 물러섰다.

사산 부근에는 개미 새끼 한 마리 얼씬거리지 않은 지 오래다.

도처에 창위며 황실의 무사들이 매복해 있지만 그들의 그림자도 보이지 않았다. 천라지망(天羅之網)이라 할 수 있는 경계의 그물이 보이지 않게 드리워진 것이다. 어젯밤부터의 일이었다.

어둠이 깔리고 있는 하늘을 올려다본 염 파파가 한숨을 내쉬고 천천히 산비탈의 오솔길을 따라 올라가기 시작했다.

노을이 짙다.

소나무 둥지 사이로 문득문득 길게 드리우는 파파의 그림자도 곧 땅거미에 묻혀 사라지리라.

어둠이 조금씩 다가올수록 파파의 굽었던 허리도 점점 펴졌다.

콩콩 땅을 두드리는 굽은 지팡이의 울림에 차가운 기운이 더해진다.

숲 속 여기저기에서 번쩍이는 눈들이 그런 염 파파를 훔쳐보고 있었다. 감히 숨조차 크게 쉬지 못하고 긴장으로 진땀을 흘리고 있는 자들의 기척.

염 파파는 그것들을 알지 못하는 듯, 느끼지 못하는 듯 무시한다.

머리 위를 가득 덮었던 소나무 숲의 짙은 그늘이 갑자기 벗겨지고, 잿빛 하늘 위로 우뚝 솟은 황학루의 날아갈 듯한 처마가 보였다.

거기서부터는 청석을 가지런히 깔아놓은 좋은 길이다.

태호석이라 불리는 기이한 돌들이 군데군데 놓여 있고, 눈길이 닿는 곳마다 옛적 시인들이 황학루를 찬양한 시비들이 서 있다.

3

황학루는 삼국시대 오(吳)나라 황무(黃武) 이년(223년)에 만들어진 누각이다.

당시에는 장강을 감시할 망루의 역할을 한 것이지만 훗날 수많은 문인들이 그 빼어난 경관에 홀려 찾아왔다가 시를 지어 찬양하면서 세상에 널리 알려졌다.

그로부터 호남(湖南)의 악양루(岳陽樓), 강서(江西)의 등왕각(騰王閣)과 함께 강남 삼대명루에 속했으니, 오늘날까지도 그 절경이 남아 전해지고 있다.

극은록(極恩錄)에 전해지는 바에 따르면 누각이 세워지게 된 동기가 좀 색다르다.

옛적, 오나라 손권 시대 이곳에 신 씨(辛氏)라는 여인이 주점을 열었는데 장사가 잘 되지 않았다. 그런 중에도 신 씨는 한 거지노인을 식객으로 받아 성심껏 모셨다. 그렇게 하기를 육 개월. 노인이 떠나며 감사의 표시로 벽에다 학 그림을 그려주었는데, 일설에는 붓이 없어서 귤껍

질로 그려서 누런 학이 되었다고도 한다.

그런데 이 학 그림이 매우 아름다워 이를 보며 술을 마시려는 사람들이 늘어나 신 씨의 주점은 날로 장사가 번창했다.

혹설에는 노인이 떠난 뒤 자기가 보고 싶으면 이 그림을 보고 손뼉을 쳐보라고 말했다고도 한다. 신 씨가 그렇게 했더니 그림 속의 학이 날아 나와 춤을 추었고, 이 광경을 보기 위해 손님들이 구름처럼 몰려 장사가 잘 되었다고도 한다.

십 년 후 그 노인이 다시 찾아와서는 학을 불러내 타고 구름 위로 날아가 버렸다. 이 광경을 본 신 씨는 그 노인이 선인(仙人)이었음을 알고 자기를 도와준 데 감사하며 주점 자리에 누각을 짓고 이름을 황학루라 불렀다고 한다.

*　　　*　　　*

화강암을 쌓아 만든 높은 대 위에 우뚝 서 있는 붉은 누각.

그것을 올려다보는 염 파파의 눈빛이 점차 매서워졌다.

낯빛이 싸늘하게 가라앉으니 주위의 공기마저 그에 따라 무겁고 음산해진다. 잿빛 하늘을 이고 있는 황학루가 괴기해 보일 지경이었다.

콩, 콩…….

돌 바닥을 두드리는 지팡이 소리가 천둥치는 소리처럼 들렸다. 그래서 황학루의 입구를 지키고 있는 두 명의 무사는 저도 모르게 부르르 진저리를 쳤다.

어둠을 등 뒤에 깔고 다가오는 꼬부랑 노파.

바람만 세게 불어도 쓰러질 것 같은 그 야윈 몸이 점점 커지더니 열

걸음 앞에 이르렀을 때에는 태산이 내리누르는 것 같은 무게가 되었다.

그 살 떨리는 긴장을 삼층에 있는 자들도 낱낱이 느꼈다.

조충의 얼굴 어느 구석에도 이제는 지루함이 남아 있지 않다.

그가 몸을 바로 세우고 두 주먹을 무릎 위에 올려놓았다.

뒤에 버티고 서 있는 황포노인들도 긴장으로 눈을 빛내며 저도 모르게 조충 곁으로 더 가까이 다가섰다.

"죽여야 합니다. 오직 파파께서만 그렇게 하실 수 있습니다. 천하 만민의 안녕과 황제 폐하의 위엄을 되찾아주신다면 소녀는 파파의 종이 되어 평생 봉사하겠습니다."

"……."

"단 한 번의 기회입니다. 다시는 누구도 조 태감과 마주 앉을 수 없는 건 물론, 열 걸음 앞으로 다가갈 수도 없을 것입니다. 부디 하늘이 내려준 이 천재일우의 기회를 놓치지 마소서."

거북산(龜山) 서쪽, 고금대(古琴臺)에서 독대했을 때 자신을 주지약이라고 밝힌 소녀는 그렇게 간곡히 말했었다.

그때 염 파파는, '나는 평생 내 뜻대로 살아왔지 다른 아무것에도 얽매이지 않았다. 황제든 황실이든 나하고는 상관없어' 라는 말로 매정하게 거절했다.

하지만 한 걸음 한 걸음 계단을 딛고 올라가는 발이 그 어느 때보다 무거웠다. 가슴이 싸늘하게 가라앉고 손발이 차가워진다. 살기가 꿈틀거릴 때의 현상이었다.

'그러나 나는 내가 원하는 걸 해.'

염 파파는 그렇게 자신의 갈등을 다스렸다.

권력을 좇을 생각은 티끌만큼도 가져본 적이 없고, 대의를 가슴속에 품어본 적도 없다.

사람들은 절대마녀라 욕하고 멀리했지만 염 파파는 그 누구보다 자유롭게 산 사람인 것이다.

드디어 삼층의 계단 위로 염 파파의 하얗게 빛바랜 머리가 올라왔다. 이어서 주름 가득한 얼굴이, 처진 어깨가, 허름한 저고리와 치마가 다 올라왔다.

조 태감은 꼼짝하지 않고 앉아서 그 염 파파를 바라보았다.

곁에 벼락이 떨어지고, 당장 지진을 만나 황학루가 무너져 내린다고 해도 눈 하나 깜짝하지 않을 것 같은 기세였다.

'크다.'

우뚝 서서 조 태감을 마주 보는 염 파파의 머리 속에 문득 그런 생각이 들었다.

행실이야 어떻든 지닌 그릇이 저만큼 크기 때문에 환관으로서 절대 권력을 쥘 수 있었을 거라는 생각이 든다.

"이리로."

조 태감이 태연히 한 손을 들어 맞은편의 빈자리를 가리켰다.

봉황을 새긴 자단목 의자 위에 금빛 비단 보료가 깔려 있다.

조 태감 자신이 앉아 있는 것과 똑같은 의자였다.

그건 염 파파를 지금 이 순간만큼은 자신과 같은 선에 올려놓고 동등하게 대해주겠다는 의미이기도 했다.

격을 없애고 허심탄회하게 가슴속의 말들을 나누어보자는 뜻이기도 하리라.

대리석 탁자를 마주하고 염 파파가 말없이 앉았다.

쪼르르르—

조 태감이 누구를 위해 스스로 차를 따른다.

두 노인, 양광자 엄태선과 미염신장 이검무의 눈이 휘둥그레졌다.

언제 조 태감의 저와 같은 모습을 본 적이 있었던가.

"하살인향이로군."

냄새를 맡고 맛을 본 염 파파가 무심결인 듯 말했다.

"과연 당신의 차에 대한 식견은 고상하구려."

조 태감의 입가에 보일 듯 말 듯 미소가 걸렸다.

혀끝에 익숙한 그 차 맛이 염 파파에게 다시 주지약을 떠올리게 했다.

그때 고검대에서 그녀가 내놓은 차도 바로 하살인향 아니던가.

'죽여주는 맛'이라는 방언이 주는 의미가 지금은 이 차의 이름에만 국한된 게 아니라는 생각이 불쑥 든다.

'하살인향……'

차 이름을 되뇌이는 염 파파의 머리 속에 만 가지 생각들이 벼락치듯 스쳐 지나갔다.

"나는……."

몇 마디의 형식적인 말들이 오간 뒤 무거운 침묵이 찾아왔고, 한참 뒤에 조 태감이 머뭇거리듯, 꺼려하듯 말을 꺼냈다.

"당신의 행적에 대해 오래전부터 들어왔고, 존경의 염을 품었소."

엉뚱하다.

염 파파가 희미하게 웃고 말했다.

"세상 사람들이 홍염마녀라 부르며 뱀과 전갈을 보듯 했는데도 말이오?"

"무엇에도 구애받지 않고 행했던 당신의 자유로움이 부러웠던 거지."

"……."

염 파파는 조 태감이 한눈에 자신의 본질을 꿰뚫어 보고 있다는 걸 알았다. 역시 무서운 늙은이라는 생각이 다시 든다.

조 태감이 염 파파의 빈 잔에 다시 차를 따르며 혼잣말처럼 낮게 말했다.

"삶과 죽음을 내 마음대로 할 수 있는 자는 신이 아니면 악마일 것이오. 하지만 어느 쪽이든 초월자라는 데에는 차이가 없지."

염 파파가 피식 웃었다.

"당신은 역시 그와 같이 되기를 원하고 있군?"

"할 수 있다면 누구인들 그렇게 되고자 하지 않겠소?"

문득 주전자를 쥔 조 태감의 길고 흰 손가락이 아름답다고 느껴진다. 염 파파가 물끄러미 그것을 바라보며 말했다.

"당신은 이미 절대권력을 쥐고 있으니 초월자라고 할 수 있을 터. 더 바랄 게 있소?"

눈이 부신 듯 살짝 눈살을 찌푸리는 염 파파의 얼굴을 바라보면서 조 대감도 같은 생각을 하고 있었다.

거북이 등껍질처럼 삭막하고 주름 가득한 파파의 얼굴. 그게 불쑥 아름답다고 여겨지는 건 그녀가 그 얼굴 뒤에 두르고 있는 힘 때문이다.

홀린 듯 그가 몽롱해진 눈길을 한 채 천천히 말했다.

"남의 하늘 아래에서보다 내 하늘을 만들어 갖고 싶은 거라오."

“응?”

염 파파가 눈을 부릅떴다.

내 하늘. 조 태감의 말 중에 숨겨진 뜻은 분명했다.

‘이 늙은 내시는 정말 제 스스로 황제가 될 야망을 품었단 말인
가?’

그런 놀람으로 염 파파의 눈은 더 커지고 입이 딱 벌어졌다.

“죽여야 합니다!”

그녀의 가슴속에서 주지약이 그렇게 악을 쓰는 소리가 커다랗게 울
려온다.

부지불식간에 살기가 밖으로 흘러나온 것일까?

황궁의 두 노고수가 긴장으로 입술을 깨물며 한 걸음 더 조 태감에
게 다가섰다. 염 파파를 노려보는 눈길이 어둠 속의 고양이 눈처럼 새
파랗게 빛났다.

조 태감은 아무것도 느끼지 못한 듯 음울한 얼굴이 되어서 제 말을
중얼거릴 뿐이었다.

“나는 파파의 도움이 절실히 필요하오.”

“내가 뭘?”

“강호에 이는 반역의 기운을 눌러줄 사람은 파파밖에 없기 때문이
오.”

“반역이라고? 누가 말이오?”

“내 뜻을 거스르는 자.”

“핫! 당신은 마치 천자인 것처럼 말하고 있군.”

이제 두 노고수는 염 파파와 조 태감의 사이, 돌 탁자 옆에 좌우로
붙어 서 있었다.
여차하면 조 태감을 보호하면서 염 파파를 들이칠 수 있는 위치다.

【第二章】

할머니의 부탁

1

"장차 무림을 그대의 손에 맡기겠소."

"……."

"원한다면 작위를 내려줄 수도 있소."

"……."

"가장 강력한 문파 방회를 세우거나 세가를 이루도록 해줄 것이오."

만약 황제가 그렇게 하겠다고 한다면 되지 않을 수가 없다. 누가 감히 그의 명을 거역할 수 있을 것인가.

점소이를 붙잡아다 방파를 세우고 그것을 천하제일의 문파로 만들라고 하면 그렇게 되는 것이다. 아무도 넘볼 수 없으리라.

하물며 염 파파인 다음에야…….

젊었을 때라면 그 유혹을 뿌리치기 힘들었을 것이다. 하지만 염 파파는 늙었고, 세상에 허락된 목숨의 끈이 짧을 만큼 짧아졌다.

"훗—"

침묵하던 파파가 헛바람이 새는 것 같은 실소를 흘렸다.

"당신은 내가 천년만년 살 사람처럼 보이오? 당신은 스스로 천년만 년 살 거라고 믿는 거요?"

"절정에 올라서서 신과 어깨를 나란히 한다면 하루를 살아도 천 년 보다 값질 것이고, 저잣거리에서 이리저리 채이며 근근이 연명할 뿐이 라면 만 년을 살아도 고통스러울 것이오."

"솜씨 좋은 낚시꾼이 큰 고기를 낚듯, 능력있는 자가 천하를 차지하 겠지. 하지만 그게 누가 되었든 나는 관심이 없다오."

"파파의 여생과 직결되는 일이라면 어찌 관심을 갖지 않을 수 있겠 소?"

"남아 있는 날이 지나간 날들만 못하니 희망보다는 후회가 클 뿐, 미 래에 대한 기대를 가질 수 없고 갖고 싶지도 않구려."

"파파에게는 사랑하는 손자가 있지 않소?"

"엇?"

불쑥 꺼낸 조 태감의 말에 염 파파가 깜짝 놀랐다.

다시 소걸에 대한 걱정이 밀려든다.

'혹시 벌써 이 능구렁이 같은 늙은 내시의 손에 떨어진 건 아닐까?'

그런 의심이 불안으로 커졌다.

조 태감이 염 파파의 얼굴색이 변하는 걸 유심히 살펴보며 말했다.

"부모가 자식에게 재물을 물려주고 싶어하듯 강호인이라면 자신의 명성을 아들이나 손자가 이어받기 원하는 게 인지상정. 파파의 삶은 얼마 남지 않았으나 그 소년의 삶은 앞으로도 창창하지 않소?"

"……"

"파파가 천수를 다하고 난 뒤에 그는 누가 보살펴 주오?"

"스스로 자신을 지켜서 멸시받지 않을 수 있을 것이오."

"그 일이 얼마나 힘들겠소? 하지만 파파가 그 아이에게 무공뿐 아니라 천하제일의 문파까지 물려준다면 그는 하나의 힘으로 열 가지를 할 수 있으니 아무 걱정 할 게 없을 것이오."

잠깐 동안이지만 염 파파의 마음이 사뭇 흔들렸다.

소걸은 아직 어리다. 큰 나무로 굳건히 뿌리를 내리고 우뚝 서려면 적어도 십 년, 아니면 이십 년이 더 걸릴지도 모른다. 그건 무공의 성취와는 또 다른 일이다.

그때까지 내가 과연 그 녀석을 보호해 줄 수 있을까? 하는 의문으로 염 파파의 얼굴에 그늘이 졌다.

"그럼 나에게 원하는 건?"

"한 가지뿐이오."

"당신을 위해 강호를 평정해 달라는 것 말이오?"

"그렇소. 지금의 강호는 너무 난잡해서 통제할 수가 없소. 때문에 나는 한 사람이 강호를 움켜쥐고 그가 나를 위해 힘을 써주길 바라고 있다오."

"황제의 대신들을 그렇게 했듯 강호에도 꼭두각시를 세워두겠다는 거로군."

염 파파의 말속에 짙은 자조의 기색이 어렸다.

조 태감이 빙긋 웃었다.

"바로 그렇소. 내가 몸소 할 수 없는 일을 내 뜻대로 처리할 수 있는 길은 대신할 사람을 내세우는 것뿐이지. 하지만 꼭두각시라는 말은 지나치오."

권력으로 황실을 누르고 대신들을 움직일 수 있다. 그리하여 반란을 일으켜 스스로 황제가 된다면 백성들은 따를 수밖에 없을 것이다. 이미 힘을 갖게 되었으니 그때는 반발하는 자들을 마음대로 처단할 수도 있다.

하지만 강호의 무리가 늘 마음에 걸렸다.

그들의 힘이 상상 이상으로 크다는 걸 조 태감은 잘 알고 있었다. 문제는 그것을 통합해서 자신을 위해 쓸 수 있도록 해야 하는데 그럴 수 없다는 거였다.

그 일만 제대로 해낸다면 거사를 훨씬 앞당길 수 있고, 더욱 막강한 힘을 갖는 통치자가 될 수 있으리라.

조 태감은 그걸 원하고 있었다.

묵묵히 생각에 잠겨 있던 염 파파가 입가에 다시 싸늘한 비웃음을 매달고 말했다.

"역시 나는 복잡한 권력 다툼에는 끼어들지 않는 게 좋겠어. 당신이 황제가 되든 역적이 되어 참수를 당하든 나와는 상관없는 일이오."

"말이 지나치오!"

아까부터 못마땅한 기색으로 염 파파를 노려보고 있던 양광자 엄태선이 낮게 꾸짖었다.

조 태감은 아주 잠깐 불쾌하다는 기색을 떠올렸으나 무엇을 생각했는지 빙긋 웃고 몸을 물렸을 뿐 나무라지 않았다.

양광자는 황궁의 무예에 어려서부터 정통했는데, 특히 도가 계열의 내공에 힘써서 내력제일이라 불리는 내가권(內家拳)의 정통 고수였다.

황제의 비밀 경호를 담당하는 내원에 발탁되면 일 년에 한 번씩 궁의 금역(禁域) 깊숙한 곳에 숨겨져 있는 무고(武庫)에 출입할 수 있다.

하나같이 강호에 흘러나오면 절세의 무공기서로 꼽힐 비급과 기서들이 먼지에 쌓여 있는데, 마음껏 그것들을 보고 익힐 수 있다는 건 무예에 뜻을 둔 자라면 누구나 꿈꾸는 일이 아닐 수 없다.

오직 내원의 고수들에게만 그와 같은 꿈이 현실이 될 수 있으니 부러움과 선망의 대상이 되고도 남는다.

때문에 일단 내원에 발탁되면 그 순간부터 그의 무공은 일취월장하여 자신이 지닌 그릇만큼 채우지 못하는 자가 없었다.

양광자는 무공을 담을 수 있는 그릇이 그중 크고 뛰어난 자였다. 수십 년 동안 무고의 비급을 탐독하고 그 안에서 깨달음을 얻어 누구보다 높아졌다.

미염신장 이검무 또한 양광자와 같다.

내원의 백여 명이나 되는 고수들 중 절정고수 아닌 자가 하나도 없는데, 그중에서도 다섯 손가락 안에 드는 사람들이니 강호에 나오면 홀로 일문 일파를 이루고도 남을 자들인 것이다.

그런 그들이기에 염 파파의 위명 앞에서 두려움도 느꼈지만 호승심 또한 느끼고 있었다.

자신의 힘을 강호에서는 시험해 볼 수 없으니 내원의 힘과 강호의 힘이 어떻게 다른지, 내 힘이 어디까지 통할 수 있을지 오래전부터 궁금하게 여겨온 닷도 있다.

홍염마녀(紅艶魔女) 염빙화(廉氷花)가 절세의 여마두이자 천하제일고수로 꼽혔다니 두려움과 호승심이 같은 무게로 자리잡는 것은 어쩔 수 없다.

"감히 뉘 앞이라고 그런 망발을 서슴지 않는단 말인가? 그대의 눈에는 우리가 보이지도 않는다는 건가?"

소리친 양광자가 염 파파의 앞에 놓여 있는 찻잔을 들어올리더니 쏟아버렸다.

식어버린 찻물이 흘러 떨어진다.

그것이 양광자의 두 손바닥 사이에서 눈을 뭉친 것처럼 둥근 형태를 이루고 멈추었다.

허공에 둥둥 뜬 채 떨어지지도, 증발하지도 않는 물의 형체.

그렇게 할 수 있다는 것만으로도 양광자의 내공이 얼마나 뛰어난 것인지 누구나 알기에 충분했다.

양광자가 허공을 격하고 그 물덩이를 내리누르듯 했다. 그러자 그것이 천천히 내려앉아 단단한 돌 탁자 위에 닿았다.

그대로 부서져 흘러내려야 할 물이 돌 탁자를 뚫고 박히기 시작했다.

그것을 바라보는 조 태감이 희미하게 미소 지었고, 염 파파는 눈살을 찌푸렸다.

그녀는 과연 양광자의 내공이 서천금편 추괴성이나 음양쌍존보다 두어 단계는 높다는 걸 그 한 수의 절묘한 수여철곤(水如鐵棍) 수법에서 알아보았다.

무림 중에 이와 같은 공력을 보여줄 수 있는 자는 별로 없을 것이다.

스스로도 그런 자부심을 가진 듯, 양광자가 이글거리는 눈길로 염 파파를 노려보며 말했다.

"태감 각하 곁에 사람이 없어서 노파의 험한 말을 참고 있는 게 아니라는 걸 알아주기 바라오."

말하는 중에도 물은 둥근 제 형태를 조금도 깨뜨리지 않은 채 천천히 단단한 대리석 탁자를 뚫고 박혀 들어갔다.

"다시 한 번 그처럼 무례한 말을 한다면 태감 각하께서는 넓은 아량으로 용서할지언정 내가 참아 넘기지 못할 것이오."

위협하는 말속에 '이만하면 당신보다 못하지 않을걸?' 하는 자만과 득의양양함이 깃들어 있다.

물은 이제 석탁 속에 완전히 박혀 버렸고, 양광자가 손을 뗀 것과 함께 녹아서 고였다.

처음부터 탁자에 구멍을 파놓고 그곳에 물을 부은 것 같다.

염 파파가 희미하게 미소 지었다.

"잘 봤어. 과연 훌륭한 솜씨야. 하지만 옛적 무당산의 말코도사 보광(寶光)의 이야기를 들어보았는지 모르겠군?"

"보광?"

양광자가 눈살을 찌푸렸다.

"월보강이라는 절세의 신공을 만들어낸 자였지. 그자의 무당 내공이 너보다 못하지 않았을 거야."

"들어보았소."

양광자가 퉁명스럽게 대답했다. 보광이 창안했다는 무당의 월보강 신공에 대한 해설서가 황궁의 무고 안에도 한 부 소장되어 있었고, 읽고 감탄한 적도 있었던 것이다.

"그렇다면 그자가 나의 일검에 찔려 죽었다는 것도 알겠군?"

"……!"

"나는 감히 내 앞에서 힘자랑하는 자를 그대로 두고 보지 못해. 주제를 모르고 나를 협박하는 거나 마찬가지거든. 그런 자들은 모두 죽었다."

"헛!"

벼락이 치듯 염 파파의 두 눈 깊은 곳에서 번쩍이는 살기가 쏟아져 나왔으므로 양광자가 깜짝 놀라 숨을 들이켰다.

2

픽! 하는 소리가 난 것 같았다.

앞에 있던 공간이 갑자기 꺼져 버리는 소리다.

조 태감이 눈을 휘둥그레 떴다.

그의 망막에는 아직도 염 파파가 앉아 있는 모습이 잔상으로 남아 있는데, 염 파파는 어느새 양광자 엄태선 앞에 서서 그의 목줄기를 움 켜쥐고 있었다.

파파의 삭정이처럼 깡마른 손가락이 양광자의 목울대를 움켜쥔 채 조금씩 파고든다.

순간적으로 위치를 옮겨가는 이형환위(移形換位)라는 절세의 경공수 법이 있다고 한다. 지금 염 파파가 보여준 그 한 수의 움직임은 바로 그와 같았다.

수라구유보 중의 극쾌한 일보무영을 펼친 것인데, 주지약의 장원에 서 소걸이 능학빈을 업고 뛰어나올 때 펼쳤던 그것과는 하늘과 땅 만 큼이나 차이가 났다.

내공제일이라는 양광자는 눈앞에서 번쩍하고 움직인 염 파파의 그 한 수를 막을 수도, 피할 수도 없었다.

자신의 무지막지한 내력을 끌어올려 일격을 날리려고 했을 때는 이 미 파파에게 제압당해 무기력한 허수아비로 변하고 만 뒤였다.

목울대를 움켜쥔 파파의 손아귀가 살갗을 찢고 점점 파고들수록 죽음의 공포가 얼굴 가득 내리덮일 뿐이다.

놀란 미염신장 이검무가 손을 들어올렸다가 멈추었다.

염 파파의 손가락에 양광자의 목숨이 달려 있지 않은가. 그녀가 조금만 더 힘을 주면 양광자는 목이 뜯겨 죽고 말 것이다.

"그를 죽일 셈이오?"

놀란 가슴을 진정시킨 조 태감이 물었다.

그를 바라보는 염 파파의 눈빛이 싸늘하기만 했다.

"내가 마음먹으면 세상에서 죽이지 못할 자가 없지. 그 누구도 예외가 될 수 없어. 그러니 다음부터는 내 성미를 건드리지 않도록 조심하는 게 좋을 거야."

말은 양광자에게 하고 있지만 조 태감을 겨냥한 것이기도 하다.

조 태감이 쓴웃음을 흘렸다.

"그는 아직 쓸 만한 사람이니 내 체면을 봐서 살려주었으면 좋겠소. 다음부터는 아마 파파의 이름만 들어도 꽁무니를 빼겠지."

"차를 얻어 마셨으니 그만한 부탁은 들어주겠소."

염 파파가 비로소 손을 떼고 손가락에 묻어 있는 피를 양광자의 옷깃에 문질러 닦았다.

양광자는 넋이 빠진 사람처럼 멍하니 서 있을 뿐이었다. 창백해진 안색이 죽은 자의 그것 같고, 초점없는 눈이 풀려 있다.

너무 크게 놀라 숨 쉬는 것마저 잊은 것 같았다.

"가겠어."

염 파파가 미련없이 돌아섰다. 조충이 낮게 한숨을 쉬고 말했다.

"기어이 내 제안을 받아들이지 않을 셈이구려."

"나는 당신의 일에 관심이 없다오. 나를 건드리지만 않는다면 당신이 무엇을 하든 관여치 않겠어."

"그 약속을 받은 것만으로도 내가 몸소 이 먼 길을 와서 당신을 만난 보람이 있다고 해야겠군."

조 태감이 자조적인 웃음을 흘리며 손을 흔들었다.

"파파께서 가신다. 배웅해 드려라."

지팡이를 콩콩거리며 내려가는 염 파파의 뒷모습이 계단 아래로 사라져 보이지 않을 때까지 물끄러미 바라보던 조 태감이 다시 한숨을 쉬고 이마를 짚었다.

하지만 그는 자신의 이번 무한행이 결코 헛되지 않다는 걸 잘 알았다.

암중에서 시시각각 목숨을 위협해 오던 자가 주지약이라는 것을 알게 되었으니 그렇다.

남명왕에 대해서는 벌써부터 심중에 의심을 품고 있었는데 이번에 그가 반기를 들었다는 걸 확인하게 된 것도 빼놓을 수 없는 소득이었다.

조 태감의 야망을 눈치 채고 그를 제거하기 위해 호시탐탐 노리는 자가 황궁 내에는 물론 천하에 흩어져 있었다.

조 태감은 그들 중 가장 위험한 자로 남명왕 주천기를 꼽았다.

그는 선제 때에 운남 대리국의 왕으로 봉해져 부임한 뒤 그곳에서 백족(白族)과 납서족(納西族)을 아울러 자신의 세력을 형성하고 완강하게 버티고 있었다. 그 힘이 워낙 강해서 대군을 동원해 토벌하기도 쉽지 않은 일이었다.

그래서 조 태감은 동창의 조직을 이용해 감시의 눈을 한시도 떼지 않았다. 꼬투리만 잡히면 황제를 협박해서라도 그의 작위를 빼앗고 북

경으로 불러들여 제거해 버릴 작정인데, 남명왕은 그런 조 태감의 의중을 빤히 들여다보고 있다는 듯 여간 조심하는 게 아니었다. 조금의 빈틈도 보이지 않았던 것이다.

그러던 남명왕의 본심이 이제 낱낱이 드러났다. 바로 그가 밖으로 내보낸 힘을 알아냈기 때문이다.

그것은 강호의 힘이었다. 보고받은 바대로라면 주지약과 그를 추종하는 자들이 모두 개세적인 고수라고 하지 않던가.

그런 자들은 관과 동창의 힘만으로는 발본색원할 수 없었다. 역시 강호의 힘을 빌려야 하는 것이다.

염 파파가 자신을 도와 그런 일을 해준다면 주지약의 무리는 물론, 앞으로도 있을지 모르는 그와 같은 강호의 반역자들을 모조리 잡아 죽일 수 있다. 그보다 더 내 신변을 안전하게 하는 일은 또 없을 것이다.

그런 터라 조 태감은 염 파파가 끝내 자기의 제안을 거부하고 떠나간 것이 아쉬웠다.

하지만 포기해야 할 것은 빨리 잊는 게 좋다. 조 태감은 그걸 잘 아는 사람이었다.

"염 파파가 아니라면 다른 사람을 찾으면 되겠지."

그가 스스로를 위로하듯 그렇게 중얼거리고 히죽 웃었다.

염 파파만한 고수는 찾아보기 힘들겠지만 아주 없지는 않을 것이다. 그들 중 누군가는 자신의 제안에 대해서 매우 고마워하지 않겠는가.

"그리고 소걸이라는 그 꼬마가 있지."

조충의 입가에 떠오른 웃음이 더욱 짙어졌다. 그 꼬마를 손아귀에 쥐고 있는 한 언제든 한 번은 염 파파를 위기에 빠뜨려 사로잡을 수도, 죽일 수도 있을 거라는 믿음 때문이다.

날이 완전히 저물었고, 사산 아래의 거리에는 인적이 끊겼다.

저만큼 어둠 속에 우뚝 솟아 있는 황학루가 거대한 괴물이 일어선 것처럼 보인다.

조 태감이 떠나고 나서도 두어 시진 동안은 이 일대에 내려진 통금령이 풀리지 않을 것이다.

그 텅 빈 거리를 염 파파의 콩콩거리는 지팡이 소리가 공허한 울림을 남기며 멀어졌다.

"파파, 이쪽입니다."

그녀가 검은 돌이 가지런히 깔려 있는 거리의 모퉁이를 돌았을 때, 골목 안의 어둠 속에서 낮게 속삭이며 손을 내미는 자가 있었다.

능학빈이었다.

한차례 운기조식을 하고 난 소걸은 정신이 훨씬 맑아지고 기력이 충만해졌다.

할머니에게서 전해 받은 혈마구유신공의 심법 구결대로 기운을 끌어올려 대주천을 하고 나니 어느새 창밖이 어두워져 있었다.

단전에서 이끌어 올린 기운이 막힘없이 사지백해로 흘러 나가고 삼백육십 경락을 상쾌하게 하며 순환한 터라 정기신이 충실해져서 날아갈 것 같았다.

"확실히 좋아졌어."

소걸이 만족한 얼굴로 중얼거렸다. 부상을 입기 전보다 내력이 부쩍 증가해져 있었던 것이다.

그는 모르고 있었지만, 단옥당과 싸우느라고 내력을 한껏 끌어올렸다가 남김없이 써버린 것은 내공을 수련하는 자가 필연코 부딪치게 되는 큰 고비를 하나 넘긴 것과 같았다.

비록 심각한 내상을 입기는 했으나 그 덕에 몸 안에 있던 탁한 기운을 뽑아버릴 수 있었으니 이제 순수한 혈마구유신공의 기운을 마음껏 채울 수 있게 된 것이다.

"이렇게만 나간다면 할머니의 신공을 오성까지 끌어올리는 데 반년씩이나 걸릴 필요도 없겠어."

기쁘고 즐거운 마음에 손발이 근질거렸다.

"흥! 단옥당이라고? 어디, 반년 뒤에도 네가 그처럼 쉽게 나를 때릴 수 있는지 두고 보자. 몇 년 뒤에는 나에게 크게 얻어터지고 낑낑거리게 될걸?"

허공을 향해 눈을 씰룩거리고 주먹질을 해가며 중얼거렸다. 단옥당에게 당한 일이 생각할수록 분하기 짝이 없었던 것이다.

처음에는 점잖은 풍류서생인 것처럼 하고 접근하더니 본색을 드러냈을 때는 무시무시한 고수의 면모를 보였다.

그런 자가 그처럼 자기 자신을 감추고 접근했다는 건 처음부터 속여먹을 마음이 있어서 아니겠는가.

그 사실 자체가 심히 불쾌한데, 주지약을 바라보던 그자의 뜨거운 눈길과 '단 공자' 하고 나긋나긋하게 불러주던 그녀의 꾀꼬리 같은 음성이 자꾸 겹쳐져서 심사가 더욱 뒤틀렸다.

"정말 마누라로 삼아버릴까?"

마음속의 욕망이 불쑥 말이 되어 새 나왔다.

그녀를 마누라로 삼겠다는 말을 들은 것만으로도 단옥당은 미치다시피 해서 날뛰었다. 그러니 정말 마누라로 삼아버린다면 크게 상심해서 제 손으로 제 머리통을 깨뜨리고 죽어버릴지도 모른다.

그는 분하고 원통하겠지만 소걸에게는 그렇게 통쾌한 일이 또 없을
터였다.

그런 생각을 하자 갑자기 주지약이 보고 싶어졌다. 그 아름다운 얼
굴과 우아하고 기품있는 자태가 눈에 삼삼해서 가슴이 답답해졌다.

아직 계집애 티를 벗지 못한 당예향은 결코 그녀를 따라갈 수 없으
리라.

나약하고 슬퍼 보여서 보호 본능이 절로 우러나게 하는 청운관의 소
녀 도사 도향도 독특하다. 그렇지만 주지약의 그 도도한 아름다움과
비교하기에는 역시 부족할 듯했다.

게다가 공주 아닌가.

감히 쳐다볼 수도 없는 그녀를 곁에 두고 바라보았고, 겁도 없이 그
녀를 마누라로 삼겠다고까지 했다.

그 생각만 해도 소걸은 가슴이 두근거려서 술 취한 것처럼 얼굴이
달아오르고 어질어질해졌다.

그가 그처럼 엉뚱한 생각에 잠겨서 멍청해져 있는데 갑자기 꽝! 하
는 요란한 소리가 머리 위에서 들려왔다.

"엇!"

깜짝 놀라 침상에서 뛰어 일어난 소걸이 입을 딱 벌리고 제 눈을 비
벼댔다.

지붕이 크게 뚫리고 우수수 쏟아지는 기와 조각과 흙먼지 속에 한
사람이 우뚝 서 있었던 것이다.

"하, 할머니?"

염 파파였다.

"쯧쯧, 철없는 놈 같으니……."

파파가 혀를 찼다. 소걸은 저의 중얼거림을 할머니가 다 들은 것 같아서 죄지은 놈처럼 쩔쩔맸다.

"가자."

염 파파가 대뜸 소걸의 손을 잡고 훌쩍 뛰어올랐다. 지붕 깨지는 소리를 듣고 달려오는 동창 무한 지부 무사들의 발소리가 까마득히 멀어진다. 뒤돌아볼 새도 없이 '어? 어?' 하는 사이에 소걸은 할머니에게 이끌려 어느덧 어둠 속으로 사라지고 말았다.

3

새벽녘에 무한을 떠난 마차는 덜컹거리며 쉬지 않고 길을 갔다.

능학빈이 마부석에 앉아 마차를 몰았다. 동창의 검은 옷을 벗어버리고 낡고 허름한 옷에 낡아빠진 죽립을 푹 눌러써서 누가 봐도 돈을 받고 손님을 태워주는 마부의 행색이었다.

시간이 얼마나 지났을까. 창문을 가린 휘장 틈으로 흘러드는 햇빛이 따가운 걸로 보아 오후도 저물어갈 무렵일 것이다.

그동안 소걸은 몸이 흔들리는 것도 아랑곳하지 않고 내내 운기행공을 했다. 밥 먹는 것마저 잊을 정도로 혈마구유신공의 수련에 빠져든 것이다.

하루가 다르게 변하는 자신의 내공을 느낄 수 있게 되자 수련을 멈추고 싶어도 그렇게 할 수 없었다. 혈마구유신공이 가지고 있는 독특한 효능 때문이기도 하다.

"후욱—"

소걸이 긴 숨을 내쉬었다. 코에서 한 가닥 담담한 향기가 연기처럼 흘러나와 옅게 퍼지다가 이내 모공 속으로 스며들어 사라졌다.

그것을 바라본 염 파파가 흐뭇한 얼굴로 미소 지었다. 소걸의 성취가 기대했던 것보다 배는 빠르게 진행되고 있다는 걸 알 수 있었기 때문이다.

눈을 뜨고 빙긋 웃는 소걸을 사랑스럽게 바라보던 염 파파가 불쑥 물었다.

"아까 하다 만 이야기를 마저 하자. 단옥당이라고 했느냐?"

"예. 그놈이 저를 매우 때렸어요."

염 파파의 얼굴이 심각해졌다.

"연대구현의 경신법을 사용했고?"

"그렇다니까요. 몇 번이나 말해요!"

"주지약을 호위하고 있었단 말이지?"

"아, 대체 오늘 왜 이러시는 거예요? 할머니답지 않아요."

염 파파가 심각해질수록 소걸의 얼굴에는 짜증이 더해졌다.

멍하니 허공을 바라보던 염 파파가 중얼거렸다.

"대리에는 천룡사가 있고, 그곳에 대리 왕가의 비전 무예가 전승되고 있다더니 사실이었군."

"남명왕 주천기 전하가 강호의 고수였어요?"

"무슨 소리냐?"

"방금 그러셨잖아요. 대리왕가의 비전 무예인지 뭔지 그런 게 있다고. 남명왕이 대리의 국왕이니 당연히 단옥당보다 뛰어나지 않겠어요?"

"단 씨가 지배하던 대리국은 오래전에 사라졌지. 지금은 그저 조정에서 파견한 관리가 번왕이 되어서 다스리고 있단다."

"그럼 단옥당, 그 여우 같은 놈이 왕족이란 건가요?"

"그자의 뿌리가 옛날 대리국의 황실에 있다면 그렇겠지. 지금이야 주천기의 왕부에 충성을 다하고 있는 신하에 불과하겠지만 말이다."

소걸의 입이 삐죽 튀어나왔다. 얼굴마저 시무룩해졌다.

'쳇, 주지약은 공주이고 단옥당 그놈은 대리국의 귀족이라니 천생연분이로군. 제기랄, 나는 왜 왕족으로 태어나지 못한 거야? 하다못해 재상가의 귀공자라도 되어야 그것들이 업신여기지 못할 거 아니겠어?'

그런 불만과 함께 자신의 신분에 대한 자괴감이 들어 우울해졌다.

자기는 고작 다루의 종업원 출신인데다가, 어미가 누구인지 아비가 누구인지도 모르는 천둥벌거숭이에 지나지 않는다는 걸 생각한 때문이다. 고귀한 주지약이나 단옥당과 비교하면 하늘과 땅만큼의 차이가 나니 기가 죽지 않을 수 없다.

그런 소걸의 괴로운 마음을 아는지 모르는지, 염 파파가 다시 중얼거렸다.

"조정의 일과 강호의 환란이 겹쳐진다면 걷잡을 수 없는 난세가 되고 말 거야. 대체 숨어 있는 자들이 얼마나 많다는 건가? 조금도 마음을 놓을 수 없게 되었구나."

"무슨 말이에요?"

"단옥당 말이다. 네 말을 들으니 그 녀석은 이린 나이에도 불구히고 무공의 성취가 이 할미를 넘볼 만큼 대단한 것 같구나. 게다가 오래전에 사라졌다고 알려진 연대구현의 절기를 몸에 지니고 있다니 더욱 조심해야 할 놈이다. 대리에 그와 같은 자가 몇 명이나 더 있을지 알 수 없지."

"어디 대리국뿐이겠어요? 다른 데에도 그만한 자들은 더 있겠지요."

"내 걱정이 바로 그것이다. 강호에는 기인이사가 모래알처럼 많다던 옛말이 하나도 틀리지 않아."

한 명만 나와도 능히 천하를 뒤흔들어 놓을 만한 절세적인 고수가 속속 모습을 드러낸다면 누가 그들의 분란을 제어할 수 있을 것인가.

염 파파는 자신이 활약하던 시절을 떠올려 보았다. 육십 년 전의 강호에는 오직 장풍한과 당백아만이 자신과 어깨를 나란히 할 수 있었을 뿐, 천하제일을 다툴 만한 고수가 없었다.

하지만 지금은 대리국의 숨겨진 힘이 모습을 드러냈다. 듣기로는 마중선이라는 암흑천교의 교주와 광명천의 천주 또한 절세적인 무위를 지녔다고 한다. 그렇다면 드러난 자만 벌써 세 명이다.

"난세에는 도처에서 영웅이 탄생한다더니 역시 틀린 말이 아니야."

강호가 어지러워질 때가 다가오자 이곳저곳에서 절세적인 무위를 지닌 자들이 튀어나오고 있는 형국이었다. 앞으로도 얼마나 많은 자들이 더 나타날지 알 수 없다.

황학루에서 겪어본 황궁의 고수라는 노인의 무위 또한 무시무시했다. 수라구유보를 펼쳐 불시에 제압했으니 그렇지, 마주 서서 싸웠다면 쉽게 꺾을 수 없었을 것이다.

오래전부터 강호에는 '황궁 내원에 숨겨진 힘이야말로 천하제일이다' 라는 말이 떠돌았다.

염 파파는 그 말 또한 과장이 아니라는 걸 실감했다.

내원에도 역시 그 두 노인을 뛰어넘는 절대자라 불릴 만한 고수가 숨어 있을 것이다.

그렇다면, 전통적으로 황궁에만 머물러 있을 뿐 강호에 나오지 않던 그들이 황학루에 모습을 드러냈다는 건 심각한 의미가 될 수 있지 않겠는가.

"역시 내 시대는 갔어."

염 파파의 중얼거림에서 짙은 자괴감과 허무가 배어났다.

탄식한 그녀가 아직도 입을 내밀고 있는 소걸을 돌아보았다.

'이 녀석 또한 몇 년 뒤에는 천하제일을 다툴 만한 자격을 갖게 되겠지.'

몇 년. 그 몇 년만 무사히 잘 버텨준다면 충분히 그렇게 될 것이다.

염 파파는 비로소 불길한 생각들을 떨쳐 버리고 흐뭇한 마음이 되었다.

"할미가 너에게 부탁할 게 하나 있는데, 들어주겠느냐?"

"예?"

처음 듣는 엉뚱한 말이라 소걸이 눈을 동그랗게 뜨고 할머니를 빤히 바라보았다.

언제 할머니가 '부탁'이라는 말을 입에 올리기나 한 적이 있었던가. 그저 '해!' 하고 소리치면 그만이었다.

그런데 지금 분명히 '부탁'이라고 했다.

제 귀를 의심하던 소걸은 눈앞에 있는 사람이 정말 내 할머니가 맞나? 하는 의문마저 들었다.

"들어줄 거야, 말 거야?"

"예, 예. 들어드려야지요. 암, 그렇고말고요. 뭐든 분부만 내리세요."

"흘흘, 착한 아이로구나."

소걸의 머리를 쓰다듬은 염 파파가 여느 때와는 달리 엄숙한 얼굴이 되어서 천천히 말했다.

"이 할미는 네가 불선다루의 마인들을 통솔해서 하나의 일을 해주기 바란다."

"그 사람들이 제 말을 들을까요?"

"그렇게 만들어야지."

소걸이 심난한 얼굴을 했다. 아무리 생각해 봐도 추괴성이나 막세풍, 천종이니 강명명, 흑불 등을 부려먹을 자신이 없었던 것이다.

하나같이 무시무시한 대마두들이고, 사람 죽이는 걸 파리 때려잡듯 하는 자들이지 않던가. 할머니나 할아버지가 없다면 그들은 망설임없이 자기를 죽일지도 모른다는 두려움마저 들었다.

그런 소걸의 마음을 읽은 염 파파가 빙긋 웃었다.

"네가 할미의 신공을 십성 연마한다면 가능할 게야."

"하긴, 십 년 뒤면 그 마두들도 죄다 늙어서 비실비실할 테니 뭐 안 될 것도 없겠지요."

"너무 늦다. 오 년 안에 해내야 해. 그것도 늦을지 모르지."

"오 년이라고요?"

소걸이 입을 딱 벌렸다.

"너라면 할 수 있다. 할미가 보건대 너는 단옥당과의 싸움 이후 무섭게 발전했다. 부지런히 수련한다면 곧 오성의 경지에 이르게 될 거야. 그 뒤에는 진전이 더욱 빨라질 테니 어쩌면 십성은 삼 년 정도로 단축할 수 있을지도 모른다."

"헤, 그렇게 빨리요?"

소걸의 입이 죽 찢어졌다.

"잊지 마라. 너의 자질은 천하제일이다. 단옥당이 뛰어난 기재인 것 같다만 너에게는 미치지 못할 것이다. 그러니 충분히 할 수 있어."

이와 같은 할머니의 칭찬은 좀체 들어볼 수 없는 것이다. 소걸의 마음속에 용기와 투지가 샘솟았다.

"알았어요. 까짓 죽어라고 노력해서 이 년으로 단축해 버리지요 뭐."

"그렇다고 자만해서는 안 돼."

"아, 알았다니까요. 제가 할 일이 무언지나 어서 말해주세요."

"그 마인들을 이끌고 강호의 가문 하나를 지켜내는 일이다."

"에계? 고작 그거였어요?"

시시하기 짝이 없다. 무언가 대단한 일을 맡길 줄 알았는데 고작 남의 집이나 지키고 있으라니 실망스러웠다.

"머지않아 강호는 걷잡을 수 없는 혼란에 빠질 것이다. 피가 강을 이룰 텐데 그 속에서 꿋꿋하게 한 가문을 지켜낸다는 건 쉽지 않을 거야."

"그곳을 노리는 자들이 많은 모양이지요?"

"지금이야 그렇지 않으나 앞으로는 그렇게 될 것이다."

"대체 어떤 곳이기에 그럴까요?"

"지금 가고 있는 곳이지."

"아, 장가보!"

소걸이 깜짝 놀라 소리쳤다.

이제 그도 장풍한과 할머니에 대한 이야기는 들어 알고 있었다. 할머니가 젊었을 때 유일하게 사랑한 사람이고, 그 사람과의 약속 때문에 육십 년 동안이나 불선다루에 틀어박혀 있었다는 이야기를 들었을 때는 감동과 안타까움으로 눈물마저 찔끔거렸다.

"내 평생의 빚은 오직 그것 하나뿐이다. 네가 그 빚을 대신 갚아주

길 바라는 거야. 할미를 위해서 해줄 수 있지?”

“대신 죽어드릴 수도 있어요. 그런데 고작 장가보의 파수꾼이 되는 것쯤이야…….”

소걸이 호기를 부리며 제 가슴을 두드렸다. 할머니가 부탁이라는 걸 해올 만큼 자기가 컸다는 게 자랑스럽고 뿌듯했던 것이다.

“오늘 밤은 황석(黃石)에서 묵어야 할 듯싶습니다.”

밖에서 능학빈이 조심스럽게 아뢰는 소리가 들려와 소걸과 염 파파의 대화를 끊었다.

【第三章】
모여드는 군웅(群雄)들

1

안탕산(雁蕩山) 북쪽.

선고동(仙姑洞)이 건너다보이는 칼바위 능선 아래 깊은 골짜기에 거대한 전각들이 숲처럼 가득했다.

세인들이 마교로 부르고 경원하는 암흑천교 총단이다.

그 대소 전각들 중에서도 가장 깊은 곳에 있어서 '구중심처(九重深處)' 라는 말이 어울릴 이곳은 〈복마항(伏魔杭)〉이라는 특이한 이름을 가진 삼층의 전각이었다.

"죽여야 하오!"

검은 대전 안에 격앙된 음성이 웅웅 울렸다.

안쪽 깊은 곳.

음침한 어둠을 두르고 있는 높은 단 위에 한 사람이 앉아 있었다.

보료를 깔고 호피를 두른 의자 위에 고요히 앉아 있을 뿐인데 태산

같은 중압감이 느껴진다.

검은 돌이 깔린 넓은 대전 안에 숨 막힐 듯한 긴장이 감돌았다.

그 대전 중앙에 상투를 틀고 동곳을 꽂은 거대한 체구의 흑포도인이 우뚝 서서 노여움으로 검은 수염을 부르르 떨고 있었다.

암흑천교의 호법장로이자 십대천마 중 서열 이위(二位)에 있는 나부천존(羅浮天尊) 능파경(陵波勁)이다.

"더 두고 볼 것 없소. 당백이든 염빙화든 죽여 없애야만 하오!"

단 위에서 무거운 침묵을 지키고 있는 인물.

대전 네 귀퉁이에 꽂혀 있는 횃불의 빛도 그가 있는 곳에는 미치지 못해 어둠이 그를 가렸다.

세인들이 절대천마(絶對天魔)라고 하며 두려워하는 마중선(魔中仙) 유시천(劉時天)이 아니고는 그만한 기운을 지닌 자가 있을 수 없다.

그의 입에서 웅장하고 묵직한 음성이 물처럼 흘러나왔다.

"누가 그렇게 할 수 있겠소?"

교주의 대답을 지루하게 기다리고 있던 나부천존 능파경이 황소가 우는 듯한 음성으로 즉시 대답했다.

"당백아가 우리 암흑천교에 지은 죄는 백 번 죽어도 부족할 것이외다. 선대 교주님이 원통하게 돌아가신 것도 따지고 보면 그에게 원인이 있다고 할 것이오. 이제 그가 다시 나타났으니 우리 교에서는 힘을 아끼지 않고 복수해야 마땅하지 않겠소이까! 정 할 사람이 없다면 내가 직접 하겠소이다!"

그는 암흑천교의 십대천마이고 장로의 신분이다. 마중선 유시천이 비록 교주의 자리에 앉아 있으나 삼태상(三太上)이라 불리는 세 사람에게만은 공경하는 마음을 가졌는데, 나부천존 능파경이 바로 그중 한 사람이었다.

그들 삼태상은 교주 앞에서도 당당했다. 그래서 때로 무례한 듯 보기도 했으나 누구도 그들을 비난하지 않았다. 교주와 삼태상이 서로를 존중하고 경외하고 있다는 걸 잘 아는 까닭이다.

어둠 속에서 교주 유시천의 흰 이가 살짝 드러났다.

"하하, 이공(二公)께서 그렇게 말씀하신다면 마음이 놓이지마는…… 한때 천하를 경동시켰던 그의 위명을 생각하면 걱정이 되오."

"그는 이제 구십을 넘긴 상늙은이가 되어 있을 터. 어찌 과거의 무용이 그대로 남아 있으리오. 팔뚝의 근력이 나를 당할 수 없을 터이니 교주께서는 염려하지 않으셔도 되오이다!"

"홍염마녀 염빙화도 있지 않소? 그를 건드리면 그녀가 가만히 있지 않을 텐데 그 일은 또 어떻게 한단 말이오?"

"그들 두 사람이 비록 오래전부터 신분의 차이를 넘어 뜻과 마음이 통하는 사이라 해도 두려울 것 없소!"

"역시 그 마녀 또한 늙었기 때문이라는 것이오?"

"불노불사의 신경(神境)에 들지 못한 이상 인간이 어찌 세월을 이길 수 있겠소이까?"

"하지만 염 노선배의 태생은 이른바 마녀로 불리는 만큼 우리와 잘 통하는 게 있을 터. 그 무공의 연원도 따지고 보면 일월신교에 뿌리를 둔 것이고, 일월신교는 또 광명교의 후신이니 우리와 한식구라 할 수 있소. 무조건 죽이기에는 아깝지 않겠소?"

"교주님의 그 말씀은……?"

"하하, 이공께서 마음에 분노를 느끼듯 나 또한 그렇다오. 하지만 먼저 득실을 따져 보지 않을 수 없으니 교주라는 자리가 이처럼 자유롭지 못하구려."

"……."

그 말에 나부천존 능파경이 입을 다물고 머리를 숙였다. 교주의 뜻에 맡기겠다는 복종의 표시였다.

유시천이 달래듯 부드럽게 말했다.

"민산의 지옥혈을 끌어냈으니 당백아의 일은 그자들이 처리하는 걸 지켜보고 결정해도 늦지 않을 것이오."

"그렇…… 겠군요."

"그보다는 염빙화의 일을 매듭짓는 게 더 급할 것 같은데, 이공의 생각은 어떠시오?"

"음, 그렇다면 제가 그 요녀를 상대하지요."

"나는 아직 염 노선배가 죽는 것도, 이공께서 죽는 것도 바라지 않소이다."

"그렇지요. 역시 죽어서는……."

나부천존이 제 뒤통수를 긁었다. 불같은 성미를 가지고 있었기에 앞뒤 대책없이 버럭버럭 화부터 내는 게 그의 특징이었다.

지금도 염 파파든 당 노인이든 죄다 죽여 버려야 한다고 흥분해서 길길이 날뛰다가 교주의 몇 마디 말에 맥이 빠져서는 어떻게 해야 할지 잊어버리고 쩔쩔매는 것이다.

단순하기 짝이 없고, 그래서 늙어서도 어린애 같은 구석이 남아 있는 나부천존을 바라보던 유시천이 빙그레 웃었다.

"열흘 뒤에 염 노선배가 이 근처를 지나가게 될 것 같으니 그때 내가 몸소 그녀를 만나보겠소. 이공께서는 그저 백화각에서 무희들의 춤을 구경하며 술을 마시고 있으면 되오."

"교주! 나를 무시하는 것이오?"

나부천존이 다시 발끈해서 버럭 소리쳤다.

그 무렵, 염 파파를 태운 마차는 안휘성으로 접어들어 기홍(祁紅)이라는 이름의 홍차로 유명한 기문현(祁門縣)을 지나고 있었다.

무한을 떠난 지 보름 만의 일이다.

황석까지 하루 만에 달려온 뒤 거기서 배를 빌려 장강을 타고 중경을 향해 흘러가다가 망강진(望江津)에서 내려 다시 육로를 택했다.

험한 산굽이며 준령을 몇 번이나 넘고 망망대해 같은 벌판을 며칠이나 달려서 보름이 지나 기문현에 이르게 된 것이다.

그 유명한 황산(黃山)의 남쪽 기슭에 이르는 데까지 오백 리 남짓 남았으니 하룻길이다.

거기에서는 다시 배를 타고 신안강(新安江)을 느릿느릿 흘러 내려가 건덕현(建德縣)까지 갈 셈이었다.

그 다음부터는 험한 산길이다.

천태산까지의 일천 리에 이르는 길이 높고 낮은 산들로 끊임없이 가로막혀 있으니 여태까지 온 것보다 배는 더 많은 시간이 걸릴지도 모른다.

소걸은 그동안에도 하루가 다르게 변해갔다. 이제는 곁에서 지켜보는 염 파파가 놀라움을 넘어서 두려움마저 느낄 정도가 되었지만 세상에서 그걸 아는 사람은 아무도 없었다.

능학빈도 이전과는 비교할 수 없이 달라졌다. 충복도 그런 충복이 없다시피 변한 것이다.

염 파파에게는 물론, 소걸을 대하는 태도도 극진하고 은근했다. 소걸이 제 목숨을 구해준 은인이라는 걸 한시도 잊지 않고 있었던 것이다.

홍차로 유명한 기문현에 왔으니 그냥 갈 수가 없다.

염 파파는 마차를 마을에서 뚝 떨어져 외진 곳에 있는 허름한 찻집에 세웠다.

그녀가 즉시 뛰어들어 가 준비를 시키려는 능학빈의 뒷덜미를 쥐고 조용히 말했다.

"쉿, 그저 지나가는 사람들인 게야. 목이 마르고 피곤해서 잠시 쉬어 가려는 것이니까 그렇게 해."

그래서 능학빈은 말이 없는 마부가 되었고, 염 파파가 소걸의 부축을 받으며 찻집 안으로 천천히 걸어 들어갔다.

누가 보든 노쇠한 할머니가 손자의 도움을 받아 오랜만에 나들이에 나선 모습이다.

"이리로, 이리로 앉으시지요."

육십 줄에 들어 보이는 초라한 영감이 바쁘게 나와 염 파파를 부축해 툭 터진 창가의 전망 좋은 자리로 모셨다.

"무슨 차를 드시렵니까?"

"기문에 왔으니 홍차를 맛봐야 하지 않겠는가?"

"그러믄입쇼. 이제 보니 파파께서는 차를 아주 잘 아시는군요."

"세상 사람들이 모두 홍차라면 기홍향(祁紅香)이 최고라고들 하지. 그 맛을 보고 싶어 이렇게 찾아왔으니 좋은 차로 내주게."

"여부가 있겠습니까요? 꼴은 이래 봬도 삼십 년 전통을 가진 찻집이랍니다. 최고의 기홍차를 내오지요."

주인 영감이 다박사를 겸하는 듯 부지런히 주방으로 들어가더니 오래 걸리지 않아 뜨거운 차를 한 주전자 내왔다. 아직 차를 따르지도 않았는데 벌써부터 은은한 사과향이 찻집 안에 안개처럼 퍼졌다. 기홍향이라고 부르는 바로 그것이다.

염 파파는 물끄러미 창밖에 피어 있는 목백일홍의 화사한 자태를 바라보고 있었다.

백 일 동안 화사하게 피어 있는 꽃이지만 밤이슬이 차가워질 때면 덧없이 져서 그 많던 꽃이 자취를 감추는 데 사흘도 길다.

목백일홍의 무상함이 그와 같듯 사람의 일생도 다르지 않으리라.

염 파파는 뜰 가득 무성한 꽃 그늘을 드리우며 활짝 피어 있는 저 꽃이 부러웠다. 금년에 져도 내년에는 다시 피어날 것이기 때문이다.

하지만 사람은 한 번 시들면 다시 그 빛을 찾지 못하고, 한 번 지면 다시 피어나지 못한다.

그런 생각들로 인해 파파의 가슴속에는 말할 수 없는 회한과 서글픔이 가득해졌다.

그런 할머니의 마음을 알 리 없는 소걸이 익숙한 솜씨로 탁자에 다반을 받아 내려놓고 흰 천을 깐 다음 다기를 차례로 벌려놓았다.

쪼르르르—

주전자를 기울여 차를 따르는 소리가 맑고 경쾌하다.

곁에서 그것을 지켜보던 주인 영감이 감탄했다.

"이 작은 도련님은 할머니를 위해서 차를 많이 따라본 솜씨로군. 어디 한 군데 나무랄 데 없으니 우리 찻집에 두고 다동으로 부리고 싶은 걸?"

"쳇, 어림없는 소리 마세요. 어디 할 짓이 없어서 이런 궁벽한 찻집에서 다동 노릇을 하겠어요?"

소걸이 입을 삐죽 내밀고 퉁명스럽게 대꾸했다.

불선다루에 있으면서 차 심부름한 것도 지겨운데 또 그 짓을 하라 싶었던 것이다.

2

"역시 좋다."

향기를 음미하고 혀를 적시고 난 염 파파가 진정으로 감탄해서 칭찬했다.

"과연 이 집의 주인은 제대로 차를 우려낼 줄 아는 사람이로다."

"뭐, 할아버지가 끓여주던 그 맛인데요?"

소걸이 심드렁하게 대꾸했다. 불선다루에도 기문홍차가 있지 않던가. 그것도 최상품으로만 구색을 갖추었다.

당 노인이 원체 차에 대한 안목이 높고 까다로워서 허접한 것은 쳐다보지도 않았기 때문이다.

그 기홍을 맛보았으니 본산지인 기문에서 내놓은 기홍차라고 해서 다르지 않을 것이다.

염 파파가 실쭉한 눈길로 소걸을 한 번 흘겨보고 턱을 옮겨 창밖을 가리켰다.

"저렇게 좋은 나무를 바라보며 차를 마셔본 적이 있느냐? 황량한 흙바람을 피해 숨어서 마시는 것과 이처럼 맑은 날 백일홍을 보며 느긋이 마시는 것과는 비교할 수 없지. 분위기에 따라서, 마시는 사람의 기분과 감정에 따라서 같은 차라고 해도 천 가지의 맛이 나느니라."

"나무가 좋긴 하네요."

소걸은 여전히 심드렁하다.

기껏 천하제일의 절기를 배우고 익혀서 장가보의 호위나 하라는 할머니의 말이 곱씹을수록 야속하고 못마땅했던 것이다.

"우리 다루에도 저런 나무가 한 그루 있었으면 좋겠다."

"하나 구해다 심죠 뭐."

"에휴, 어느 세월에 커서 저처럼 아름드리 나무가 되겠느냐?"

"한 백 년이면 될 텐데요?"

"그럼 네가 장가들어 자식을 낳고, 그 자식이 또 자식을 낳으면 그 녀석이 꽃을 보며 얘기하겠구나. 우리 할아버지가 총각 때 심어놓은 것이라고 말이야."

"……."

소걸은 비로소 할머니의 감정이 평소와 같지 않다는 걸 눈치 챘다.

"왜 그러세요?"

"네가 보고, 네 자식이며 손자들이 볼 수 있는 걸 나는 보지 못하게 될 테니 그게 서러워서 그러지."

"할머니……."

"다시 그곳에 돌아갈 수 있을지……. 너와 함께 목백일홍 한 그루를 심을 수 있을지……."

"안아드릴게요."

소걸이 벌떡 일어나 할머니 곁에 앉아 그녀를 품에 안았다.

작다.

어렸을 때는 할머니의 품 안이 그렇게 넓고 아늑했는데, 지금 제 품에 안긴 할머니의 어깨는 작고 야위었다. 살보다 뼈가 많은 것 같아서 가슴이 아팠다.

소걸을 이렇게 품에 안고 얼러주던 염 파파가 지금은 소걸의 가슴에 안겨 있으니 아이는 자라 소년이 되고 청년이 되어가지만 그녀는 점점 작고 볼품없어지는 까닭이다.

누구라서 이와 같은 일을 막을 수 있으랴.

소걸의 팔에 안겨 눈을 감고 있는 염 파파의 마음속에 지나온 모든 세월들이 주마등처럼 어지럽게 스쳐 지나갔다. 그녀가 한숨을 쉬고 소걸을 밀어냈다.

"나가서 네가 마차를 지키고 능가더러 들어오라 해라."

어느덧 그녀의 얼굴은 다시 무표정해져 있었다. 눈빛마저 싸늘하다.

마차는 찻집 곁의 양지바른 돌담 아래 있었다. 꾸벅꾸벅 졸고 있던 능학빈이 화들짝 놀라 달려들어 가고 소걸이 마부석에 앉았다.

소걸은 할머니의 우울해하던 모습이 자꾸만 떠올라 마음이 편치 못했다. 담 너머로 보이는 목백일홍의 우산처럼 퍼진 아름다운 꽃가지가 미워졌다.

저놈을 톱질해서 썽둥썽둥 썰어버리고 갈까 보다 하는 심통 맞은 생각이 들 즈음, 몇 사람이 찻집으로 다가왔다.

"애, 네가 마부냐?"

점잖은 선비로 보이는 청년이 섭선을 부쳐 가며 물었다. 그를 보자 단옥당이 떠올랐다. 겉모습은 얼마나 미끈한 귀공자였던가. 점잖고 우아한 서생의 모습을 하고 있었지만 그 속은 악귀요, 음흉한 구렁이였다.

"그렇다면 어떻고 아니면 어떻게 할 거요?"

나기는 대꾸가 공손할 리 없다. 서생 곁에 있던 두 명의 시커먼 중년 대한이 눈을 부라렸지만 서생은 빙글빙글 웃을 뿐이다.

그가 섭선을 접어 마차를 툭툭 치며 다시 물었다.

"이 마차에 타고 있던 손님들은 어디 갔지?"

"찾아보시구려."

"고약한 놈이구나. 마부가 공손하지 못하고 툴툴거리면 되겠어?"

"물어보는 사람이 공손하지 못하고 이놈저놈 하면 되겠소?"

"그래, 내가 잘못했다. 그런데 듣기로는 제법 나이 든 자가 마부라던데……. 오라, 네가 혹시 그 할머니를 모신다는 시동 아니냐?"

"응?"

듣고 보니 이쪽의 사정을 훤히 알고 있지 않은가. 그러면서도 마부냐 아니냐 물으며 수작을 붙인 건 뭔가 꿍꿍이가 있어서일 것이다.

"당신은 누구요?"

"나야 저 건너에 사는 어른이지."

청년이 섭선으로 동쪽을 가리켰다. 첩첩이 포개져 있는 산봉우리와 구름이 보인다.

대꾸에 조금도 성의가 없으니 더 말하고 싶지 않았다. 소걸이 파리를 쫓듯 손을 흔들었다.

"됐소, 가보시오. 나는 당신과 말장난이나 하고 있을 만큼 한가롭지 못하다오."

"하하, 뭐가 그리 바쁜네?"

"바야흐로 졸 시간이거든."

눈을 흘긴 소걸이 더 상대하지 않겠다는 듯 등자에 발을 뻗고 등받이에 기대서 팔짱을 꼈다. 눈마저 꾹 감아버린다.

"이런 고약한 놈이 있나!"

시커먼 중년 장한 중 한 명이 눈을 부라렸지만 소걸은 들은 척도 하지 않았고, 서생이 눈짓으로 만류했다.

"차 향기가 좋다. 우리도 들어가서 한잔 마시고 가자."

서생이 두 중년 장한을 휘몰고 찻집으로 들어가는 걸 실눈을 뜨고 지켜보던 소걸이 피식 웃었다.

그들은 뒤쫓아오고 있는 자들 중 처음으로 모습을 드러낸 것에 지나지 않았다.

마차가 안휘성에 들어섰을 때부터 끈질기게 따라붙는 자들이 있었는데, 어쩌나 은밀하고 조심성이 많은지 좀체 눈에 띄지 않았다.

게다가 하루나 반나절쯤 지나고 나면 그자는 슬그머니 사라지고 새로운 자가 미행을 이어받았다.

때로는 상인으로, 때로는 길 가는 나그네로, 때로는 관리나 병졸로 변해 있었으므로 여간해서는 알아챌 수 없었다.

그래서 소걸은 조금도 눈치 채지 못하고 있었지만 능학빈은 동창의 물을 오래 먹은 자답게 금방 그것을 느끼고 소걸에게 귀띔을 해주었다.

소걸이 다시 할머니에게 그 말을 해주었지만 염 파파는 코웃음만 쳤다.

"내가 무한을, 정확히 악양루를 떠날 때부터 수상한 자들이 따라붙었더니라."

"어라? 그럼 벌써 알고 계셨어요?"

"강호에서 제 한 목숨을 붙이고 오래 살아남으려면 누구보다 눈치가 빠르고 신경이 예민해져 있어야 하느니라. 그렇지 않으면 언제 등에 칼을 맞고 죽을지 알 수 없지."

할머니가 아무렇지 않게 해준 그 말이 소걸의 뒤통수를 후려쳤다.

'나는 너무 할머니에게만 의존하고 있다.'

그런 자각이 생기면서, 무감각하고 무신경한 자신의 모습에 대한 책망의 마음이 생겼던 것이다.

그 뒤부터 소걸은 뒤에 바짝 신경을 썼다. 이번에는 능학빈이 웃으며 주의를 주었다.

"소형제, 그렇게 해서는 절대로 미행자를 잡을 수가 없어."

"왜요?"

"내가 지금 신경을 곤두세우고 너희들의 움직임을 살피고 있다. 이렇게 떠벌리는 것과 같잖아."

"아, 그럼 어떻게 하라고요!"

"흘흘, 알고도 모르는 척, 보고도 못 본 척 내숭을 떨어야 하는 거지. 그래야 미행하는 자들도 안심하고 계속 따라붙을 거 아닌가. 그러면 내가 필요할 때 낚아채서 족칠 수가 있지."

온갖 수단과 방법을 가리지 않고 서로 속고 속여야 한다는 얘기다.

"응, 그런 거였군요."

소걸이 머리를 끄덕였다.

그렇게 해서 그는 미행자들로부터는 상대가 눈치 채지 못하게 미행하는 법을, 능학빈으로부터는 그런 미행자들을 이용하는 법을 배웠다.

그리고 할머니에게서는 무공만으로 행세하고 살기에는 강호가 그리 녹록치 않다는 걸 배웠으니 절기 하나를 배워 익힌 것보다 유용한 일이었다.

그렇게 은밀히 뒤따르던 자들이 스스로를 드러내고 접근해 왔다는 건 두 가지 경우일 것이다.

이쪽에게 들켰다는 걸 알았거나, 이제 더 이상 숨어서 뒤쫓을 필요가 없게 되었다는 것이리라.

“뭐, 어쨌든 덜 귀찮게 된 셈이니 좋은 일이지 뭘.”
소걸이 늘어지게 하품을 했다.

찻집에 들어선 서생은 염 파파에게는 눈길 한 번 주지 않았다. 반대쪽 창가의 자리를 차지하고 앉아서 천연덕스럽게 홍차를 시켰을 뿐이다.
그들은 태연한데 능학빈이 긴장했다.
“어떻게 할까요?”
“내버려 둬.”
“명하시면 제가 미리 조사를 좀 해놓겠습니다만…….”
“뭐 하러?”
“상대가 누구인지, 무엇 때문인지 안다면 대처하기가 편하지 않겠습니까?”
“흥!”
염 파파의 코웃음이 싸늘하다. 능학빈은 ‘아차!’ 하고 뉘우쳤다.
염 파파가 누구인가. 어떤 놈이 어떤 수작을 부린다고 눈 하나 깜짝할 사람인가 말이다.
쥐새끼들이 떼지어 다니며 엿본들 커다란 호랑이를 어찌할 수 있으랴.

3

다시 몇 사람이 찻집 안으로 들어섰다.
이번에는 장사꾼 차림의 중년인과 헐렁한 마의에 칼을 든 장한, 그리고 곰방대를 빠는 곰보 늙은이였다. 군데군데 기운 낡은 옷을 입고 부스스한 몰골을 하고 있는 것이 막 밭일을 하다 온 노인 같았다.

그들의 뒤를 따르듯 다시 한 사람이 쿵쿵거리며 들어섰다.

거인.

그렇게 부를 수밖에 없을 만큼 크고 우람하게 생긴 거한이다.

시커먼 얼굴을 온통 구레나룻이 뒤덮고 있으니 나이가 얼마나 되었는지 짐작할 수도 없다.

다른 사람보다 머리통 두 개만큼이나 더 큰 키에 깍지동이 같은 허리. 팔다리가 마치 통나무 같았고, 무성한 털에 뒤덮인 가슴이 떡 벌어졌다.

낡은 바지에 상체는 짐승 가죽으로 옷을 만들어 걸쳤다. 허리띠 삼아 질끈 묶은 새끼줄에는 술이 든 게 틀림없어 보이는 가죽 부대를 매달았고, 칼 한 자루를 아무렇게나 꽂았다. 보통 사람들은 들기도 힘든 파풍도(破風刀)를 소도(小刀) 삼아 차고 있는 게 분명했다.

마치 흑곰 한 마리가 어슬렁거리며 들어온 형상이고, 지옥을 지키는 옥사장이 세상으로 나온 듯한 모습이라 그를 본 사람들이 모두 혀를 내둘렀다.

더욱 사람들의 기를 질리게 한 건 그가 어깨에 척 걸치고 있는 한 자루의 도끼였다.

족히 이백 근은 나가 보일 만큼 무지막지한 것이다. 게다가 새파랗게 갈려 있는 날에 섬뜩한 한기마저 서려 있어서 보는 것만으로도 절로 목이 움츠러든다.

휘두를 것도 없이, 그냥 떨어뜨리기만 해도 말의 목을 뎅겅 잘라 버릴 수 있을 것 같다. 그러니 굳이 이름을 지어 붙이자면 참마대부(斬馬

大斧)라고 해야 하리라.

생긴 것과 그 도끼만으로도 그는 단번에 찻집의 분위기를 휘어잡기에 충분했다.

화등잔만한 눈을 뜨고 두리번거리니 그자와 눈이 마주친 사람들은 모두 질리고 놀라서 감탄성을 터뜨렸다.

"제기랄, 하고많은 술집을 놔두고 하필 찻집이람."

힐끔 염 파파를 곁눈질한 그가 투덜거리고 빈자리에 엉덩이를 내려놓았다. 하지만 낡은 의자가 엄청난 체중을 견뎌줄 리 없다.

그것이 와지끈 하고 부서지는 통에 엉덩방아를 찧게 된 거한이 오만상을 찡그렸다.

그 모습이 너무 의외의 일이라 제일 먼저 찻집에 들어왔던 서생이 참지 못하고 큰 소리로 웃음을 터뜨렸다.

엉덩이를 털고 일어나 그를 무섭게 노려본 거한이 빈 의자를 한 개 끌어당겨 다시 앉았고, 다시 엉덩방아를 찧었다.

화가 나지 않을 수 없으리라.

씩씩거린 그가 세 번째 의자를 끌어당겨 앉았다. 그리고 세 번째 엉덩방아를 찧는다.

"빌어먹을, 대체 오늘 이 어르신께서 몇 번이나 엉덩방아를 찧는지 보고 말 테다!"

닥치는 대로 의자를 끌어당겨 앉고 엉덩방아 찧기를 계속했다.

그러기를 십여 차례. 거한은 마치 제 엉덩이로 의자를 눌러 부수는 일에 재미라도 들인 사람 같았다.

이제는 남은 의자가 없다. 염 파파가 앉아 있는 탁자에 두 개의 빈 의자가 있을 뿐이다.

성큼성큼 다가온 거한이 그중 한 개에 손을 댔다. 염 파파에게 물어
보지도 않았고, 능학빈의 존재는 아예 무시한다.

능학빈이 눈살을 찌푸렸지만 염 파파는 모르는 척 창밖의 목백일홍
을 바라보기만 했다.

의자를 제 자리로 가져간 거한이 털썩 주저앉았고, 역시 박살난 의
자와 함께 나뒹굴었다.

다시 씩씩거리며 와 마지막 한 개 남은 의자를 집었을 때 문 앞에서
바락 악쓰는 소리가 들렸다.

"그만둬! 그건 내 거야!"

소걸이었다.

찻집에 수상한 자들이 쉬지 않고 들어가고, 시끌시끌해지는 것도 모
른 척했는데, 생전 처음 보는 거한이 커다란 도끼를 둘러메고 쿵쿵거리
며 찻집 안으로 들어가자 더 이상 마차만 지키고 있을 수 없었다.

그의 눈에는 거한이 사람이 아니라 괴물처럼 보였다. 그래서 호기심
을 참지 못하고 들어왔다가 벌써부터 거한의 엉뚱하고 미련한 짓을 구
경하고 있었던 것이다.

달려온 소걸이 거한의 손에서 의자를 빼앗으며 매섭게 노려보았다.

거한이 '뭐 이런 꼬맹이가 있나?' 하는 듯이 눈을 멀뚱거리며 내려
다본다.

그 앞에 서자 소걸은 마치 고목나무 아래에서 왈왈거리는 강아지 같
았다.

"덩치만 크면 다야? 덩치 크고 미련하지 않은 놈을 내가 못 봤다! 이
렇게 의자들을 죄다 부수어 버리면 대체 주인 영감님은 어떻게 장사를
하라는 거야? 네가 먹여 살릴 거야? 앙!"

한 손을 허리에 척 올려놓고 삿대질까지 해가며 악을 쓰는 모습이 눈을 멀뚱거리고 있는 거한과 비교되어서 우스꽝스러웠다.

소걸은 누가 이렇게 집기를 부수거나 점소이를 구박하는 걸 보면 참을 수 없이 화가 나곤 했다. 제가 불선다루의 다동이던 시절을 잊을 수 없어서이다.

"이렇게 못된 멍청이는 황망령에 왔어야 해. 거기서 이 짓을 했어야 철이 들어서 내려갈 텐데 말이야."

빼앗은 의자를 들고 할머니 곁에 가 앉으며 투덜거렸다. 그게 무슨 말인지 알아들을 사람은 할머니와 능학빈뿐이다. 능학빈이 빙긋 웃었고, 염 파파는 여전히 창밖의 뜰에 던지고 있는 눈길을 거두지 않았다.

물끄러미 소걸을 내려다보던 거한이 제 뒷머리를 긁었다. 그리곤 미련없이 돌아선다. 그게 의외라 사람들이 다시 눈을 휘둥그레 떴다.

그들은 소걸이 저렇게 겁없고 버릇없이 굴었으니 거한이 참지 못하고 흉성을 터뜨릴 것이라고 여겼던 것이다.

소걸 같은 소년이야 손가락만 한 번 팅겨도 즉사하리라.

그러면 한바탕 시끄러워지고 재미있는 구경을 하게 되리라 기대했는데 싱거워졌다.

물러선 거한이 앞서 와 자리를 차지하고 앉아 있는 사람들을 씩씩거리며 둘러보았다. 어떤 놈의 의자를 빼앗을까 생각하는 것 같다. 아니, 분풀이할 대상을 찾는 것 같기도 했다. 그래서 거한을 비웃던 자들 모두가 불똥이 자기에게 튈까 봐 눈길을 엄한 데 둔 채 헛기침만 해댔다.

거한의 행패가 두려운 주인이 낑낑거리며 빈 항아리 한 개를 안고 와 내려놓았다.

"손님, 의자가 부실하니 여기에 앉으시지요."

"돈도 물어내!"

염 파파 곁에서 소걸이 다시 악을 썼다. 두려운 줄을 모른다.

"무슨 돈?"

막 항아리에 엉덩이를 걸치던 거한이 엉거주춤한 자세 그대로 멈추어서 물었다. 제 딴에는 왜 저 꼬마가 돈을 내라고 하는 건지 열심히 생각하는 듯 주먹만한 눈알이 데구루루 구른다.

"의자를 열두 개나 박살 냈잖아! 물어내기 싫으면 거기 앉아서 죄다 고쳐 놔!"

불선다루에서는 그랬다. 그것도 싫은 자들은 제 목을 내놓고 잠잠해지면 된다.

하지만 이 초라한 찻집에서야 어디 그게 통할 것인가.

사람들은 이제야말로 저 거한이 발광을 할 것이라고 잔뜩 기대했다. 그런데 한참 만에 그가 한 말은 엉뚱한 것이었다.

"얼마야?"

눈을 멀뚱거리던 거한이 어눌한 음성으로 물었다. 주인이 아니라 소걸에게다.

"한 개에 한 냥. 그러면 모두 몇 냥을 물어내야 하지?"

우물쭈물하던 거한이 할 수 없다는 듯 제 손가락을 하나씩 꼽기 시작했다. 셈이 잘 되지 않는 듯 얼굴이 시뻘게져서 쩔쩔맨다. 손가락 열 개를 다 꼽았어도 부족하니 그런 모양이다. 기어이 진땀마저 흘리며 낑낑거렸다.

"와하하하하―"

긴장과 호기심으로 지켜보던 사람들이 모두 웃음을 터뜨렸다.

"저게 이제 보니 영 멍청하잖아?"

소걸이 혀를 찼다. 이제는 더욱 거한이 무섭지 않다. 회초리 하나를 들고 큰 황소를 다그치는 주인집 꼬마가 된 것이다.

한동안 낑낑거리던 거한이 그 크고 시뻘건 입을 활짝 벌리고 소리없이 웃었다. 그리고 자랑스럽다는 듯 소리쳤다.

"열두 냥이다!"

"그래, 내놔!"

그 말에 제 뒤통수를 긁으며 소걸의 눈치를 힐끔힐끔 보더니 기어들어 가는 음성으로 중얼거렸다.

"제기랄, 이 어르신은 돈이 없단 말이다."

"뭐야?"

"대신 이걸 주면 안 될까?"

소걸의 눈치를 보며 더욱 쭈뼛거린다.

그래서 사람들이 다시 한 번 왁자하게 웃었다. 처음 거한의 기이한 용모와 도끼에 질려서 찔끔했던 사람들 중 이제는 더 이상 거한을 두려워하는 자가 없게 된 것이다.

그들을 향해 눈을 부라린 거한이 입맛을 다시며 꺼내놓은 것은 오리 눈알만한 붉은 구슬이었다.

"엇!"

"호안석(虎眼石)이다!"

"오오, 저렇게 큰 호안석이라니!"

개중에 그 구슬을 알아본 자들이 놀람으로 입을 크게 벌리고 소리쳤다.

호안석은 멀리 간포채(柬埔寨:캄보디아)에서 나는 보석이다. 묘안석(猫眼石)과 비슷하지만 더 귀하고 값지다.

손톱만한 묘안석 한 알이 중원에 들어오면 황금 열 냥의 가치를 지니게 되니 저만한 호안석이라면 황금 이삼백 냥을 부른다 해도 싸게 부른 것이리라.

"줘봐."

재빨리 달려온 소걸이 거한의 손바닥에서 냉큼 그것을 낚아챘다.

"가짜는 아니겠지?"

"가짜…… 아니다."

"그럼 됐어. 이걸로 해."

그러더니 잔뜩 겁에 질려 한사코 뿌리치는 주인 영감의 손에 억지로 쥐어주었다. 그러면서 눈을 끔벅거린다.

"사실 의자 하나에 이런 거 한 개씩은 받아야 남는 장사가 되는 거 아니겠어요? 하지만 저 미련퉁이가 가진 게 없어 보이니 이걸로 봐주는 게 어때요? 뭐, 실수로 그런 것 같으니까 그만 용서해 주죠?"

주인 영감은 이게 꿈인지 생시인지 싶다. 정신없이 머리를 끄덕이기만 했다.

【第四章】

삼인삼색(三人三色)

1

　한바탕 소란스러웠던 분위기가 정리되어 갈 때쯤 갑자기 요란한 말발굽 소리가 들려왔다.

　처음에는 멀리서 들리던 것이 금방 찻집 앞에 닥쳤다. 보통 빠른 준마들이 아니고, 그것을 모는 기수가 보통 채근한 게 아니다.

　우르르르, 하며 낡은 찻집이 흔들리더니 요란한 말 울음소리들이 천둥치듯 들려왔다. 마치 한 떼의 기마병사들이 돌진해 온 듯하다.

　문 앞에서 말들의 질주가 뚝, 멎고 기침없는 발소리와 함께 어섯 사람이 찻집으로 성큼 들어섰다.

　이마를 붉은 수건으로 질끈 동이고, 짙은 남색의 전포 위에 단갑을 입었다. 허리띠에 보검을 차고 있으니 마치 병영의 씩씩한 무장들이 무리 지어 들어선 것처럼 절로 위엄이 배어났다.

　하나같이 부리부리한 눈매에 태양혈이 우뚝 솟아 있었다.

여섯 검수는 들어선 즉시 입구 좌우로 늘어섰다. 이제는 그들의 허락이 없는 한 누구도 함부로 들어오거나 나갈 수 없게 되었다.

여섯 검사가 들어선 뒤 다시 다섯 명의 사내가 당당한 걸음으로 들어왔다. 역시 단갑을 걸친 무사 복장을 한 자들인데, 사십에서 오십대로 보이는 건장한 자들이었다.

선두에 선 자는 긴 수염의 초로인으로, 육십을 넘겨 보이는 나이에도 불구하고 몸집이 단단하고 우람했다.

한 자루 커다란 철궁(鐵弓)을 쥐었고, 등에는 스무 개의 화살이 꽂힌 전통을 메었다.

화살 하나의 굵기가 손가락만한데다가 길이가 무려 반 장 가까이 되는 것이라 활에 걸어 쏘는 것이라기보다 노궁전(弩弓箭)이라고 해야 어울릴 것 같았다.

자세히 보니 화살대가 거무튀튀한 빛이 감돌고 싸늘하다. 참대로 만든 게 아니라 무쇠였던 것이다. 철전(鐵箭)이다.

당금 강호에 그와 같은 활과 화살을 지닌 자는 딱 한 명이 있다.

철기궁왕(鐵騎弓王) 목천풍(木天風).

그가 나타난 것이다.

한 자루 활로 대강 남북에서 불패의 명성을 쌓아 올린 거인.

그가 몸소 이 초라한 찻집에 나타날 줄이야 누가 알았으랴.

"철기보(鐵騎堡)."

먼저 와 있던 사람들 중 누군가 낮게 중얼거리는 소리가 모두의 귀에는 천둥 소리처럼 울렸다.

위풍당당한 모습으로 들어선 목천풍이 찻집 안을 한차례 훑어보았다. 부리부리한 두 눈에서 이글거리는 신광이 쭉, 뻗친다.

번쩍이는 호목(虎目)으로 난장판이 된 찻집 안을 둘러본 그가 눈살을 잔뜩 찌푸리고 곁에 선 검은 얼굴의 무장에게 물었다.

"어찌 된 일이냐? 이 작은 찻집이 마치 무림대회장이라도 된 듯하다."

"내쫓을까요?"

무장의 말에 누군가가 '흥!' 하고 코웃음을 쳤다. 목천풍의 부리부리한 눈이 소리가 들려온 곳으로 향하더니 역시 마주 코웃음을 치고 말했다.

"흥! 감히 황산의 늙은이가 내 앞에서 거만을 떨 셈인가?"

코웃음을 쳤던 자는 곰방대를 물고 있는 초라한 노인이었다. 그가 목천풍과 눈을 마주치지도 않은 채 중얼거렸다.

"호구(虎丘)에서는 철기보가 제법 큰소리를 칠 수 있을지 몰라도 여기는 천 리나 떨어진 기문현이야. 철기보를 무서워할 사람이 별로 없지."

목천풍은 어이가 없는지 침묵하고, 곁에 있던 검은 얼굴의 무장이 버럭 소리쳤다.

"뭐라고 지껄이는 게냐!"

그러자 이번에는 노인과 동석하고 있던 헐렁한 마의의 장한이 코웃음을 치고 말했다.

"흑안노호가 큰소리칠 만한 자리가 아닐 텐데?"

"무엇이?"

철기보의 흑안노호(黑顔怒虎) 엄이안(嚴邇岸)이라면 철기오걸(鐵騎五傑) 중 한 사람이자 절정의 도객(刀客)으로 이름이 높은 자였다.

두 자루의 칼을 손에 쥐면 당할 자가 없다고 해서 철기보가 있는 소주(蘇州)의 호구산(虎丘山)은 물론, 멀리 막간산(莫干山)과 천목산(天目山) 일대에서까지 비호쌍도(飛虎雙刀)라는 별호로도 불린다.

강소 남부와 절강 북부에 걸쳐 영향력을 행사하는 무시할 수 없는 고수인 것이다. 그뿐만 아니라 철기보의 오걸이 모두 그와 같았다.

보 내에서는 물론 밖에서도 언제나 두려움과 공경을 받아왔던 엄이안인지라 본 적도 없는 젊은 장한의 비웃음을 참아 넘길 수가 없었다.

"쥐새끼 같은 놈이 감히 나를 비웃다니? 여벌로 가지고 다니는 목이라도 몇 개 있단 말이냐?"

이번에는 다른 쪽에서 크게 웃는 소리가 장한의 대답을 대신했다.

"하하하— 비호쌍도가 이제는 눈이 침침해져서 코앞의 것도 제대로 볼 수 없게 된 모양이다. 광풍도 초구량, 초 대협도 알아보지 못하다니."

넉넉하게 생긴 중년의 상인이었다.

그들 노인과 장한, 상인 차림의 세 인물은 한통속인 게 틀림없다.

광풍도(狂風刀) 초구량(草九梁).

그 이름을 들은 엄이안이 눈을 크게 떴고, 당당한 위세를 자랑하던 철기궁왕 목천풍도 의외라는 듯 장한을 바라보았다.

허름한 옷차림에 평범한 얼굴. 어느 한 곳 특별히 눈에 띄는 곳이 없는 자였다. 저잣거리에 나가면 저와 같은 자들은 하루에도 수백 명을 볼 수 있다.

탁자 위에 올려놓고 있는 칼도 특색이 없다. 손때가 묻어 반질거리는 낡은 칼집이 오래된 물건이라는 걸 짐작하게 해줄 뿐이다.

하지만 초구량이라는 이름과 광풍도라는 외호에 대해서는 대강 남북의 무림인 중 모르는 자가 없다 해도 과언이 아니었다.

지난 오 년간 강소와 하남, 호북, 안휘성 북쪽 등지에서 거칠 것 없
는 호한의 행보를 해왔는데, 협행을 주로 했으므로 어느덧 그의 이름
뒤에는 대협(大俠)이라는 칭호가 붙어 다녔다.

그러나 좀처럼 장강을 건너오는 일이 없었기에 장강 남쪽의 무림에
서는 그의 얼굴을 본 자가 드물었다.

목천풍과 엄이안 역시 그의 명성은 귀가 따갑게 들어왔으나 직접 보
는 건 처음이라 어리둥절했다.

그처럼 위명이 쟁쟁한 자의 행색이 시골집 머슴 같았기 때문이다.

목천풍이 초구량을 소개한 상인을 바라보며 말했다.

"이제 보니 모두 쟁쟁한 사람들이었군. 그렇다면 당신도 무명소졸은
아닐 터. 이름을 물어도 되겠소?"

노인, 안휘와 절강의 무림에서 황산노자(黃山老子)라 불리는 왕이(王
二)에 대해서는 철기보의 누구나 다 잘 알았다. 그가 두 성을 오가며 기
행을 많이 한 탓이다.

하지만 부유해 보이는 상인에 대해서는 역시 처음 보는지라 궁금증
이 일었다.

황산노자 왕이가 빨고 있던 곰방대를 털며 지나가는 말인 것처럼 중
얼거렸다.

"금산반(金算盤) 장금료(張金了)를 모르다니, 역시 철기보는 눈과 귀
를 벌써 닫아놓은 모양이니 머지않아 그 문도 굳게 닫고 열지 못할 날
이 오겠구나."

"으음―"

망할 날이 멀지 않았다는 노인의 지독한 비아냥거림을 들었으련만
목천풍은 깊은 침음성을 흘릴 뿐 조금 전처럼 기세등등해서 꾸짖지 못

했다.

금산반 장금료라면 천하가 다 아는 지독한 자였다.

누구보다 이재(理財)에 밝았고, 그보다 더 무공에 뛰어나서 십여 년 전부터 사천과 운남 일대에서 특이한 명성을 날렸다.

때로는 협행도 했고, 때로는 지독한 짓도 서슴지 않았는데, 그 모든 일의 원인과 결과를 따져 보면 돈에 대한 집착 때문이었다. 자신에게 이익이 되지 않으면 결코 꼼짝하지 않았던 것이다.

혼자 쌓은 부가 한 성을 움직일 만하고, 홀로 쌓은 강호에서의 명성이 한 문파의 장문 명숙들과 비견될 만한 자.

어찌 보면 그들 세 사람은 전혀 상관이 없을 듯한데 이처럼 동행을 하고 있다. 게다가 지금처럼 안휘와 절강 경계에는 그림자도 얼씬거리지 않았던 자들이 태연하게 이곳에 와 있다는 사실이 목천풍을 어지럽게 했다.

'역시 그 일 때문이다.'

힐끔 염 파파를 훔쳐본 목천풍이 입술을 지그시 물었다.

'그렇다면 그들 또한 누군가의 하수인이 되었단 말인가?'

그런 의문이 인다.

자신이 천 리나 떨어진 이곳까지 달려온 것 또한 다른 사람의 부탁을 받고서가 아니던가.

목천풍이 이번에는 그들과 떨어진 곳에 태평스럽게 앉아 있는 젊은 서생과 그의 수하로 보이는 두 장한을 바라보았다.

"그대 역시 내력이 있는 자겠지?"

서생이 섭선을 와락 펼쳐 활활 부쳐 대며 웃었다.

"하하하, 소생의 나이 스물을 넘긴 지 몇 해 지나지 않았는데 아무려면 저분들처럼 큰 명성을 얻었겠습니까?"

"이름을 밝혀라."

"망문성(忘聞姓)이라고 합지요."

"망문성?"

기이한 이름이다.

들어봐야 곧 잊을 거라는 의미 아닌가. 고개를 갸우뚱거리던 목천풍의 얼굴이 노여움으로 달아올랐다.

"감히 나를 놀리다니!"

"이름이야 나를 부르라고 있는 것이니 아무려면 어떻습니까? 목 보주께서 '망문성!' 하고 불렀는데 설마 저 황산노자나 금산반 장 대인이 '예!' 하고 대답하지는 않겠지요? 그러면 되지 않았습니까?"

결국 제 신분을 밝히지 않겠다는 의도가 분명하다.

강호에서 선배가 묻는데 새까만 후배가 대답하지 않는다면 그런 실례가 없다. 선배를 무시하는 것이니 후레자식이라고 욕을 먹어도 싸다.

하지만 목천풍은 노여움을 속으로 삭일 수밖에 없었다. 껄끄러운 눈앞의 세 괴물과 서생의 관계를 알 수 없으니 함부로 화를 낼 수 없었던 것이다.

서생을 무섭게 노려본 그가 이번에는 항아리 위에 걸터앉아 퉁방울 같은 눈만 끔벅거리고 있는 거한을 바라보았다. '허!' 하는 감탄성이 절로 나온다.

2

“이름?”

거한이 머리를 갸웃거렸다.

소걸은 아까부터 그 괴물 같은 거한을 바라볼 뿐 다른 사람들에게는 눈길도 주지 않고 있었다.

목천풍이 비록 요란뻑적지근하게 들어왔지만 거한에게 쏠린 관심을 가져가지는 못했다.

“설마 제 이름도 모르지는 않겠지?”

“그러는 너는 이름이 뭐냐?”

“응?”

엉뚱한 소리에 목천풍이 눈을 휘둥그레 떴고, 그를 호위하고 있던 네 명의 중년 대한이 대로(大怒)해서 버럭 소리쳤다.

철기보의 오웅 중 네 명이다.

“어느 안전이라고 주둥이를 함부로 놀리느냐!”

“저놈이 뒈지고 싶어서 환장을 한 놈 아닌가!”

“몸뚱이에 투실투실 붙은 비곗덩어리를 믿고 그런다면 내가 살과 뼈를 차근차근 발라주마!”

“당장 무릎을 꿇고 빌지 못할까!”

거한이 그들을 멀뚱멀뚱 바라보더니 붉은 입을 쩍 벌리고 소리없이 웃었다. 그러자 그의 분위기가 돌변했다. 미련하고 멍청해 보이던 모습은 간데없고, 갑자기 한 마리의 성난 곰이 된 듯하다.

그가 번들거리는 눈으로 사웅을 노려보고 목천풍을 노려보았다.

“남의 이름을 알고 싶으면 먼저 제 이름부터 대야 하는 것 아니야? 그것도 모르는 늙은이가 거만을 떠는 꼴은 차마 봐줄 수 없군.”

“이, 이놈!”

목천풍이 분노로 주먹을 부들부들 떨었다. 그러나 거한은 조금도 개의치 않는다. 그가 이번에는 철기사옹들을 가리키며 꾸짖었다.

"제 주인 뒤에 서서 꼬리를 말고 짖어대는 개새끼들이라니! 그런 주제에 감히 이 어르신을 욕해? 이리 나와라, 대갈통을 한 대씩 갈겨주마!"

"저, 저런 죽일 놈!"

철기보의 오옹은 모두 절강 무림에서 쟁쟁한 명성을 얻고 있는 고수들이다. 그들 중 네 명이나 이번 길에 보주를 호위해 왔으니 철기보가 통째로 옮겨왔다고 해도 과언이 아니다. 하지만 거한은 몰라서 그러는 건지, 아니면 무지해서 그런 건지 조금의 두려움도 없었다.

그의 만용이라 할 수 있는 무모함에 모두 눈살을 찌푸렸다.

당금 강호에서 과연 철기궁왕 목천풍을 면전에 두고 그렇게 욕을 해댈 자가 몇이나 있을 것인가.

보주를 모시고 온 사옹 중 가장 성미 팔팔한 철혈곤사(鐵血棍師) 가구량(可九量)이 더 참지 못하고 와락 뛰쳐나갔다.

"기다려!"

목천풍이 소리쳤지만 이미 늦어서 가구량이 이를 부드득 갈며 내력을 한껏 실은 일권을 거한에게 날리고 난 뒤였다.

거한은 아직 그 큰 몸을 다 일으키지 못했다. 가구량의 주먹이 잉거주춤한 그의 가슴을 강타했다.

쿠앙―!

몽둥이로 통나무를 힘껏 후려친 것처럼 요란한 격타음이 터져 나왔다.

철기보의 오옹은 모두 그 내력의 수위가 절정고수와 견주어도 될 만

큼 높다. 그런 가구량의 주먹을 고스란히 맞았으니 살과 뼈로 된 육신
이 견뎌낼 리가 없다.

집채만한 바윗덩이라 할지라도 단번에 박살나 부서졌을 텐데, 거한
은 그렇지 않았다.

그가 이제는 완전히 몸을 일으켰다. 가구량도 작은 키가 아니지만
거한의 가슴밖에 미치지 못한다.

거한이 눈을 끔벅이며 어이없어하는 가구량을 내려다보았다. 그 큰
눈에 번들거리는 살기가 짙어진다.

"때린 거냐?"

머리 위에서 쏟아지는 뜨거운 숨결과 웅웅 울리는 음침한 음성.

가구량은 얼이 빠지고 말았다. 앉아 있을 때도 무지막지하게 큰 놈
이라는 생각은 들었다. 하지만 이처럼 괴물 같은 자일 줄이야…….

모두 얼떨떨해져서 바라보는 중에 거한이 솥뚜껑만한 손을 불쑥 뻗
어 가구량의 어깨를 꽉, 움켜쥐었다.

퍼뜩 정신을 차린 가구량이 온 힘을 모아 뿌리치려 했지만 마치 거
대한 바위틈에 단단히 낀 듯 옴짝달싹할 수 없었다.

눈 깜짝할 순간의 일이다.

거한의 떡메 같은 주먹이 그대로 가구량의 정수리에 떨어졌고,

꽝!

모래를 가득 담은 항아리가 단단한 쇠망치에 맞아 산산이 깨질 때와
같은 소리가 났다.

"끄억!"

사람들이 동시에 놀란 외침을 터뜨렸다. 비명에 가까운 괴성이다.
가구량의 머리통이 참혹하게 깨져 버린 채 몸통 속으로 쑥 밀려들어

가 버렸던 것이다.

"으악!"

소걸도 너무 끔찍한 광경에 두 손으로 얼굴을 가리고 비명을 터뜨렸다.

가구량의 피와 뇌수로 옷자락을 적신 거한이 번들거리는 눈을 부릅떴다.

"다음 놈 나와라."

이제는 삼웅이 된 장한들을 노려보며 한 일갈이다.

피를 보고 죽음을 보았으니 온전한 이성을 지키고 있을 수가 없다. 더구나 이십 년이 넘게 함께해 온 동료의 죽음 아닌가.

눈이 뒤집힌 뇌화검객(雷火劍客) 오상경(吳祥景)이 검을 뽑아 들고 훌쩍 몸을 날리며 악에 받친 고함을 질렀다.

"이 죽일 놈! 천 토막, 만 토막을 내버리고 말 테다!"

누가 미처 말릴 새도 없이 그의 삼 척 장검이 찬란한 검광을 허공 가득 뿌렸다. 으스스한 검광의 그물에 온몸이 갇혔는데도 거한은 눈을 끔벅일 뿐 조금도 놀라지 않았다.

아니, 오히려 검을 잡으려는 듯 불쑥 손을 뻗지 않는가.

따다당—!

요란한 쇳소리가 귀 따갑게 터져 나왔다.

손을 아무렇게나 휘두르는 것 같았는데 절묘하게 오상경의 검로를 끊어냈던 것이다. 팔목에 두르고 있는 거무튀튀한 철비구(鐵臂具)에 부딪친 검이 세 토막으로 부러져 날았다. 불똥이 어지럽게 피어오른다.

불쑥 뻗어나온 손이 놀란 오상경의 멱살을 틀어쥐었다. 그 의외의 일에 사람들이 ‘억!’ 하고 놀란 외침을 터뜨렸고, 거한의 주먹은 일말의 연민도 없이 눈앞에 있는 얼굴을 부수었다.

퍽!

또 하나의 머리통이 박살나 형체를 잃어버리고 붉은 선혈과 뇌수가 허공 가득 뿌려졌다.

그래도 거한의 눈에 번들거리는 살기는 사라지지 않았다.

목천풍은 기가 막혀 말도 하지 못했다. 아니, 모든 사람이 다 그렇다. 누가 철기보의 오웅 중 두 명이 순식간에 불귀의 객이 되리라고 생각이나 했을 것인가.

강호의 절정고수로 꼽히는 자들이 제대로 손을 써보지도 못하고 머리통을 잃었다. 그건 의외의 일이면서 경악할 일이기도 했다.

대체 저 괴물 같은 놈이 누구이기에…….

“더 나와! 남은 두 놈이 한꺼번에 오면 덜 귀찮겠는걸? 머리통이 두 개, 내 손도 두 개. 음, 딱 맞는군.”

거한이 피에 전 제 손을 바라보고 목천풍 곁에 남아 있는 두 명의 고수를 보며 태연히 말했다.

“죽일 놈!”

목천풍이 기어이 노성을 터뜨렸다.

눈앞에서 철기보의 기둥이라고 할 수 있는 오웅 중 둘을 잃었다. 어? 어? 하는 사이에 그렇게 된 일이라고는 믿고 싶지도 않았다.

그가 제대로 알아볼 수도 없이 쾌속한 솜씨로 등 뒤의 전통(箭筒)에서 철전 한 대를 뽑아 철궁에 걸었다.

힘껏 시위를 당기니 장정 다섯의 힘을 받아야 휜다는 강궁이 너무 쉽게 만월처럼 굽는다.

시위가 부르르 떨며 삭막한 울음을 울었다.

반 장 길이의 철전이 날카로운 살촉만 남긴 채 모조리 활대에 얹혔다.

그 모든 일이 눈 깜짝할 순간에 이루어졌으니 과연 신궁이요, 궁왕이라 불리기에 손색이 없는 솜씨였다.

쿠아앙—

불과 두어 장의 거리에 지나지 않는 공간을 철전이 뚫고 나갔다. 누구도 피할 수 없다. 뇌전이라 한들 과장이겠는가.

목천풍의 철전은 뇌신이 던져 대는 번개만큼 빠르고 위력적이다.

눈에 보이지도 않는 그것이 거한의 가슴 복판을 꿰뚫었다. 픽! 하는 둔탁한 소리만 남기고 사라진 것이다.

철전에 실린 힘이 너무 커서 지척에 있는 것은 철벽이라 해도 뚫어 버리리라.

두 번째 화살이 시위에 걸린다. 그리고 그것이 다시 만월처럼 굽었다.

이번에는 이마다.

목천풍의 화살이 목표를 가리켰을 때 소걸의 고함 소리가 들렸다.

"그만 해!"

피잉—

철전이 시위를 떠남과 동시에 그의 손에서 거무튀튀한 무엇이 날았다.

콰아앙—!

허공을 찢는 바람 소리가 우렛소리 같다. 땡! 하는 경쾌한 쇳소리가 그 속으로 파고들었다.

파앗—!

방향을 튼 철전이 거한의 이마 대신 뺨을 훑고 지나가더니 벽에 구멍을 내고는 사라졌다.

"엇!"

목천풍이 깜짝 놀라 소리쳤다.

자신의 철전에 실린 힘이 얼마나 큰가. 그런데 그것을 때려서 흔들 수 있는 무엇이 있다니. 게다가 뇌전처럼 빠른 그것을 정확히 맞힐 수 있는 자가 있단 말인가? 눈 깜짝할 순간에 과연 그렇게 할 수 있다는 걸 믿을 수 없었다.

목천풍이 후딱 염 파파를 돌아보았다. 이곳에서 그렇게 할 수 있는 사람은 그녀밖에 없다는 의미다.

하지만 염 파파는 여전히 창밖의 화사한 목백일홍에 눈길을 주고 있었다. 처음부터 그랬을 뿐 한 번도 찻집 안을 둘러본 적이 없다. 누가 죽든지 살든지, 무엇이 어떻게 되든지 아무 관심도 없는 듯하다.

삐리리리—

문득 맑고 기묘한 휘파람 소리가 들려왔다.

모두의 눈길이 좇는 곳. 어두운 다청 안을 맴도는 거무튀튀한 물체가 있었다.

그것이 부르르 떨며 허공을 날고 있었으므로 그처럼 기묘한 소리가 나는 것이다.

"제철(蹄鐵:말발굽에 박는 편자)!"

그것의 정체를 알아본 누군가가 비명처럼 소리쳤다.

살아 있는 새처럼 자유롭게 허공을 날고 있는 쇳조각. 그것이 목천풍의 철전을 후려쳐서 빗나가게 하고 저렇게 제 마음대로 날고 있다는 걸 어찌 믿을 수 있겠는가.

제철을 좇던 사람들의 눈길이 천천히 한곳으로 향했다. 거기에 소걸이 있었다.

3

두 손을 허공에 뻗어 이리저리 가리키고, 손가락을 기묘하게 움직인다. 그럴 때마다 제철은 마치 날개를 얻은 것처럼 자유롭게 허공을 날았다.

유유하고 현묘하다.

그때까지도 무관심하게 창밖만 바라보고 있던 염 파파가 비로소 눈길을 돌려 소걸을 보았다. 두 눈 깊은 곳에 반짝이는 희열이 있다.

"아!"

목천풍은 너무 놀라 얼이 빠진 듯 철궁이 손에서 미끄러져 떨어지는 것마저 잊었다.

소걸이 당 노인의 절정 암기술인 은하비(銀河飛)를 펼친 것인데 그것을 알아보는 자가 아무도 없었다. 염 파파만이 보일 듯 말 듯 희미한 미소를 띠었을 뿐이다.

만약 당 노인이 이 지리에 있어서 소걸의 그 한 수를 보았다면 와락 달려들어 끌어안고 마구 볼을 비벼대다가 꼬집어대곤 했을 것이다.

그만큼 소걸이 총망중에 보여준 은하비의 수법은 놀랍고 또 놀라웠다.

족히 천 근의 힘이 실린 목천풍의 철전을 쳐낼 수 있을 만큼 그의 내공 수위가 높아졌다는 것도 놀라운 일이다.

염 파파는 어느새 그가 혈마구유신공의 사성 단계를 넘어서고 있다
는 걸 알아보았다. 짐작했던 것보다 서너 배는 빠른 진전이라 크게 놀
라면서 또한 크게 기쁘기도 했다.

소걸이 허공을 격하고 가볍게 움켜쥐는 시늉을 하자 새처럼 이리저
리 날던 제편이 손바닥 위로 얌전하게 내려앉았다.

거한의 신력에 놀랐던 사람들이 이제는 소걸에게 더 크게 놀라 모두
입을 꾹 다물었다.

"데려와라."

염 파파가 속삭이듯 말했다. 가슴을 움켜쥔 채 잔뜩 웅크리고 있는
거한을 두고 하는 말이다.

능학빈이 달려가 질질 끌고 왔다. 움직이는 통에 가슴의 상처가 벌
어져 뜨거운 피가 손가락 사이로 콸콸 흘러나와 바닥을 적셨다.

그래도 거한은 고통을 느끼지 못하는 듯 눈을 멀뚱거리며 소걸만 바
라보았다.

염 파파가 그의 몇 군데 혈도를 눌러 지혈시키고 맥을 짚었다. 워낙
나무둥치 같은 팔뚝이라 그 위에 놓인 염 파파의 손가락이 실낱같아
보인다.

다행히 화살이 심장을 비껴 가슴을 관통하고 빠져나갔기에 망정이
지 그렇지 않았으면 목숨을 장담할 수 없을 뻔했다.

그래도 운신하지 못할 만큼 중상이다. 폐가 상했던지 기침을 할 때
마다 입으로 선혈이 울컥울컥 넘어오고 상체가 푸들푸들 경련을 일으
켰다.

다른 사람 같으면 그 고통을 견디지 못할 텐데도 거한은 무감각한지
아무런 표정이 떠오르지 않았다.

"제기랄, 다시는 활 든 놈과 싸우지 말아야지."

입가의 선혈을 훔쳐 내뿌리며 투덜거린다.

상세가 심각하지만 외상(外傷)이다. 목숨을 잃지 않았으니 적절한 치료만 받으면 시간이 해결해 줄 것이다.

거한의 몇 군데 혈도를 점한 뒤 지혈산을 뿌리고 금창약을 발라준 다음에 품에서 밀랍으로 싸인 단환을 꺼내 먹여준 염 파파가 머리를 끄덕였다.

"철근강골(鐵筋强骨)이라는 말을 들어봤지만 내 눈으로 직접 보기는 처음이군."

그 말속에 모든 게 들어 있다.

거한에 대한 놀람과 애정과 노여움, 그리고 안타까움이다.

이번에는 소걸이 멍청해졌다. 언제 할머니가 처음 보는 자에게 저와 같은 감정을 보인 적이 있었던가.

"네가 살렸으니 네가 잘 돌봐줘라."

소걸에게 이른 염 파파가 천천히 몸을 일으켰다. 그리고 다른 사람들은 모두 제쳐 둔 채 저쪽 구석에 얌전히 앉아 있는 서생을 지목했다.

"너는 누구지?"

서생이 기다리고 있었다는 듯 빙긋 웃었다. 자리에서 일어나지도 않은 채 섭선을 여유 있게 부치며 말한다.

"파파를 모셔가기 위해 멀리서 온 사람이지요."

"꼭 데려가려느냐? 내가 가지 않겠다면?"

"아마 그러실 수 없을 것입니다."

"자신만만하구나."

"그저 짐작할 따름이지요."

지그시 그를 바라보던 염 파파가 가볍게 한숨을 쉬고 이번에는 황산노자 왕이에게 눈길을 주었다.

"너도 나를 데려가려는 거지?"

황산노자가 감히 앉아 있지 못하고 벌떡 일어나 정중히 포권하고 말했다.

"후배는 다만 명받은 대로 행하려 할 뿐이니 파파께서는 노여워 마소서."

"너도 망문성이라는 저 녀석처럼 자신이 있느냐?"

"저에게는 파파의 마음을 움직일 수단이 하나 있으니 그렇다고 해야겠지요."

"좋아, 좋아."

빙긋 웃은 염 파파가 비로소 철기궁왕 목천풍에게 눈길을 주었다.

그의 얼굴은 심각해져 있었다. 아끼는 두 수하가 덧없이 죽었고, 굳게 믿고 있던 철궁으로도 복수하지 못했으니 기가 한풀 꺾인 것이다.

게다가 철전을 가로막은 자가 다른 사람도 아닌 한낱 소년이라는 데에는 감당할 수 없는 충격을 받았다.

그가 여전히 멍한 얼굴로 염 파파의 눈길을 받았다. 혀를 찬 파파가 천천히 말했다.

"언제나 빈 수레가 요란한 법이지. 아무리 머릿수가 많으면 뭐 하겠어?"

턱짓으로 황산노자 등을 가리켰다.

"저들 세 사람을 당하지 못할 테고, 저들은 또 망문성의 두 손을 당하지 못했을 테니 여우가 토끼를 탐내면서 뒤에 있는 늑대는 보지 못하는 격이지."

다른 사람이 그런 말을 했다면 참지 못하고 발끈했을 것이나 목천풍은 아무 소리도 하지 못했다. 하지만 마음속에 불만은 가득했다.

'아무리 내가 저까짓 황산의 비루먹은 늙은이와 엉뚱한 두 놈을 당하지 못할라고? 그리고 생전 처음 보는 저 애송이가 이곳에 온 자들 중 제일고수라고? 나는 믿을 수 없다.'

황산노자의 명성은 익히 들어 알고 있었지만 그가 자신의 철궁을 당할 수 있으리라고는 생각하지 않았다. 금산반 장금료나 광풍도 초구량도 마찬가지다.

그의 불만을 읽은 듯 염 파파가 빙긋 웃고 다시 말했다.

"그래, 너도 나를 데려가려고 온 거겠지?"

"그렇습니다."

"자신도 있고?"

"그렇습니다."

"단단히 믿는 구석이 있는 모양이로구나."

"그렇습니다."

그는 그 한마디밖에 알지 못하는 사람이 된 듯했다.

"그럼 됐다. 어디, 너희들의 유혹을 한번 받아보도록 하지."

염 파파의 말에 목천풍이 먼저 품에서 밀봉한 서찰 한 통을 꺼내 공손히 내밀었다.

그것을 받아 개봉한 염 파파가 한눈에 훑어보고 멍하니 허공을 바라보았다. 무언가 심각한 생각에 빠져든 듯하다.

목천풍이 은근한 음성으로 말했다.

"파파께서는 반드시 그분을 만나야 할 것입니다. 그러니 머뭇거리실 것 없습니다. 파파를 빠르고 안전하게 모시기 위해서 제가 직접 문도

들을 이끌고 이렇게 왔으니, 그저 저에게 모든 것을 맡기시면 됩니다."

자신감이 넘쳐 난다.

염 파파의 표정이 착잡해졌다. 웃는 것도 같고 우는 것도 같은 애매한 얼굴로 한동안 허공을 바라보더니 길게 탄식했다. 그리고 이렇다 저렇다 대답 없이 이번에는 황산노자에게 물었다.

"너는 내 마음을 움직일 수단을 하나 가졌다고 했지?"

황산노자가 공손히 다가와 염 파파에게 한 가지 물건을 건넸다. 작은 옥패인데 신물인 듯했다.

그것을 받아 들고 이리저리 살펴본 염 파파가 돌려주며 빙긋 웃었다.

"그가 나에게 관심을 가진 것인지, 내 품 안의 물건에 욕심이 있는 것인지 이것만으로는 알 수 없구나."

무상광명신공 비급을 말하는 것이다.

황산노자가 허리를 굽실하고 한껏 공손하게 말했다.

"제 말주변은 변변치 않으나 장 형제는 그렇지 않으니 그에게서 들어보시기 바랍니다."

그가 가지고 있다는 수단이란 바로 장금료를 두고 한 말인 듯했다.

기다렸다는 듯 금산반 장금료가 사람 좋아 보이는 웃음을 얼굴 가득 띠고 다가와 한껏 공손하게 말했다.

"그분께서는 말씀하시기를, 거슬러 올라가 보면 다 같은 뿌리이니 남이 아니라 했습니다. 강호에서는 때로 작은 인연도 바다처럼 깊은 공덕으로 이어지고, 사소한 원한도 태산처럼 커져서 패가망신하게 합니다. 그분과 파파께서는 오래전부터 끊으려야 끊을 수 없는 연을 맺은 터. 어찌 이것을 외면하고 힘들게 새로운 인연을 찾을 것입니까?"

“그것뿐이냐?”

묵묵히 장금료의 답변을 듣고 있던 염 파파가 심드렁하게 물었다. 그가 그럴 줄 알았다는 듯 환하게 웃고 다시 말했다.

“금은보화와 감언이설로는 파파의 마음을 조금도 살 수 없다는 걸 잘 알고 있습니다. 하지만 이것이면 어떨지요?”

그러면서 목천풍과 마찬가지로 품에서 밀봉한 서찰 한 통을 꺼내 내밀었다.

염 파파가 이번에는 그것을 아주 천천히 읽었다. 한 자 한 자를 깊이 음미하면서 읽는 것 같아 모두들 긴장으로 마른침을 삼켰다.

한동안 멍하니 허공을 응시하던 염 파파가 머리를 설레설레 흔들고 긴 한숨을 불어냈다. 그리고는 역시 가타부타 말없이 스스로를 망문성이라고 한 젊은 서생에게 물었다.

“너는?”

서생이 빙긋 웃고 섭선을 접어 소걸을 가리켰다.

“그에게 물어보시면 됩니다.”

“응?”

염 파파가 의외라는 듯 살짝 눈살을 찌푸리고 소걸을 돌아보았다. 그리고 더욱 깊게 눈살을 찌푸렸다.

소걸은 마지 넋이 나간 사람 같았다. 멍하니 허공을 바라보는데 그 눈길에 오만 가지 상념이 어려서 마음을 짐작할 수 없었다.

염 파파가 목천풍과 황산노자 등의 말을 듣고 대꾸하는 동안 미서생은 소걸에게 전음으로 무엇인가를 말했던 모양이다.

그 말을 듣고 소걸이 이렇게 넋이 나가 있으니 그에게는 대단히 중요한 것이었으리라.

“이 녀석.”

염 파파가 가볍게 꾸짖었다. 깜짝 놀란 소걸이 마치 꿈에서 깨어난 사람처럼 눈을 끔벅였다.

“망문성이 내 행로에 대한 해답이 너에게 있다고 하니 과연 그러하냐?”

“아!”

외마디 소리를 낸 소걸이 어깨를 부르르 떨더니 울 듯한 얼굴을 하고 할머니를 바라보았다.

【第五章】

재회(再會)

1

“그래, 말해보아라.”

“할머니, 저는 가봐야 할 데가 있는 것 같아요.”

“있는 것 같다니? 있으면 있고 없으면 없는 거지, 무슨 그런 말투가 있느냐?”

우물쭈물하던 소걸이 마음을 정한 듯 단호하게 말했다.

“가겠어요.”

“그래? 네 뜻이 그렇다면 가야지.”

“함께 가지 않을 거예요?”

“망문성이라는 고약한 녀석이 나도 가야 한다던?”

“그는, 그는……..”

“사내자식이 뭘 그렇게 망설여?”

“연대구현(蓮臺九現)을 보고 싶지 않은지 물어보면 할머니의 마음이 움직일 거라고 했어요.”

“응? 연대구현?”

염 파파의 눈에서 신광이 번쩍, 했다.

그녀가 저쪽에서 빙글빙글 웃고 있는 서생을 유심히 바라보았다.

‘안광(眼光)이 지면(紙面)을 철(徹)한다’ 는 말이 있듯이 서생의 얼굴에 머문 그녀의 싸늘한 눈길은 마치 가죽을 뚫고 뼛속을 들여다보는 듯했다.

염 파파는 그가 정교한 인피면구를 쓰고 있다는 걸 알아냈다. 그렇다면 단옥당 본인일 것이다.

‘과연.’

내심 감탄했다.

그가 찻집에 들어왔을 때부터 그에게서 풍기는 기감(氣感)이 마치 바늘로 찔러대듯 피부에 와 닿았기에 궁금하게 여기던 중이었다.

이십대 중반으로 보이는 젊은 서생이 그처럼 놀라운 기운을 지녔다는 게 불가사의하게만 여겨졌다.

그래서 염 파파는 목천풍보다 황산노자와 그의 두 일행이 더 무섭고, 그들보다 더 무서운 자는 바로 망문성이라고 단언했던 것이다.

그자가 소걸이 말한 단옥당이라면 그 이상이다.

염 파파는 단옥당이 젊은 나이에도 불구하고 이미 절대적인 무위를 지닌 초고수라는 걸 짐작했다. 가히 천하제일을 다툴 만한 사람인 것이다.

염 파파는 망문성의 인피면구를 벗겨보고 싶은 충동이 일었지만 가까스로 참았다. 그가 단옥당이라면 섣불리 건드릴 상대가 아니라는 걸 알기 때문이다.

그가 무슨 말로 소걸을 꾀었는지는 듣지 않아도 뻔했다.

혀를 찬 염 파파가 서생에게 말했다.

"네가 원하는 대로 해주지. 하지만 지금은 아니다. 장소를 말해준다면 열흘 뒤에 그리로 가마."

"감사합니다."

서생이 비로소 자리에서 일어나 포권하고 활짝 웃었다. 그리고 입술을 달싹이는 것이 염 파파에게 전음으로 만날 곳을 일러주는 모양이었다.

"그럼 소생은 먼저 실례하겠소."

그가 무리에게 포권한 손을 절레절레 흔들고 나서 소걸을 손짓해 불렀다.

"소형제, 우리는 먼저 가 있도록 하세."

소걸이 안절부절못하고 염 파파를 바라보았다. 할머니가 함께 가줄 줄 알았는데 먼저 가 있으라니 왠지 불안했던 것이다. 염 파파가 소걸의 머리를 쓰다듬어 주며 달랬다.

"별일없을 게다. 네가 그렇게 보고 싶어하는 사람이 거기 있다니 가보도록 해. 할미는 할미의 볼일을 보고 곧 그리 가마."

"저는 할머니가 걱정되는걸요."

"흘흘, 세상에서 나를 걱정해 주는 사람은 너 하나뿐인 것 같구나."

소걸의 머리를 끌어당겨 가슴에 안았다.

가만히 눈을 감고 있던 거한이 번쩍 눈을 뜨고 말했다.

"나도 너를 따라갈 테다."

"뭐라고? 네가 왜?"

"거기 가 있으면 할머니가 올 테니까."

그 역시 염 파파를 보기 위해 이곳에 왔던 것이다. 그의 목적이 무엇인지는 아무도 알지 못한다.

거한을 물끄러미 바라보던 염 파파가 희미하게 머리를 끄덕이고 소걸에게 말했다.

"그렇게 하도록 해. 상처가 아물려면 보름은 걸려야 할 테니 그동안 네가 능가와 함께 이 미련한 녀석을 잘 돌봐줘야 한다."

"능 아저씨도 떼어놓고 가세요?"

"저는 파파를 모시고 싶습니다."

소걸과 능학빈이 동시에 말하자 염 파파가 머리를 가로저었다.

"나 혼자 해야 할 일이다. 소걸이는 아직 경험이 부족하니 네가 붙어 있으면서 그를 잘 가르쳐야 할 게야."

능학빈이 시무룩한 얼굴을 숙이고 명을 받았다.

파파가 홀가분해진 마음으로 황산노자에게 말했다.

"그만 가자."

그녀가 자신들을 따라가겠다고 하자 황산노자 왕이와 금산반 장금료는 물론 무뚝뚝한 광풍도 초구량의 얼굴에도 웃음이 가득해졌다.

"파파!"

그걸 본 철기궁왕 목천풍이 놀란 눈을 번뜩이며 염 파파를 불렀다.

염 파파가 귀찮다는 듯 손을 흔들었다.

"가서 기다려라. 네 차례는 마지막이다."

"파파, 하오나 그분은……."

"기다리라고 해. 육십 년을 기다렸는데 한 달을 더 기다리지 못하겠느냐?"

"하오면 한 달 뒤에 오시는 겁니까?"

"내가 간다면 가고 가지 않는다면 그런 게야."

요란하게 찾아왔던 사람들이 떠날 때는 썰물 같다.

목천풍이 한껏 풀이 죽은 모습으로 철기보의 무사들과 함께 먼저 떠났고, 소걸이 못내 안타까운 듯 할머니를 보고 또 돌아보며 천천히 떠나갔다.

마부석에는 여전히 능학빈이 앉아 있었고, 마차 안에는 거한이 몸을 구부리고 가까스로 들어앉았다.

소걸은 서생이 끌고 온 말을 탔다.

서생과 그의 수하 두 명이 역시 말을 타고 마차 뒤를 천천히 따르며 기문현을 떠나 남쪽으로 멀어졌다.

유구(流口)에 이르자 날이 완전히 어두워졌다.

유구는 신안강(新安江) 상류에 있는 진(津)이다. 절강으로 가려면 그곳에서 배를 타고 빠른 물살에 맡기면 된다.

바람결에 물 냄새가 맡아졌다. 진이 가까워진 것이다.

어둠 속에 서 있는 버드나무 숲이 음침해 보이는 언덕 아래에 이르렀을 때 서생의 수하 장한 한 명이 마차를 멈추게 하고 품에서 호각을 꺼내 불었다.

미치 밤새 소리 같은 낭랑한 호각 소리가 어둠을 뚫고 멀리 울려 퍼졌다. 그러자 기다렸다는 듯 언덕 위의 어두운 버드나무 숲 속에서도 새 울음소리가 들려왔다.

밤새들이 짝을 찾아 서로 부르는 것 같은 그 소리가 신호였다.

곧 언덕 위에서 빠르게 달려 내려오는 말발굽 소리가 들렸다.

모두 이십여 명이나 되는 건장한 장한들이다.

하나같이 검은 옷을 입었고, 검은 죽립을 눌러쓴 데다가 타고 있는 말들마저 검은 털이 반지르르한 흑마들이었다. 그러니 코앞에 다가들 때까지 어둠과 분간하기 어려웠다.

"오셨습니까."

선두로 나선 흑의장한이 서생을 향해 포권하고 씩씩하게 말했다. 거만하게 턱을 끄덕인 서생이 마차를 가리켰다.

"호위해라."

"존명!"

어둠 속에서도 무리는 장한의 수신호를 본 듯 그에 따라 둘로 나뉘어 한 패는 마차를 에워쌌고, 한 패는 서생을 호위하며 나아가기 시작했다.

소걸은 낯선 길인데다가 짙은 어둠 속이라 이들이 도대체 어디로 가고 있는 건지 짐작도 할 수 없었다.

사로잡힌 신세가 되었다는 탄식이 절로 나온다.

그렇게 한 시진쯤 구불구불한 산길을 따라 나아갔을까. 우거진 송림을 빠져나오자 앞에 시커먼 장원 한 채가 웅크리고 있는 게 어렴풋이 보였다.

"주 소저를 보러 가지 않겠느냐?"

찻집에서 서생이 전음으로 그 한마디를 했을 때부터 소걸의 머리 속에는 온통 그녀의 아름답고 고귀한 얼굴이 가득했다. 다른 건 아무것도 생각나지 않았고 느껴지지 않았다.

주지약을 다시 만날 수 있다는 것. 그 사실만으로도 단옥당에 대한 원한 따위는 잊어도 좋았다.

"단 형, 이제 그만 그 껍질은 벗어도 좋지 않겠어?"

"이제 그래도 되겠지."

서생이 웃으며 턱 밑에 손을 집어넣더니 얼굴 가죽을 벗겨냈다. 그 모습이 끔찍해서 소걸은 잔뜩 눈살을 찌푸렸다.

본래의 준수한 미공자의 모습을 되찾은 단옥당이 이글거리는 눈으로 소걸을 뚫어지게 바라보다가 말했다.

"대체 어찌 된 거냐?"

"뭐가?"

"너의 그 기막힌 암기술 말이다."

"선비는 사흘 헤어졌다 다시 만나면 눈을 크게 뜨고 봐야 할 만큼 달라져 있는 거라는 말을 모르는군?"

'사별삼일(士別三日)이면 괄목상대(刮目相對)' 라는 삼국지 중의 고사를 들먹인 건데, 문장은 몰라도 들은풍월이 있던 터라 그렇게 말한 것이다.

단옥당이 흥! 하고 코웃음을 쳤다. 하지만 그는 속으로 매우 꺼림칙하게 여기고 있었다.

그때 무한의 장원에서 소걸이 자신의 일장을 맞고도 능학빈을 들쳐업은 채 염 파파의 수리구유보를 펼쳐 달아나던 모습이 생생히 떠올랐다.

그때의 소걸도 놀라웠는데, 오늘 기문의 찻집에서 보여준 그 한 수의 암기 수법은 경악할 만한 것이었다.

소걸의 무위가 이처럼 신속하게 향상된다면 머지않아 자신을 뛰어넘을 것 같다는 불안으로 단옥당의 얼굴이 굳어졌다.

'더 크기 전에 싹을 잘라 버려야 하지 않을까?'

2

"우리는 지금 범굴에 들어온 거나 같은 처지야. 정신 바짝 차려야 한다."

능학빈이 바짝 긴장해서 말했다. 바람에 나뭇잎 살랑거리는 소리만 들려도 놀란 토끼처럼 귀를 쫑긋 세우고 사방을 두리번거린다.

"무슨 일이 있어도 단옥당, 그놈에게 정면으로 맞서서는 안 돼. 만약 조금이라도 낌새가 수상하거든 즉시 도망가서 할머니를 찾아. 우리는 걱정하지 않아도 돼."

비장한 얼굴이 되어서 말했다.

그는 수하들과 함께 무한의 장원을 급습했을 때 단옥당이 얼마나 무섭고 인정사정없는 놈인지 잘 알았다. 그자의 잔혹무비한 손속을 생각하면 지금도 치가 떨린다.

소걸이 힐끔 저쪽 구석에 시무룩한 얼굴로 앉아 있는 거한을 바라보았다.

"대체 할머니는 무슨 생각으로 저 바보를 딸려 보낸 건지 몰라."

투덜거리지만, 소걸과 눈이 마주친 거한은 헤벌쭉 웃어 보일 뿐이었다. 너에게 호의를 가지고 있다는 걸 보여주기 위해 애쓰는 것 같다.

할머니가 그를 잘 돌봐주라고 하지 않았던가. 어린 동생을 맡긴다는 투로 걱정스럽게 부탁했으니 어찌 버리고 갈 수 있을 것인가.

'제기랄, 혹덩이야, 혹덩이.'

혹도 저렇게 크고 끔찍한 혹은 없을 것이다.

"도대체 네 속셈은 뭐야?"

"뭐가?"

거한이 그 큰 눈을 선량하게 멀뚱거리며 되묻는다. 소걸이 깊은 생각에 잠겨 있는 능학빈의 옆구리를 찔렀다.

"능 아저씨, 강호에 저런 곰이 있다는 말 들었어요?"

"어? 아니, 듣지도 못했고 보는 것도 처음이다."

"동창의 정보망이 천하에 깔려 있다는데 못 들었어요?"

"그러니 더 이상한 일이지."

능학빈이 거한을 빤히 바라보며 고개를 갸웃거렸다.

소걸이 거한에게 다시 물었다.

"이름이 뭐야? 남들이 뭐라고 불러?"

"네 이름은 뭐냐?"

"소걸, 당소걸이다."

"남들이 뭐라고 부르지?"

"외호 같은 거 없어!"

신경질이 난 소걸이 빽 소리쳤다. 그제야 거한이 빙긋 웃고 제 이름을 말했다.

"난 우마(牛馬)라고 해. 나도 외호 같은 건 없다."

"에헤헤헤, 소와 말이라니……. 누가 시켰는지 이름 한번 세내로 잘 지었네."

다시 능학빈을 바라보았다. 그런 이름을 들어보지 않았느냐는 무언의 물음이고, 능학빈은 머리를 설레설레 저었다.

"나처럼 강호에 처음 나온 초짜인 모양이군."

소걸이 중얼거리자 거한이 히죽 웃으며 머리를 크게 끄덕였다.

"그래, 초짜다. 너는 아주 영리하구나."

"쳇, 그런데 왜 할머니를 찾아온 거지? 할머니가 있는 곳을 어떻게 알았지?"

"할머니가 강호에 나왔으니 나도 강호에 나온 거다."

"응?"

무언가 의미심장한 말이라 소결이 거한을 뚫어지게 바라보았다. 하지만 그는 더 말하지 않겠다는 듯 입을 꾹 다문 채 눈만 멀뚱거렸다.

능학빈은 거한의 말이 의심스럽기만 했다.

저 정도의 덩치에다가 무력을 지닌 자가 강호에 나왔다면 그 즉시 세상이 떠들썩해져야 하는데 아무도 모르고 있었다는 게 불가사의하게만 여겨졌던 것이다.

이번에는 그가 거한에게 불쑥 물었다.

"네가 소결에게 다정히 구는 건 무엇 때문이냐?"

아무리 구레나룻이 무성해도 그의 나이가 겨우 스물대여섯 정도 되었다는 걸 알아보았기에 망설임없이 말을 놓은 것이다. 거한이 씩 웃었다.

"당신은 왜 소결에게 다정하게 굴지?"

누가 무얼 물으면 꼭 되묻는다. 고치기 힘든 버릇이 있는 모양이다.

"찻집에서 할머니의 말씀을 못 들었어? 나는 그의 보호자다."

"나는 그가 마음에 들어. 내 동생같이 생겼다. 그래서 나도 그의 보호자가 될 거다. 그런데 밥은 언제 먹냐? 배고픈데……."

엉뚱한 소리다. 무언가 억지스럽기도 하다.

능학빈은 이놈이 정말 바보인지, 아니면 바보인 척하는 건지 알 수 없었다. 만약 후자라면 그 누구보다 조심해야 할 자가 아닐 수 없다.

하지만 여전히 순박한 눈을 멀뚱거리며 소걸을 보고 능학빈을 보는 거한에게는 조금도 음흉한 구석이 없어 보였다.

잠시 후 두 명의 흑의장한이 흑의와 검은 죽립을 가져왔다.

"이걸로 갈아입으시오."

소걸과 능학빈에게 던져 주는데 냉랭한 한기가 느껴졌다. 그들의 적의(敵意)다.

소걸은 그것이 능학빈 때문이라는 걸 알았다.

그가 동창의 첩형이라는 높은 지위에 있는 자니 동창과 대적하고 있는 단옥당의 무리가 호감을 가질 리 없는 일이다.

소걸과 능학빈은 시키는 대로 자신들의 겉옷을 벗고 옷을 갈아입었다. 죽립마저 눌러쓰자 단옥당의 수하 무사들과 같은 복장이 되었다. 분간하기 쉽지 않다.

다음날, 새벽 어둠이 채 가시지 않았는데 산중의 낡은 장원에서 한 무리의 흑의인들이 재빨리 빠져나왔다. 스물다섯 명의 말을 탄 무사들이다.

그들의 뒤를 네 필의 말이 끄는 커다란 마차 한 대가 뒤따랐다. 마부석에는 능학빈과 소걸이 앉았고, 마차 안에는 우마라는 거한이 들어 있었다.

스물다섯 필의 말와 한 대의 마차는 어두운 산길을 거침없이 달렸다. 멀리서 새벽 하늘이 밝아올 때쯤 그들은 강가에 도착했다.

깊은 산중 벼랑 아래를 급히 흐르는 강물이 무서워 보인다.

벼랑이 강물과 만나는 곳에 폭이 좁은 모래톱이 벼랑을 따라 길게 이어져 있었는데, 그 위에 세 척의 작은 고깃배가 반쯤 끌어 올려져 있었다.

　한 척에 거한과 능학빈, 소걸, 단옥당이 탔고, 나머지 두 척에는 열 명의 무사가 각기 나누어 탔다.

　그러자 남은 자들이 배를 강물로 밀어낸 다음 재빠르게 움직여서 배가 있던 흔적을 모두 지웠다. 그런 다음에 배에 탄 자들은 말을 이끌고 북쪽으로 달려가 사라졌다.

　일부러 발자국을 남기려는 듯 한동안 모래톱을 따라 달리다가 산속으로 들어간 것이다.

　"이렇게 번거로운 게 다 동창 때문이니 나를 원망하지 마라."

　배가 빠른 물살을 타고 이리저리 기우뚱거리며 미끄러져 나가기 시작하자 단옥당이 불쑥 소걸에게 그렇게 말했다.

　동창은 그들을 찾아내려고 눈에 불을 켜고, 그들은 동창의 눈을 피해서 조 태감을 척살하려고 잔뜩 벼르고 있으니 서로를 원망할 수밖에 없을 것이다.

　단옥당의 싸늘한 눈길을 피해 고개를 숙이고 있던 능학빈이 주눅 든 음성으로 대꾸했다.

　"나는 동창을 떠났으니 이제 나에게 원한을 품을 것 없잖소?"

　"과연 그럴까?"

　"보면 모르오? 나는 오직 염 파파를 대신해서 소걸을 돌봐줄 뿐이라오."

　"흐흥!"

　단옥당이 코웃음을 치고 외면했다.

　배 위에 기둥을 세우고 지붕을 얹어놓은 선실로 들어가니 어부들이 입는 허름한 옷 몇 벌이 준비되어 있었다. 그들은 검은 옷을 벗고 어부의 옷으로 갈아입었다.

단옥당이 익숙한 솜씨로 노를 저었으므로 배는 쏜살처럼 빠른 강물 위를 미끄러져 내려갔다.

세 척의 배가 서로 반 마장 정도의 거리를 둔 채 그렇게 한 시진쯤 내려가자 비로소 강폭이 넓어지고 물살이 완만해졌다.

여기저기 고기잡이배들이 보이기 시작했다. 단옥당 일행의 배는 자연스럽게 그것들 속으로 섞여 들어갔다. 이제는 어떤 배가 그들이 타고 있는 배인지 알아보기 힘들게 되었다.

배 위에서 꼬박 이틀을 보냈다.

하는 일 없이 이리저리 물결 따라 흔들리며 철썩거리는 물소리나 듣고 반짝이는 강물을 바라보는 일이 지겹기 짝이 없다. 그래서 소걸은 선실에 들어가 혈마구유신공을 운기했다.

하루가 다르게 그의 내공이 깊어지니 이제는 한 번 운기행공에 빠져들면 하루 해가 지나가는 걸 잊을 정도가 되었다.

할머니는 세 달을 말했고, 소걸 자신은 두 달이면 된다고 했던 오성의 경지가 코앞에 있는 것이다.

한 달이 채 되지 않아서 벌써 그렇게까지 내공의 증진이 이루어졌으니 믿기 힘든 일이다.

단옥당의 배는 다른 고기잡이배들과 함께 천천히 강을 따라 내려가 어느덧 절강성 경내로 들어섰다. 다시 하루 해가 지물 무렵이었다.

신안강이 부춘강(富春江)과 만나는 건덕진(建德津)에서 배가 멎었다. 날은 완전히 저물어 강안의 장명등 불빛이 강물에 어룽거린다.

배가 진에 닿자 어부 차림을 한 단옥당의 수하들이 재빨리 뛰어내려 어디론가 사라졌다.

단옥당은 소걸, 능학빈과 함께 천천히 배에서 나와 어슬렁거리며 버드나무가 늘어져 있는 언덕으로 올라갔다. 그 뒤를 우마가 허리를 잔뜩 구부린 채 어슬렁거리며 따랐다.

그의 용모가 워낙 괴이해서 한낮이었다면 많은 사람들의 눈에 띄었을 테지만 지금은 깜깜한 밤중이라 다행이었다.

"대체 어디까지 가는 거야?"

소걸이 불안한 마음에 두리번거리며 물었다. 다시 여유있고 우아한 풍모를 되찾은 단옥당이 섭선을 들어 어두운 하늘 저쪽을 가리켰다.

"이틀만 더 가면 된다. 그러니 좀 참아."

그날, 소걸은 단옥당이 통째로 빌린 여각에서 우마와 하룻밤을 잤다.

어찌 된 일인지 우마는 한사코 소걸과 붙어 있기를 원했다. 소걸이 아무리 핀잔을 주고 구박을 해도 그는 히히, 웃기만 할 뿐 도대체 속이 없는 사람 같았다.

과연 이자가 기문의 찻집에서 눈 하나 깜짝하지 않고 두 사람의 머리통을 박살 내던 그 흉악한 자인지 의심스러울 지경이다.

더 놀라운 건 그의 상처가 무섭게 아물어간다는 것이었다. 움직임도 하루가 다르게 활달해졌다.

3

"벌써 다 나았어?"

바닥에 벌렁 드러누운 우마가 콧노래를 흥얼거리며 다리를 까닥거

리는 걸 아니꼽게 바라보던 소걸이 퉁명스럽게 물었다. 우마가 또 히
죽 웃는다.

“다 나았다. 안 아프다.”

머리를 끄덕이며 천연덕스럽게 대꾸하는 게 더 밉다.

그렇게 흉악무도하던 자가 세상에서 가장 순박한 표정을 하고 헤벌
쭉 웃는 것도 기분 나쁘다.

그런데 더 이상한 건 그런 거한에 대한 두려움이 조금도 없다는 거
였다.

능학빈만 해도 찻집에서 우마가 행한 그 흉악무비한 짓을 똑똑히 본
지라 그의 곁에 가까이 다가가려고도 하지 않았다. 눈만 마주쳐도 뜨
악한 얼굴로 쩔쩔맨다.

하지만 소걸은 그런 우마가 밉살스러웠지 두렵다거나 끔찍하게 여
겨지지 않으니 이상한 일이었다.

“내가 있으니까 두려워 마라. 어떤 놈이든 너한테 뭐라고 하면 내가
한 대씩 때려줄 테다.”

“에그, 그 꼴을 해 가지고 잘도 때려주겠다. 얻어터지지나 마라.”

“다 나았다니까.”

“아, 시끄러! 마음 심란한데 귀찮게 좀 하지 마!”

“거짓말 아니다!”

우마가 화가 난 듯 소리치고 벌떡 일어섰다.

“응?”

“나는 거짓말 안 한다. 다 나았다.”

“…….”

“봐, 아프지 않다.”

옷자락을 풀어헤쳤다. 그의 가슴을 본 소걸이 놀람으로 입을 딱 벌렸다.

목천풍의 철전이 뚫고 나간 흉터가 끔찍했는데, 겨우 이틀이 지났을 뿐인 지금 벌써 새 살이 돋아나고 있었던 것이다.

염 파파는 부상에서 회복되려면 보름쯤 걸릴 거라고 했다. 그런 것이 이틀이 지난 지금 벌써 멀쩡해지고 있는 것 같으니 놀랍다.

"허, 이걸 믿어야 하나 말아야 하나?"

소걸이 혀를 찼다. 할머니가 저 곰 같은 놈을 마음에 들어 하는 이유를 조금 알 것도 같았다.

어쩌면 우마는 신력을 타고난 위에 천부적으로 특이한 몸뚱이를 지닌 것인지도 모른다.

다음날 다시 배를 타고 이번에는 부춘강을 따라 내려갔다. 육로로 가는 것보다 이처럼 물길을 이용하는 게 훨씬 편하고 빠르다.

동창의 이목을 따돌렸다고 여긴 것인지 단옥당과 그의 수하들은 여유가 있었다. 뱃전에 나와 앉아 술추렴을 하기도 하고 노래를 흥얼거리기도 한다.

천천히 부춘강을 거슬러 올라간 배가 날이 저물 무렵 당계진(當溪津)에 멎었다.

언제 연락을 했던 것인지, 짙어가는 어둠 속에 커다란 마차 한 대가 그들을 기다리고 있었다.

마차를 지키고 있던 다섯 명의 장한이 재빨리 다가와 단옥당에게 굽실 인사했다.

"오셨군요."

“음.”

단옥당이 거만하게 턱을 끄덕이고 소걸 등을 가리켰다.

“모셔라.”

“존명!”

그들이 다가오기 전 소걸이 먼저 말했다.

“알았어, 마차에 타면 될 거 아냐.”

비로소 그들이 이처럼 큰 마차를 준비한 이유를 알았다. 우마를 태우려니 어쩔 수 없었을 것이다.

소걸이 능학빈과 우마의 등을 떠밀어 마차에 태우고 저도 올라탔다.

뒤따라 마차 안으로 들어온 단옥당이 빙긋 웃으며 두건을 건네주었다.

“뭐야, 이게?”

“어쩔 수 없으니 불편해도 좀 참아라.”

눈 구멍이 없는 두건이다. 숨을 쉬기 편하도록 코가 닿는 곳에 구멍 하나가 뻥 뚫려 있을 뿐이다.

“어디로 가는지 알아서는 안 된다는 거로군? 그럴 거면 뭐 하러 데려왔어?”

“무한에서의 일을 잊은 게냐? 또다시 그와 같은 참상이 벌어지지 않게 하려는 거지.”

마치 소걸을 원망하는 듯한 말투였다. 속으로는 ‘네가 동창의 창위 놈들을 끌고 온 거야!’ 하고 말하고 있는지도 모른다.

“쳇!”

혀를 찬 소걸이 두건을 썼다. 그러자 능학빈과 우마 역시 아무 말 없이 두건을 받아 머리에 덮어썼다.

마차가 덜컹거리고 단옥당의 가벼운 콧노래 소리만 들려올 뿐 어디로 가고 있는 건지, 얼마나 간 것인지 짐작할 수도 없다.

우마와 능학빈은 모든 걸 체념한 사람들처럼 태평하게 코를 골았고, 소걸은 벽에 등을 기대고 편하게 앉아 혈마구유신공의 심법을 운기했다.

"다 왔다."

단옥당이 밝은 음성으로 말했다.

비로소 두건을 벗어 던진 소걸이 눈을 찌푸렸다. 아침 햇빛이 강렬했던 것이다.

한밤중에 당계진을 떠나서 아침이 되었으니 밤새 어디론가 온 것인데 알 수가 없다.

마차는 잘 정돈된 정원에 멎어 있었다.

우거진 숲과 아름드리 나무들. 그것들과 조화를 이루고 서 있는 커다란 돌들이 넓은 연잎으로 뒤덮인 연못과 잘 어울려 깊고 아늑한 느낌을 준다.

둥글고 굵은 자갈이 깔려 있는 길이 가산(假山)에 이어져 있고, 그 위에 날아갈 듯 서 있는 정자 하나.

소걸이 멍한 눈으로 그 정자를 뚫어지게 바라보았다. 그 안에 고요히 앉아 있는 아가씨를 보는 것이다.

주지약(朱之約).

멀리서도 그녀의 모습을 눈 아프게 알아볼 수 있었다.

언제 갔던 것인지, 단옥당이 그녀 곁에 서서 손을 흔들었다.

소걸은 마치 홀린 것처럼 그녀에게 다가갔다. 발이 땅을 밟고 있는 건지, 구름 위를 밟고 있는 건지 모를 지경이다.

"기다리고 있었답니다."

소걸이 정자에 오르자 주지약이 방긋 웃으며 말했다. 수줍은 듯 얼굴마저 살짝 붉힌 채 고개를 숙여 보인다.

그 모습이 마치 오랫동안 사모해 왔던 정인(情人)을 맞는 규중처자인 것처럼 그윽하고 아름답다.

"소, 소저, 나는……."

소걸이 여전히 꿈을 꾸듯 몽롱한 얼굴로 그녀에게 다가갔다. 무언가 말을 하려고 했으나 입만 헤벌쭉 벌리고 있을 뿐 더 말을 하지 못한다.

단옥당은 애써 그런 소걸과 주지약을 외면한 채 먼 산만 바라보고 있었다. 무표정한 얼굴이었지만 눈꼬리에 가느다란 경련이 물결치듯 흘러갔다.

"상공, 이리 앉으세요."

주지약이 옷소매로 가볍게 의자를 털어냈다. 소걸은 바보가 된 것처럼 그녀가 시키는 대로 할 뿐이다.

그가 자리에 앉자 비로소 제 자리에 마주 앉은 그녀가 손수 차를 따랐다.

여전히 하살인향(煆殺人香)이다.

달리 일눈삼선(一嫩三鮮)이라 불리기도 하며, 태호(太湖)에 있는 동정산(洞庭山) 벽리봉(碧螺峰)에서만 자라고 생산되는 일품 차다. 그래서 후에 벽라춘(碧螺春)이라 불리게 된 바로 그 차인 것이다.

그녀는 조 태감을 죽이기 전까지는 그 차만 마시기로 작정한 건지도 모른다.

우마와 능학빈이 정자 아래에 다가와 서 있지만 그녀는 한 번도 그들에게는 눈길을 주지 않았다. 오직 맑고 초롱초롱한 눈을 소걸의 얼굴에 못 박고 있을 뿐이다.

그 안에 담겨 있는 깊고 그윽한 정이 가을 호수처럼 넘실거린다.

소걸은 자신의 처지도, 신분도 무엇도 다 잊었다. 이 고귀하고 아름다운 공주 앞에서 넋을 빼앗기고 홀린 한 사람의 바보가 되었을 뿐이다.

"당 상공."

"응? 응?"

"그동안에도 상공의 무공은 무섭게 정진했다고요?"

"어, 뭐 대충 그런 것도 같소."

"단 공자에게서 들었답니다. 그 암기 수법이 뭐라고 하는 건가요?"

기문현의 찻집에서 철기궁왕 목천풍의 철전을 때렸던 일이 어느새 그녀의 귀에 들어가 있었던 것이다.

"뭐, 별거 아니오. 은하비라는 수법인데 원한다면 당신에게도 가르쳐 주지."

"은하비라……. 아주 아름다운 이름이군요. 할머니에게서 배운 건가요?"

"아니, 그건 할아버지가 가르쳐 주셨다오."

"그럼 당 상공은 할머니뿐 아니라 할아버지의 무공까지 한 몸에 지니셨군요. 세상에, 놀라워라."

주지약이 눈을 동그랗게 뜬 채 혀를 내둘렀다. 소걸이 우쭐해질 수밖에 없다.

"커흠. 뭐, 그렇다고 할 수 있지. 커흠."

"당백아와 홍염마녀 염빙화의 무공을 모두 배우셨다니 머지않아 당 상공은 천하제일의 고수가 되겠군요. 그러면 아리따운 아가씨들이 꽃

을 찾는 나비들처럼 하늘거리며 주위에 모여들 테니 그때는 저와 같은
아녀자는 거들떠보지도 않으시겠지요."

그녀가 짐짓 서글픈 얼굴이 되어서 입술을 잘근 깨물며 고개를 푹
숙였다. 울 듯하다.

"아니, 아니. 그럴 리가 있겠소? 아무리 많은 미인 귀녀가 나를 에워
싼다 한들 내가 어찌 주 소저를 잊으리까? 절대로 그런 일은 없을 테니
미리 낙심할 것 없소."

손을 뻗어 저도 모르게 그녀의 손을 잡고 어루만졌다.

"으으음—"

능학빈의 앓는 듯한 신음 소리가 등 뒤에서 흘러나왔지만 소걸의 귀
에는 아무것도 들리지 않는다.

그녀의 따뜻한 온기가 뼛속에 스며들고, 비단을 움켜쥐고 쓰다듬는
것처럼 매끄럽고 부드러운 감촉에 황홀해져서 정신이 몽롱할 뿐이다.

고개를 숙이고 있는 주지약의 얼굴이 목까지 빨개졌다.

한동안 그렇게 아무 말 없이 소걸의 손에 제 손을 내맡기고 있던 그
녀가 가볍게 한숨을 쉬며 손을 뺐다.

"아!"

번쩍 정신이 든 소걸이 깜짝 놀라 손을 거두고 어쩔 줄 몰라 쩔쩔맸
다.

아직도 제 손바닥 안에 남아 있는 주지약의 체온과 손의 감촉 때문
에 가슴이 터질 것 같다.

"당 상공."

그녀가 나긋나긋한 음성으로 불렀다.

단옥당에게는 공자라고 했는데, 소걸을 부를 때는 꼬박꼬박 상공이

라 하니 더욱 은근한 정이 내비친다.

"소녀는 그동안 상공을 한시도 잊어본 적이 없답니다. 오늘 오실까, 내일 오실까, 밤에는 창문에 매달려 별만 헤아리느라 자지 못했고, 아침이면 문밖에 나가 멍하니 종일 서 있느라 종아리가 부었지요."

"소, 소저……."

"날마다 저 단 공자만 원망하고 다그쳤답니다. 그렇게 당 상공을 때려서 내쫓았으니 소녀의 마음이 얼마나 아프고 안타까웠던지……."

눈물마저 글썽거리며 바라보는데 소걸의 가슴이 다 미어질 지경이었다.

"당장이라도 그를 보내 당 상공을 모셔오게 하고 싶은데 계신 곳을 알지 못해 애간장이 타 들어갔답니다."

"소저, 내가 이렇게 왔지 않소."

"그래요, 이제야 소녀를 찾아오셨군요."

원망하듯 바라보는 눈길이 더 가슴 아프다.

"단 공자가 찾아가 제 얘기를 하기 전까지는 저라는 계집을 까맣게 잊고 계셨겠지요?"

스스로를 계집이라고 한다.

단옥당이 눈을 부릅뜨고 이를 악물었다. 눈에 핏발마저 서리지만 소걸이 그걸 알 리가 없다.

그가 다시 손을 뻗어 덥석 그녀의 손을 잡고 사뭇 떨리는 음성으로 크게 소리쳤다. 감정이 북받쳐 울먹이기까지 한다.

"아니오! 내가 어찌 소저를 한시인들 잊었겠소? 나 또한 그대 생각에 먹어도 먹는 것 같지 않고, 춥고 더운 것도 잊었으며 즐거움을 잊은 채 오직 시름에 잠겨 날이 어떻게 새고 지는지도 잊었다오!"

“정말이신가요?”

“저 하늘에 맹세하고 땅에 맹세하리다. 내 머리 속과 가슴속에는 오직 소저의 얼굴뿐이었소!”

제 가슴을 쾅쾅 두드린다.

비로소 주지약이 배시시 웃고 살짝 눈을 흘겼다. 그 모습이 이번에는 그토록 교태스럽고 요염할 수가 없다.

소걸이 그녀를 끌어안으려는 듯 ‘어, 어!’ 하며 두 팔을 활짝 벌려 내뻗었다.

【第六章】

경천동지(驚天動地)

1

그 무렵 염 파파는 깊은 산중을 허위허위 오르고 있었다.

산 아래에서는 황산노자 왕이와 금산반 장금료, 광풍도 초구량이 바위와 나뭇등걸에 한가롭게 걸터앉아 쉬고 있다.

"이제 우리 일은 다 끝난 거지?"

장금료의 말에 왕 노인이 곰방대를 빨며 머리를 끄덕였다.

"염 파파를 데리고 왔으니 약속을 지킨 거지. 그들도 더 이상 트집을 잡지 못할 거야."

언제나 말이 없던 초구량이 중얼거렸다.

"그렇다면 가야지. 이 빌어먹을 곳에 다시는 오지 않으련다."

하지만 그는 말만 그렇게 했을 뿐 나뭇등걸에 달라붙어 있는 엉덩이를 떼려 하지 않았다.

그건 왕 노인과 장금료도 마찬가지였다. 그들은 약속이나 한 듯, 아니면 서로 눈치를 보기라도 하는 듯 미적거릴 뿐이다.

"안 가시오?"

장금료가 왕 노인에게 넌지시 물었다. 왕 노인이 곰방대를 탁탁 두드려 눌어붙은 연초 그을음을 털어내며 히죽 웃었다.

"뭐, 바쁜 일도 없어서 말이야. 좀 쉬었다 가지."

"하긴, 나도 그렇다오. 늘 일만 하다가 모처럼 한가한 시간을 맞았으니 푹 쉬어야지. 그런데 초 형, 당신은 안 가시오?"

초구량이 힐끔 장금료를 바라보고 퉁명스럽게 대꾸했다.

"늙은이는 음흉하고 장사꾼은 좀체 제 속을 드러내는 법이 없으니 상대하기 싫군. 역시 나와는 맞지 않아."

"하하, 그렇다면 초 형은 호걸이라 솔직담백할 테니 어디 한번 말해 보시오."

"쳇, 당신들의 속을 내가 모를 줄 알아? 염 파파가 이리로 다시 내려오기를 기다리는 것 아니오?"

"오호, 그럼 초 형은 그렇지 않은 모양이군?"

초구량의 빈정거림에 마음이 상했던 듯 장금료가 계속 말을 물고 늘어졌다. 그를 무섭게 노려본 초구량이 머리를 크게 끄덕였다.

"좋소, 좋아. 우리 서로 솔직해집시다."

"그럽시다. 까짓, 여기까지 동행해 왔는데 감추고 말고 할 게 뭐 있겠소?"

그들의 말을 듣고 있던 왕 노인도 빙긋 웃으며 거든다.

"이것도 대단한 인연이지. 서로 얼굴도 모르던 사람들이 이렇게 먼 길을 며칠씩이나 동행했으니까 말이야. 좋아, 자네들이 솔직하게 털어놓는다면 노부 또한 속에 든 걸 꺼내놓겠네."

칼을 쥐고 벌떡 일어난 초구량이 큰 소리로 말했다.

"나는 염 파파가 반드시 이 길로 다시 내려오리라 믿소. 그러면 파파를 달래서 무상광명신공의 비급을 얻어낼 셈이오!"

"푸하하하— 달래서 얻어낸다고? 초 형은 염빙화가 어린애라도 된다는 듯 말하고 있구려?"

"으음—"

장금료가 큰 소리로 웃으며 비아냥거렸으므로 화가 난 초구량의 얼굴이 붉으락푸르락해졌다.

장금료가 정색을 하고 다그쳤다.

"사람들은 광풍도 초구량이 떳떳한 호한이라고 하던데, 오늘 보니 꼭 그렇지만도 않군. 소심하고 교활하지 않은가?"

"장가야, 네가 정녕 나와 원한을 맺고 싶다면 좋다. 이 자리에서 끝장을 보자!"

초구량이 살기를 드러내고 칼자루에 손을 얹었다.

"이러지들 말아."

왕 노인이 손을 홰홰 내저으며 그들 두 사람 사이로 끼어들었다.

"모두 한 목적을 가지고 있는 사람들 아닌가. 여태까지 힘을 합쳐서 어려운 일을 잘 해결했으니 앞으로도 그러면 얼마나 좋겠어?"

서로 잡아먹을 듯 노려보던 장금료와 조구량이 못 이기는 척 슬그머니 물러섰다. 그걸 본 왕 노인이 흐뭇한 웃음을 지으며 다시 그들을 달랬다.

"내 생각은 이렇다네. 두 사람은 반드시 싸울 거야. 하지만 아무도 죽지는 않을 거야."

"어떻게 장담하오?"

장금료가 미심쩍다는 눈길을 던지며 말하자 왕 노인이 히죽 웃었다.

"자네 같으면 지금 여기서 초구량과 어느 한쪽이 죽을 때까지 싸우겠나?"

"미쳤소? 할 일이 얼마나 많은데 아무 득도 없는 일에 목숨 걸고 싸우게?"

"자네는?"

초구량도 머리를 흔들었다.

"바로 그런 이유로 그들 또한 반드시 죽어라고 싸우지는 않을 거란 얘기지. 커흠."

"역시 늙은 생강이 맵구려. 그래서?"

장금료가 입맛을 다시며 물었다.

"아무튼 한바탕 싸움이 끝나면 초가의 말처럼 파파가 이 길로 다시 내려오겠지. 하지만 그때는 기력이 쇠진했을 테니 우리 세 사람이 힘을 합쳐서……. 커흠."

마지막 말은 얼버무렸지만 두 사람에게는 노인이 말하려는 게 무엇인지 확실히 전달되었다.

장금료가 빙긋 웃고 말했다.

"좋소, 나는 별 이의가 없으니 왕 노형의 뜻에 따르리다."

"좋아, 나도 목적을 이룰 때까지는 그렇게 하지."

초구량도 크게 머리를 끄덕였다.

깊은 삼나무 숲과 기이한 바위 봉우리들. 깎아지른 벼랑 아래로는 반짝이며 굽이굽이 흐르는 계곡의 급류가 보인다.

염 파파는 힘든 줄도 모르고 산길을 올라가 벼랑 위를 천천히 걷고 있었다.

왼쪽에는 제법 넓은 평야가 펼쳐져 있고, 습기를 머금은 구름이 머리 위에 있다.

안탕산(雁蕩山) 서북쪽 오백 리 떨어진 곳에 있는 용두봉(龍頭峰)이다.

절강성 남쪽을 길게 가로지르고 있는 무이산맥(武夷山脈)은 몇 개의 가지를 어지럽게 뻗고 있다. 그중 금화(金華) 쪽으로 뻗은 남쪽 자락에 용담령(龍潭嶺)이라고 하는 높고 험한 고개가 있다.

용두봉은 그 고개를 내려다보는 봉우리인데, 서쪽에서 오르는 길이 있을 뿐 동쪽으로 내려가는 길이 없으므로 사람들이 찾지 않아 언제나 적막한 곳이었다.

그래서 그 용두봉 바로 아래에 이와 같이 넓은 산정평원(山頂平原)이 있다는 걸 아는 사람이 거의 없다.

군데군데 맑은 물이 고여 있는 웅덩이가 있고, 그곳에 푸른 하늘과 구름이 담겨 있어서 아름답기 짝이 없다.

그 평원 건너에 우뚝 서 있는 용두봉이 신비롭고 장엄해 보인다.

갇혀 있던 용 한 마리가 땅거죽을 뚫고 겨우 머리를 내민 채 하늘을 보며 울부짖고 있는 것 같은 형상이다.

엄 파파는 그 용두봉 그늘이 드리워진 맑은 못가에 앉아 있었다. 물에 비친 용 머리가 고통스럽게 우는 것 같아 보인다.

"파파가 보고 계신 그 용이 바로 우리의 모습이지요."

문득 웅장한 음성이 하늘에 울려 퍼졌다. 마치 용이 입을 열어 제 마음을 토로하는 듯하다.

"저 용은 천년만년 갇혀 있지만 좌절하지 않습니다. 저렇게 기어이 머리를 내밀고 이를 가니……. 몸은 아직 땅속에 있으나 의지마저 갇히지 않은 이상 언젠가는 이 땅을 쪼개고 저 푸른 하늘을 향해 자유롭게 훨훨 날아오르지 않겠습니까?"

염 파파가 천천히 몸을 일으켰다. 저쪽 용두봉 아래의 음침한 그늘을 벗어 나오고 있는 한 사람이 있었다.

'크다.'

염 파파는 문득 자신의 존재가 작아지는 걸 느꼈다.

황학루에서 처음 조 태감을 보았을 때 느꼈던 그것. 낯선 자에게서 자기를 초라하게 만드는 그런 큰 기운을 느꼈던 것이다.

사십대의 건장한 자였다.

깨끗한 백의무복에 백색 장삼을 걸쳤고, 머리에는 금장식이 있는 백건(白巾)을 썼다.

피부가 맑고 눈빛은 더욱 맑다. 턱 선을 따라 성기게 나 있는 검은 수염이 그를 한층 귀골(貴骨)스럽게 보이도록 한다.

어찌 보면 관에 출사하고 있는 높은 벼슬아치 같고, 어찌 보면 고귀한 왕족이 한가롭게 산책을 나온 것 같다.

그가 붉은 입술에 희미한 미소를 담고 천천히 다가오며 다시 말했다.

"파파 또한 바로 저 용의 일맥. 그 못에 비친 모습에서 고통을 느꼈다면 그것은 바로 파파의 마음 깊은 곳에 감추어져 있던 고통일 것입니다."

"흥!"

염 파파가 냉랭하게 코웃음을 쳤다.

"지난날을 떠올려 보십시오. 파파께서 왜 홍염마녀로 불리게 된 건지, 왜 그토록 스스로를 억제하지 못하고 파괴와 살육의 업보에 자신을 던져 버렸던 건지."

"……."

"그건 파파 자신의 영혼을 이끄는 저 용의 울부짖음 때문이 아니었습니까? 그것의 고통이 파파의 영혼 속에 깃들어 있었기 때문 아니었습니까?"

"……."

염 파파는 더 이상 코웃음을 치지 않았다.

쪼글쪼글해진 가슴 깊은 곳에서 쿵쿵거리고 울리는 뜨거운 숨결이 느껴졌다. 용의 숨결이고 그것의 고통이다.

파파의 흔들리는 눈을 묵묵히 마주 보던 사내가 속삭이듯 말했다.

"지금 파파께서 느끼고 있는 그것이 바로 파파 또한 어쩔 수 없는 용족(龍族)이라는 증거입니다."

사내가 손가락으로 용두봉을 가리켰다.

"저것의 몸뚱이가 이 굳은 대지에 사로잡혀 있듯이, 그래서 저렇게 고통스러워 울부짖듯이, 파파 또한 세상이라는 완고한 틀에 사로잡혀 있었기에 그처럼 고통스러웠던 것입니다. 그 고통을 밖으로 터뜨릴 수밖에 없었으니 세상은 파파를 두고 절대마녀라고 부르며 더욱 핍박한 것이지요."

"……."

"이제 나는 우리 용족이 세상의 그 단단한 옥(獄)을 깨고 마음껏 웅비할 때를 준비했습니다. 파파의 큰 힘이 더해진다면 나의 열망, 우리 용족의 열망은 지금이라도 이루어질 수 있습니다."

"으음―"

"그것은 또한 파파의 열망이기도 했던 터. 나와 함께 이 추잡한 세상의 껍질을 깨버리고 용족의 영화로운 세상을 향해 갑시다."

"너는……."

염 파파가 거칠게 달아오르는 숨을 가까스로 가라앉히고 눈꼬리를 파르르 떨며 말했다.

"패자(覇者)가 되기를 꿈꾸는가?"

"그렇습니다."

거침없는 사내의 말에 다시 숨이 턱 막혔다.

2

"본래 일월신교는 광명을 추구하는 바른 뜻과 의지를 가지고 있었습니다. 고귀한 신교의 정신을 망가뜨리고 왜곡되게 한 건 바로 이 세상."

"……."

"그 뒤로 신교의 후예들은 세상을 원망하며 한때 포악한 길을 걷기도 했지요. 하지만 그건 배신에 대한 원한 때문일 뿐 결코 신교의 바른 뜻은 아니었소이다."

일월신교의 뿌리는 광명교에 있었고, 그것은 중원에 들어온 조로아스터교의 분신이었다.

불을 숭배하고 밝음을 지향하는 정통의 교리는 세상을 위해 유익한 것이었다. 그러나 세상은 그런 그들이 가지고 있는 힘에 더욱 눈독을 들였다.

부귀영화를 꿈꾸는 강호의 무리가 그랬고, 조정의 권력을 장악하려는 야심가들이 그랬으니…….

결국 일월신교는 본래의 참모습을 그들에게 빼앗기고 세상을 어지럽게 하는 마교로 낙인찍혀 심한 배척을 당했다.

그렇게 되자 그들을 이용했던 무리들조차 배신하고 배척에 앞장섰다.

마교로 낙인찍힌 일월신교는 한때 멸교지화(滅敎之禍)라고 할 수 있는 위기를 맞기도 했다. 그들이 흘린 피가 대지를 적시고 그들의 주검이 산과 들에 널렸던 적도 있었던 것이다.

그 와중에 강호로 흘러나온 게 혈마구유마공이었다. 온전하지 못한 것이라 그것을 익힌 자는 십성의 단계에 이르면 반드시 주화입마에 빠져 살신악귀가 되고 말았다.

염 파파가 홍염마녀로 불렸던 것도 바로 그런 이유였다.

그러한 원한 때문에 그 후 이대에 걸쳐서 일월신교는 이름마저 암흑천교로 바꾸고 철저하게 마교의 길을 걸었다.

마인들을 끌어모아 힘과 세력을 길러 세상을 혈세(血洗)하는 걸로 선대의 복수를 하려 했던 것이다.

―너희들이 우리에게 한 짓을 그대로 너희에게 돌려주겠다.

이것이 그들의 주장이고 교리였다.

그렇게 되자 본래 일월신교의 광명정대함은 눈을 씻고 찾아도 찾아볼 수 없게 되었다.

음험, 사악함과 잔혹함이 그것을 대신했던 것이다.

그럴수록 세상은 더욱 그들을 중오했고, 지난 대에 이르러서는 기어이 당문의 기린아 당백아와 무림맹에 의해 초토화가 되었다.

암흑천교의 교주를 비롯한 마인들이 모두 죽었다. 마교와 끈이 닿는 자들 또한 밝혀지는 족족 참수당하는 화를 면치 못했다. 평소에는 소 닭 보듯 하던 관과 무림이 그 일만큼은 서로 힘을 합쳐서 무지막지하게 밀어붙였던 것이다.

그렇게 해서 멸절된 것 같았던 암흑천교가 다시 부활했다. 역시 그들의 뿌리는 깊고 깊었던 것이다.

그러나 선대의 한을 고스란히 물려받았을 지금의 교주, 세인들이 절대천마(絶對天魔)라고 하며 두려워하는 마중선(魔中仙) 유시천(劉時天)의 생각은 전대의 교주들과 같지 않았다.

'피는 피를 부르고 죽음은 죽음을 부를 뿐이다.'

그런 생각으로 그는 공존을 꿈꾸게 된 것이다.

내 힘이 천하를 넘볼 만큼 커진다면 누가 감히 우리를 핍박할 것이며, 누가 감히 우리의 피로 산하를 적시겠는가. 그때는 우리가 그들을 다독이며 이끌 수 있을 것이니 세상은 비로소 평화를 찾게 되리라.

그런 생각으로 유시천은 암흑천교를 이끌었다.

마인에 머물지 않고 세상을 이끄는 영도자가 되길 원했던 것이다. 그래서 마중선이라 불리는 것이기도 하다.

그는 자신의 이상을 실현하기 위해서는 무엇보다 힘이 있어야 한다는 걸 잘 알았다. 그래서 염 파파를 원하고 있었다.

그녀의 힘이 자신의 이상을 펼치는 데 무엇보다 큰 도움이 될 것이기 때문이다.

그러나 염 파파에게는 아직 준비가 되지 않았다.

그녀가 언제 한 번이라도 나 외의 삶에 대하여 걱정하고 대비한 적이 있었던가.

황망령에 있으면서 소걸을 만나 비로소 그에 대한 애정을 가졌을 뿐이다.

한때는 나의 자유를 유일한 삶의 목적으로 생각한 적도 있었다. 하지만 지금 그녀는 모든 일에 의욕을 잃었다.

원하는 게 있다면 오직 한 사람, 평생에 걸쳐 유일하게 사랑한 장풍한에 대한 마음의 죄를 씻으려는 것뿐이다.

그녀가 침중해진 얼굴로 말했다.

"너는 백 마디의 말로 떠들어봐야 소용없다. 내 마음을 움직일 수 있는 건 전에도 없었고 지금도 없다."

"파파."

마중선 유시천이 눈 속에 번쩍이는 정기를 담고 그녀의 말을 잘랐다.

"파파의 힘이 세상을 평화롭게 하는 데 도움이 된다면 그것을 남겨두고 가는 게 파파의 업보를 더는 일이 될 것입니다."

"……."

"내가 원하는 건 한 가지. 파파께서 암흑천교를 다시 일월신교로 되돌려 놓는 데 힘을 보태주시는 것뿐이오."

"그것뿐이냐?"

"맹세컨대 다른 뜻은 조금도 없소이다."

"대단하다."

염 파파는 진심으로 감탄했다.

그를 보지 않았을 때는 몰랐는데, 이처럼 대면하여 그의 말을 듣고 그의 열정을 느끼고 나자 과연 이자는 용이 될 자격이 있구나, 하는 생각이 절로 들었던 것이다.

"내가 이곳에 온 것도 단 한 가지 이유 때문이다."

"장가보의 일입니까?"

유시천이 빙긋 웃었다. 그를 바라보는 염 파파의 눈에서 불꽃이 일었다.

"네가 써보낸 서찰에는 분명 그런 약속이 있었다."

"그렇습니다. 파파와 약속한 이상 장가보에 화를 끼치지는 않을 것입니다."

"그럼 됐다. 약속대로 찾아와 너를 만났고, 너의 말을 들어주었으니 내 할 일은 다 한 터. 다시는 만나는 일이 없었으면 좋겠다."

염 파파가 더 할 말이 없다는 듯 돌아섰다. 유시천의 얼굴에 실망이 가득해졌다가 노여움으로 굳어졌다.

"파파!"

그가 이제까지와는 다른 음성으로 그녀를 불러 세웠다.

"나는 이대로 파파를 보내드릴 수 없소이다."

"막을 테냐?"

"파파를 데려갈 수 없다면 무상광명신공의 비급이라도 취할 것이오."

"흥! 이제 본색을 드러내는군?"

"파파도 알겠지만 그것은 광명신교의 비전 보물이며, 이제는 세상에 하나밖에 남아 있지 않은 유물입니다. 그러니 본 교에서 그것을 교의 보물로 간직하는 게 옳지 않겠습니까?"

"내가 마음이 내켜서 스스로 내주면 모르거니와, 그렇게 하고 싶지 않은데 억지로 빼앗아갈 자는 아무도 없다."

"나는 파파께서 지금이라도 마음을 돌이켜 주길 바랄 뿐입니다."

"틀렸다. 나는 다시는 너희와 관계하고 싶지 않고, 다시는 세상일에 끼어들고 싶지 않다. 나는 그저 조용히 남은 삶을 지켜보고 싶을 뿐이다."

나를 건드리지 않는다면 나도 너희를 모른 척하겠으나, 그렇지 않다면 재앙이 되어 너희에게 임하겠다는 경고의 말이기도 했다.

그러나 조 태감이 그랬듯 마중선 유시천 또한 조금도 두려워하지 않았다. 그가 오히려 여유있는 웃음을 흘리며 말했다.

"내가 세상에서 오직 두려워하는 건 말을 탄 황제의 십만 대군이 안탕산에 몰려오는 것뿐이지요. 흥! 강호의 무리가 우리를 막기 위해 광명천이라는 이름으로 뭉쳐 있어도 눈 하나 깜짝하지 않는데, 하물며 홀로 있는 파파이겠습니까?"

"그렇다면 보여줄 수밖에."

염 파파가 구부정하던 허리를 쭉 폈다. 그러자 여태까지 감추고 있던 그녀만의 기세가 폭풍처럼 인다.

후우웅─

그녀 주위의 공간이 갑작스럽게 퍼져 나오는 엄청난 기운에 놀란 듯 웅장한 울음을 토해내며 떨었다.

"흐음─"

마중선 유시천이 침음성을 흘렸다. 그의 얼굴에 긴장이 어리고 염 파파를 바라보는 눈에 감탄지색이 가득해졌다.

'한 번 시험해 보리라.'

염 파파는 그가 등장했을 때부터 그런 마음을 품고 있었다. 과연 천하를 두고 다투는 이자의 무공이 어느 정도 되는지 알아볼 수 있다면 광명천의 천주라는 무상검(無常劍) 철무극(鐵武極)의 무위도 짐작해 볼 수 있을 것이다.

그자는 백도의 오대기인으로 꼽히는 오선(五仙)의 공동 전인이면서 자신의 능력을 아직까지 한 번도 드러내지 않은 신비인이기도 하다지 않던가.

유시천과 철무극의 무공 수위를 짐작할 수 있다면 장차 소걸에게 큰 도움이 되리라.

그런 생각에 염 파파는 즉시 전신의 공력을 끌어올려 벼락같이 달려들며 일장을 후려쳤다.

과거 그녀를 홍염마녀로 불리게 했던 삼대절기 중 하나인 쇄혼구유장(碎魂九幽掌)이 한껏 펼쳐진 것이다.

초식의 교묘함 따위는 다 버린 채 오직 장력의 위맹함으로 부딪치는 건 유시천의 공력을 시험해 볼 의도에서였다.

쐐애액―!

수만 개의 화살이 허공을 찢고 날듯 웅장하고 날카로운 소성이 터져 나왔다. 유성이 구름을 찢고 떨어지는 것 같기도 하다.

그렇게 날카롭기가 송곳 같고, 두텁기가 만 년 얼음산과도 같은 그녀의 장력 앞에서 유시천이 태연히 말했다.

"파파가 정 원한다면 할 수 없지!"

그도 망설이지 않고 내력을 끌어올려 일장을 힘껏 뻗어냈다.

파아앙―!

무지막지한 장력에 그를 둘러싸고 있던 공간이 엄청난 소리와 함께 터졌다. 기파의 파편이 사방으로 쏟아져 나가자 마치 유리 조각을 허공 가득 뿌려놓은 것처럼 살벌해졌다.

만년한철처럼 견고하게 응축된 기의 덩어리가 그것을 뚫고 곧장 뻗어나간다.

염 파파의 쇄혼구유장과 유시천의 탄궁마장(彈弓魔掌)이 한 치의 양보도 없이 격돌했다.

강기(罡氣)와 강기가 서로 부딪치니 하늘이 놀라고 땅이 뒤흔들린다.

쿠아앙—!

일만 근의 폭약이 일시에 터진 것 같은 폭음이 온 산에 진동했다.

쿠르르르르—

산정이 지진을 만난 듯 무섭게 요동을 쳤다. 기파의 폭풍이 휩쓸고 간 곳의 땅거죽이 허물을 벗듯 벗겨지며 흙과 돌덩이들이 어지럽게 날았다.

나무들이 뿌리가 뽑혀 쓰러지고, 바윗덩이가 쩍쩍 갈라지더니 기어이 조각조각 부서져 주저앉았다.

"차합!"

그 속에서 유시천의 낭랑한 기합성이 터져 나왔다.

"끼아앗!"

비단폭을 찢는 듯한 염 파파의 일갈도 터져 나온다.

우르르룽—

첫 번째보다 더욱 위맹하고 강렬한 두 사람의 두 번째 장력이 부딪쳤다.

번쩍!

눈부신 섬광이 머리 위에 내려앉아 있는 구름을 뚫고 하늘 높이 솟구쳤다. 마치 땅에서 쏘아진 뇌전 같다.

쿠앙—!

처음보다 더 큰 폭음.

그리고 온 산을 뒤흔드는 격렬한 진동.

우르르르르—

저 높이 우뚝 솟구쳐 있는 용두봉이 몸부림을 쳤다.

땅에 박혀 있는 제 몸뚱이를 빼내려고 용트림을 하는 것 같다.

산산이 흩어져 팔방으로 어지럽게 나는 돌멩이와 뿌리 뽑힌 풀이며 자욱한 흙먼지.

그 속에서 다시 한 번 번쩍하고 빛나는 무엇이 있었다.

염 파파가 이형환위나 다름없는 수라구유보를 펼쳐 순식간에 공간을 좁혀간 것이다.

쉬이이잉—

그녀의 옷자락이 찢어질 듯 펄럭이고, 두 손이 갈퀴가 되어 매섭게 유시천을 후려치고 낚아챘다.

쇄혼구유장 중에서 가장 정묘하고 악독한 초식인 염라철수(閻羅鐵手)가 펼쳐진 것이다.

이를 악다물고 있는 염 파파의 무서운 얼굴이 환상처럼 와락 다가선다. 유시천 또한 이를 악물었다. 불그스름하던 얼굴색마저 창백하게 변한 채 역시 두 손을 맹렬하게 휘두르며 염 파파의 움직임 못지않은 신법으로 어지럽게 움직였다.

3

쩡쩡쩡쩡—!

흐릿한 잔영을 남기고 이리저리 흐르는 검고 흰 그림자 속에서 쇠와 쇠가 연달아 부딪치는 듯한 소성이 묵직하게 터져 나왔다.

수라구유보가 극성에 이르도록 펼쳐지면 아홉 개의 환영이 생긴다.

염 파파는 그 경지를 유감없이 보여주고 있었다.

아홉 개의 그녀가 열여덟 개의 팔을 뻗어 쇄혼구유장을 펼치고 있으니 하늘에 온통 그녀의 수영(手影)이 넘실거리고, 땅에는 어지러운 그녀의 옷자락이 깔린다.

그에 맞서는 유시천 또한 못지않았다.

그가 펼치고 있는 것은 암흑천교의 절정 경신법인 흑천유밀보(黑天幽密步)인데, 그중 쾌속제일로 꼽히는 폭천일섬(爆天一閃)의 수법으로 움직이자 그의 환영 또한 아홉 개가 되었다.

그 아홉 개의 환영이 역시 열여덟 개의 손을 어지럽게 내저으며 염 파파의 쇄혼구유장에 맞섰다. 마교제일의 장법인 혼원삼장(混元三掌)이다.

유시천은 그것 중에서도 가장 강력하고 흉맹한 제삼장 구유만천(九幽滿天)을 뽑아 치고 있었다.

여유를 가질 수 없을 만큼 염 파파가 주는 압력이 굉장했던 것이다.

두 사람의 환영이 뿌리는 손 그림자가 엇갈릴 때마다 허공이 진동을 하며 신음을 흘렸고, 웅장한 쇳소리가 뇌성처럼 은은히 울려 나왔다.

온갖 정교하고 사나운 초식들의 정화라고 할 수 있는 두 사람의 장법(掌法). 그것이 서로 부딪치고 긁으며 토해내는 조화에는 천신도 놀라 달아나고 지신도 두려워 주저앉을 것이다.

꽝꽝꽝꽝—!

인간의 싸움. 이미 그것의 한계를 벗어났다.

"끼야압!"

염 파파의 괴성이 하늘에 울리고,

쫘앙—!

그녀의 모든 내력을 한 점에 응축시킨 일장이 벼락처럼 뻗어나갔다.

염라철수의 정화라고 할 수 있는 만력일첨(萬力一尖).

그 극강한 힘을 의식한 유시천이 부르르 어깨를 떨었다. 두 눈 깊은 곳에서 한순간 여태까지 보지 못했던 강렬한 마광(魔光)이 화르륵 피어올랐다.

"와하하하—!"

광소를 터뜨린 그가 역시 구유만천 중의 최후 초식인 제삼초 일월굉천(日月宏天)에 모든 내력을 실어 힘껏 쳐냈다.

저 깊은 지저(地底)에서 암흑의 마신(魔神)이 노여움을 터뜨렸는가. 저 높은 하늘에서 벽력대제(霹靂大帝)가 진노했는가.

두 사람의 움직임이 뚝, 멎은 순간 강렬한 섬광이 천지를 하얗게 밝혔다.

쾅—!

그리고 하늘과 땅을 뒤흔드는 굉음.

"크윽!"

천번지복(天飜地覆).

하늘이 뒤집어지고 땅이 무너진다.

그와 같은 엄청난 일이 두 사람을 정점으로 해서 일어났다.

드드드드—

용두봉이 흔들리며 크고 작은 바윗덩이들이 우박처럼 쏟아졌다. 드디어 땅속에 갇혀 있던 그것의 몸뚱이가 벗어나는 건지도 모른다. 산정의 평원이 무겁고 깊은 울음을 토해내며 사뭇 흔들렸던 것이다.

쩌엉—

이른 봄날, 드넓은 호수를 뒤덮고 있던 두터운 얼음이 갈라지는 것 같은 괴성이 땅속 깊은 곳에서 울려 나오고, 대지가 몸부림을 친다.

두 사람의 장력이 그렇게 무시무시한 힘을 내쏟고 부딪친 그 순간에 염 파파의 작은 몸이 비조(飛鳥)처럼 허공을 날았다.

한줄기 번갯불이 허공을 종으로 가르며 치닫는 것 같다.

눈 깜짝할 사이에 그녀의 모습이 아득히 사라졌다.

"크ㅇㅇㅇ—"

그리고 유시천의 낮고 고통스러운 신음성이 뒤늦게 터져 나왔다.

그의 두 다리는 무릎까지 단단한 땅을 뚫고 푹 박혀 있었다. 상체를 앞뒤로 건들거리는 그의 낯빛이 밀랍처럼 창백해졌다.

한 손으로 가슴을 가리고 한 손은 벽을 밀듯 앞으로 쭉 뻗은 채인데, 그 손이 조금씩 경련하고 있었다. 그리고 점점 커지더니 이내 와들와들 떨린다.

"컥!"

유시천이 기어이 한 모금의 검붉은 선혈을 왈칵 토해냈다.

*　　　*　　　*

"크으……."

가슴을 움켜쥔 염 파파가 고통스런 신음을 흘렸다.

최후의 일장을 부딪친 순간 그녀는 더 이상 마중선 유시천을 상대로 싸울 수 없다는 걸 느꼈다. 그 일장을 마지막으로 내력이 고갈되었던 것이다.

마지막 한 모금의 진기를 남김없이 끌어냈다. 그리고 장력이 충돌하는 순간 그것의 반탄력을 빌어 수라구유보 중의 일보무영(一步無影)이라는 절정의 경신법을 펼쳤다. 한 번 발끝으로 땅을 차면 유성과 같이 빨라져서 제 그림자마저도 떼어놓는다는 극쾌의 신법이다.

단숨에 아수라장이 된 산정의 평원을 가로질러 원시림 속으로 빨려 들어간 염 파파는 미친 듯이 옷자락을 펄럭이며 달렸다.

가슴이 뜨겁게 달아올랐다.

막아두고 있던 숨을 더 참을 수 없게 되었을 때 그녀는 깊은 계곡 아래에 내려서 있었다.

허억, 하고 뜨거워진 숨을 내뱉자 가슴 깊은 곳에서부터 울컥울컥 선혈이 솟구쳐 올라왔다.

비로소 답답함이 풀린다. 하지만 그녀의 몸은 공허해졌다. 갑자기 바람을 모두 쏟아내 버리고 만 가죽 부대 같다.

기혈의 운행이 멈춘 듯한 막막함. 기해의 바다에 가득했던 무궁무진한 내력이 안개가 되어 사라졌다. 그리하여 마르고 건조한 바닥을 드러내듯이 삭막해져 버린 단전.

역시 나이는 어쩔 수 없다는 한탄이 절로 흘러나왔다.

한 번 입은 내상은 쉽게 치유할 수 없을 것이다.

파파는 유시천이 입은 타격도 자기 못지않으리라는 걸 짐작했다. 그의 내상도 가볍지 않겠지만 그는 한 달 남짓 폐관하고 운기행공에 정진한다면 다시 회복될 것이다.

아직 젊으니 장마철의 개울처럼 콸콸 흘러넘치는 기운을 지녔지 않은가. 그러나 염 파파 자신은 바닥을 드러내고 말라가는 실개울에 지나지 않았다.

'과욕을 부렸다.'

그런 후회가 스쳐 간다.

처음 장력을 시험했을 때 그만두고 물러났다면 이처럼 심각한 내상을 입지는 않았을 것이다. 욕심을 내서 무리하게 초식까지 시험해 보려 했던 게 잘못이다.

허무했다.

살아온 지난날들의 모든 것이 한순간에 허무로 돌아가 버렸다.

그녀는 이 한 번의 무시무시한 싸움에서 입은 내상을 극복할 수 없다는 걸 느꼈다. 사라져 버린 내공을 되찾을 수도 없다. 이제는 정말 말라비틀어진 꼬부랑 노파가 되어버린 것이다.

하지만 후회하지는 않았다.

유시천의 내력과 그의 무공 수위를 누구보다 잘 알 수 있게 되었기 때문이다.

'할 수 있다!'

그런 자신감으로 고통을 잊었다.

소걸이 혈마구유신공을 십이성 대성한다면 유시천을 뛰어넘게 되리라는 희망이다. 그렇다면 광명천의 무상검 철무극도 극복할 수 있다.

그것은 이제 염 피피 혼자만의 짐작이 이니라 확실한 가능성이었다.

억지로 미소 지은 그녀가 찬물을 움켜 얼굴을 닦았다.

【第七章】

허장성세(虛張聲勢)

1

세 사람의 얼굴이 하얗게 질렸다.

산정에서 끊이지 않고 들려오는 은은한 뇌성을 들었기 때문이다. 용두봉 위에 막강한 기운이 흐르고 있는 게 느껴진다.

"서, 설마 이 정도였단 말인가?"

"이것이 과연 사람들의 싸움이란 말인가?"

산정에서 염 파파와 마중선 유시천이 격돌한 게 틀림없다. 그리고 경천동지(驚天動地)라는 말 그대로 하늘도 놀라고 땅도 흔들린다.

그들이 품었던 한 가닥의 희망이 절망과 두려움이 되었다.

염 파파의 무위가 설마 저 정도에 이르러 있으리라고는 믿지 않았기 때문이다.

그녀의 과거 명성 때문에 주눅이 들었고, 암흑천교의 위세에 눌렸기 때문에 얌전히 그녀를 인도해 왔다. 그래서 마음 한구석에는 늙어

꼬부라진 파파에 대한 의심이 있었는데, 이제는 두려움만 가득해졌다.

그들은 과거 암흑천교에 한 가지씩의 빚을 진 자들이었다. 그래서 세상 사람 누구도 모르게 마교와 은밀한 끈 한 가닥을 이어둘 수밖에 없었다.

만약 그 관계가 드러난다면 강호에서 쌓아온 명성을 하루아침에 잃게 된다. 그래서 늘 마음에 수심 한 자락을 깔아두고 있었는데 암흑천교의 사자가 찾아왔다.

염 파파를 용두봉까지 데려와 주면 관계를 청산하겠다고 꾀었으므로 거절할 수 없었다.

그렇게 해서 생전 얼굴 본 일도 없는 세 사람이 모여 동행하는 동안 공통의 욕심도 생겼다. 그래서 이렇게 염 파파가 내려오기를 기다리고 있는 중인데 지금은 그것이 후회스러워졌다.

"나는 빠지겠어."

계산 빠른 장금료가 손을 털고 일어섰다.

"나도 그냥 가는 게 좋겠군."

광풍도 초구량도 엉덩이를 들썩인다.

"기다려 봐."

황산노자 왕이가 히죽 웃으며 그들을 만류했다.

"우리 생각대로 염 파파와 마교 교주가 기어이 싸움을 벌였잖아. 어부지리의 기회는 아직 남아 있는 셈이지. 그걸 포기한다면 우리가 들인 공이 너무 아깝지 않겠어?"

"……."

황산노자가 담뱃대를 땅땅 털어대며 말했다.

"두 마리의 호랑이가 싸우면 한 마리는 반드시 죽게 되지. 살아 있는 놈도 심한 부상을 입고 지쳐서 헐떡이게 마련이야."

금산반 장금료가 마음을 바꾼 듯 다시 주저앉으며 히죽 웃었다.

"맞아. 그럴 때면 늑대가 어슬렁거리며 다가와 희롱해도 어쩔 수 없지."

"저기 온다."

초구량이 턱으로 슬쩍 가리켰다.

저쪽, 삼나무 숲으로 이어져 있는 비탈길을 타박타박 걸어 내려오고 있는 염 파파를 본 것이다.

세 사람의 눈이 이리저리 마주쳤다. 한 명이 입을 오물거린다. 그리고 다른 한 명이 머리를 살짝 가로저어 막았다.

황산노자 왕이와 금산반 장금료, 광풍도 초구량은 긴장으로 입술이 말랐다.

한적한 오솔길에 콩콩거리는 지팡이 소리가 유난히 크게 울렸다.

염 파파는 열 걸음쯤 앞서 가고 있는 중이다.

땀을 흘렸던지, 후줄근해진 옷과 헝클어진 흰 머리카락이 그녀를 더욱 추레해 보이게 한다.

구부정한 허리가 더 굽었고, 가냘프게 보이는 이깨가 디 옴츠리들었다.

"호—"

산길을 걷는 게 힘이 드는지 잠시 멈추어 서서 허리를 두드리며 한숨을 쉰다.

파파의 뒤를 조심조심 따르던 세 사람도 우뚝 멈추어 섰음은 물론이다.

'해야 하나, 말아야 하나?'

그런 갈등으로 세 사람은 머리가 쪼개질 지경이었다.

분명 암흑천교의 교주와 전력을 다해 싸웠으니 기진맥진해 있을 것이다. 어쩌면 심중한 내상을 입었는지도 모른다.

그렇다면 이때보다 더 좋은 기회는 또 없다.

삼면에서 들이쳐 죽여 버린다면 세상에 큰 공덕을 베푸는 일이 될 것이며, 부수적으로 무상광명신공 비급도 손에 넣을 수 있다.

게다가 이곳은 인적 하나 없는 산속 아닌가. 소문날 염려도 없다.

'할까?'

초구량이 번쩍이는 눈빛을 감출 생각도 없이 금산반 장금료를 보고 눈으로 그렇게 말했다.

장금료는 머리 속으로 부지런히 주판알을 튕겼다.

염 파파의 모습을 보니 조금 흐트러지기는 했지만 멀쩡하지 않은가. 안색이야 평소에도 워낙 침침했으므로 내상을 입은 건지 아닌지 그것만 살펴서는 알아낼 수가 없다.

걸음걸이도 보통 때와 다르지 않다. 늘 저렇게 구부정한 몸으로 지팡이를 콩콩거리며 천천히 걸었지 않은가 말이다. 누가 봐도 꼬부랑 할머니의 모습이요, 기색이었다.

지금도 그와 같으니 걸음걸이만으로는 역시 내상을 입은 건지 아닌지 분간할 수가 없다.

달려들어서 싸워봐야 알 수 있다는 건데…….

'나는 하지 않겠어. 너 혼자서 해봐.'

재촉하는 초구량에게 그런 눈짓을 건넬 수밖에 없었다.

'쳇, 여우 같은 놈.'

초구량이 험하게 눈을 흘겼다. 하지만 그도 자신이 서지 않는지라 나서지 못한다.

세상 단맛 쓴맛 다 봐서 능구렁이가 된 황산노자 왕 노인이야 더 말할 것도 없다.

그가 곰방대 빠는 일마저 잊은 채 두 사람을 향해 잔뜩 인상을 찌푸려 보였다.

'제기랄, 대체 뭐가 어떻게 된 거야? 혹시 서로 싸운 게 아니라 그냥 용두봉을 상대로 장력만 겨뤄본 거 아냐?'

그런 의문이 갈수록 커졌다.

그들은 지금 손가락 하나만 가지고도 염 파파를 제압할 수 있는데 그런 망설임과 두려움 때문에 아무것도 하지 못하고 있었다.

"이리들 와봐라."

염 파파가 바위에 걸터앉더니 손짓해 불렀다.

음흉한 속셈을 감추고 있는 세 명이 주저하며 다가왔다.

"너희들은 왜 나를 기다리고 있었지?"

서로 옆구리를 쿡쿡 찔러댄다.

우물쭈물하던 왕 노인이 할 수 없이 나섰다. 그가 주동했으니 어쩔 수 없는 일이다.

"별일 아닙지요. 그저 파파께옵서 혹시라도 불편하시면 저희가 힘을 다해 모시려고 한 겁지요."

"그것뿐이냐?"

"그렇고말고요. 저희에게 감히 다른 뜻이 있었겠습니까?"

"좋아. 그런데 어째서 내가 불편할 거라고 생각했지?"

"그게 저……."

염 파파의 눈빛이 날카로워졌다. 저 깊은 곳에서 푸른빛이 은은하게 번쩍인다. 그걸 본 왕 노인이 부르르 어깨를 떨고 주춤주춤 물러섰다.

"허튼소리를 하면 죽인다. 달아날 생각만 해도 죽이겠다. 어서 솔직히 말해."

털썩.

왕 노인이 제풀에 질려서 저도 모르게 무릎을 꿇었다.

"살려줍시오. 저희들이 잠시 미쳤었나 봅니다."

'저런, 저런! 망할 영감탱이 같으니!'

장금료의 얼굴이 새파랗게 질렸다. 그가 '저희들' 이라고 했기 때문이다.

'저 빌어먹을 영감탱이가 물귀신처럼 끌고 들어가다니!'

속으로 중얼거리는데 염 파파의 싸늘한 눈길이 그에게로 향했다.

털썩.

더 망설일 것도, 눈치 볼 것도 없이 장금료도 무릎을 꿇었다. 하지만 초구량은 머뭇거리며 망설인다.

그런 초구량을 노려보는 염 파파의 안광이 더욱 번쩍였다.

"흐흐흐, 네놈에게는 하고 싶은 말이 있는 모양이로구나? 아니면 이 할미에게 불만이라도 있는 게냐?"

사실 염 파파는 지금 안간힘을 다하고 있는 중이었다. 내공이라고 할 만한 게 거의 남아 있지 않은 터라 눈빛에 그것을 실어낼 수가 없다.

그래서 애써 마음속에 지독한 살기를 일으켰고, 그것이 두 눈에 드러났을 뿐이다.

만약 그 기세로 제압하지 못한다면 걷잡을 수 없는 사태가 벌어지리라는 걸 파파는 이미 알고 있었다. 뒤따라오는 자들에게서 수시로 뻗쳐 오는 살기를 읽었기 때문이다. 그건 오랫동안 몸에 배어 이제는 그녀의 일부가 된 예민한 감각 덕이었다.

"으으음—"

한동안 염 파파의 눈빛을 받아내던 광풍도 초구량이 이 앓는 소리를 내고 천천히 무릎을 꿇었다.

속으로 가만히 안도의 한숨을 쉰 파파가 여전히 싸늘한 어조로 말했다.

"말해봐. 어째서 내가 불편할 거라고 생각했던 게냐?"

"파파께옵서 산정에 오르시면 반드시 마교 교주와 일전을 벌이실 테고, 그러면……."

"흘흘, 늙은 내가 그놈의 공세에 견디지 못하고 중상을 입은 채 가까스로 도망쳐 올 것이다, 이 말이렷다?"

"아, 아니, 그건 아니고요……."

기세에서 완전히 제압당한 황산노자 왕이의 주름진 얼굴에서 식은 땀이 줄줄 흘러내린다.

"그러면 기다리고 있다가 눈치를 봐서 나를 죽일 작정이었느냐?"

"어, 어찌 저희가 감히……. 그저 파파께서 힘들어하실 것 같아서 편히 모시려고 했을 뿐입지요. 정말입니다."

"흥!"

"허억!"

염 파파의 싸늘한 코웃음에 왕 노인과 장금료가 헛바람을 들이켰다. 초구량은 고개를 숙이고 있으나 아직 불만이 가득한 얼굴로 번쩍이는 눈길을 땅바닥에 고정시키고 있었다.

무상광명신공.

강호에 몸담고 있는 자라면 누구나 목숨을 걸고라도 취하고자 하는 그것이 세상에 모습을 드러냈다.

낡은 표지의 도가 경서 한 권.

그 안에 무상광명신공의 비급이 군데군데 감추어져 있다는 걸 이제 모르는 사람이 없다.

"꿀꺽!"

황산노자 왕이와 금산반 장금료, 광풍도 초구량의 마른침 삼키는 소리가 적막한 숲 속에 크게 울린다.

저 낡은 책 속에 천하를 경동시키고도 남을 절세적인 무공이 숨겨져 있다. 그러니 그것을 바라보는 세 사람의 눈에 걷잡을 수 없는 탐욕이 이글거리는 건 당연한 일이다.

"너희들의 속을 잘 알지."

염 파파가 비급을 한가롭게 흔들어 보이며 말했다.

"꿀꺽!"

다시 침 삼키는 소리가 진동한다.

"이것이 바로 너희가 원하는 무상광명신공 비급이다."

"……!"

"와서 가져가 봐."

"……!"

"내 손에서 빼앗으면 된다. 아주 쉬운 일이지 않겠어?"

"으으음—"

갈증으로 퍼석거리는 신음이 흐른다. 염 파파는 히죽히죽 웃기만 했다.

눈앞에서 살랑거리고 있는 절세의 비급.

그러나 왕 노인도 장금료도 마른침만 삼키고 고통스런 신음을 흘릴 뿐 감히 그것에 손을 뻗지 못했다.

염 파파는 내심 잔뜩 긴장하고 있는 중이었다.

만약 그들 중 누구라도 보물에 이성을 잃고 와락 달려들기라도 한다면 그 순간 자신의 무기력함이 드러나고 만다. 그 즉시 목숨을 부지할 수 없게 될 것은 물론이다.

가장 걱정되는 자는 광풍도 초구량이었다. 그의 늑대처럼 음흉하게 번쩍이는 눈이 염 파파의 손에서 떠나지 않고 있었던 것이다.

얼굴빛이 한순간에도 몇 번씩이나 변한다.

'까짓, 죽기밖에 더 하겠어?'

초구량은 지금 자신의 그런 충동과 필사적으로 싸우는 중이었다.

'이렇게는 살아 있어도 산 게 아니야. 어서 해. 혹시 알아? 운이 좋으면 저 늙은 마귀할멈의 손에서 비급을 낚아채 달아날 수 있지 않겠어? 그러면 비로소 사람 사는 것처럼 살게 되는 거야. 안 그래? 자, 어서 하라니까?'

그의 안에 들어 있는 악마의 속삭임이다.

'그러다가 죽으면? 네가 저 마녀를 감당할 수 있을 것 같아? 죽고 난 다음에 비급이 다 무슨 소용이야? 왕 노인과 장금료를 봐. 그들이 괜히 저렇게 머리를 숙이고 있겠어? 하나뿐인 목숨이 더 중요하기 때문이야. 괜한 만용 부리지 마.'

그의 이성은 그렇게 타이른다.

탐욕과 이성의 다툼이 칼을 겨누고 목숨을 건 싸움보다 더 치열했다. 그래서 초구량은 한순간에도 삶과 죽음 사이를 수십 차례나 오락가락했다.

그를 바라보는 염 파파의 마음도 어지럽기 짝이 없었다.

허장성세(虛張聲勢)로 왕 노인과 장금료는 확실히 제압했는데, 저 젊은 초구량이란 놈은 냉큼 걸려들지 않으니 그렇다.

젊고 성깔있는 놈답게 오기로 버티는 게 틀림없는데, 그걸 꺾어줄 방법이 없다.

저런 놈일수록 한 번 기를 꽉 꺾어놓으면 오히려 그 누구보다 고분고분해진다는 걸 잘 알고 있었지만 지금은 팔 하나 들어올리기도 힘든 몸 아닌가.

'빌어먹을 놈, 이 할미의 인내심을 시험해 보겠다면 너는 날을 아주 잘 잡았다.'

만약 지독한 내상을 입기 전이었다면 초구량의 목은 벌써 제 어깨를 떠나 저 아래 골짜기 속으로 데굴데굴 굴러갔을 것이다.

속으로 이를 박박 갈던 염 파파가 마지막 패를 꺼내 들었다.

"너!"

"예?"

염 파파의 싸늘한 부름에 갈등으로 정신없던 초구량이 깜짝 놀라 큰 소리로 대답했다.

"너는 기어이 내 손에서 이 비급을 빼앗아가야 성이 찰 모양이구나."

"으음—"

"좋다. 이렇게 하자."

"……?"

고개를 숙이고 눈만 끔벅이고 있던 왕 노인과 장금료가 의아해서 머리를 들었다.

염 파파를 바라보고 초구량을 바라보는 얼굴에 걱정과 두려움이 가득하다.

'저 염병할 놈이 이러다가 우리까지 들러리로 죽게 만드는 거 아냐?'

그런 걱정이 커졌다.

염 파파의 성질이 어떤지 모르는 사람은 아무도 없다. 초구량에게 화가 난 파파가 그놈 하나로는 만족하지 못하고 애꿎은 자신들의 목까지 뎅겅뎅겅해 버릴까 봐 간이 오그라든다.

그런데 염 파파의 말은 그들을 놀라게 했다.

"네 배짱과 고집이 아주 쓸 만하다. 장차 크게 될 놈이야. 나는 그렇게 사내다운 놈을 좋아하지."

한껏 추켜세우지 않는가.

"그래서 너를 그냥 죽이기는 아깝다는 생각이 드는구나."

"으으음―"

초구량이 여전히 갈등으로 얼굴색을 수시로 바꾸며 신음했다.

"이리 오너라. 나의 일초를 네가 무사히 받아낸다면 이 비급을 아낌없이 네게 주겠다."

"예?"

초구량이 눈을 크게 떴고, 왕 노인과 장금료는 놀라서 제 귀를 후비며 입을 딱 벌렸다.

'이건 뭐가 잘못된 거야. 내가 잘못 들은 거야!'

그들이 넋이 나가 중얼거릴 때 초구량은 입술을 악물고 주춤주춤 염 파파에게 다가가고 있었다.

칼자루를 움켜쥔 손이 지나친 긴장으로 푸들푸들 떨린다.

염 파파가 곁에 늘어져 있는 나뭇가지 한 개를 꺾어 들었다. 낭창거리는 그것의 잔가지들을 쳐내니 영락없이 말 안 듣는 손자놈의 종아리를 때리는 회초리가 되었다.

그것을 두어 번 휘둘러 본 염 파파가 빙긋 웃었다.

"긴장할 것 없다. 설마 이걸로 몇 대 맞는다고 해서 죽겠어?"

"내력을 싣지 않겠다는 말씀입니까?"

"흘흘, 내력을 실어서 때린다면 이 회초리로 바위도 쪼개 버릴 수 있지. 하지만 내가 말하지 않았더냐? 네놈은 그렇게 죽이기에 아깝다고. 그래서 한 번 기회를 주겠다는 거야."

비로소 초구량의 얼굴에 가득하던 긴장과 두려움이 사라졌다. 염 파파가 내력이 남아 있지 않다는 걸 감추기 위해 수작을 부리고 있다는 건 꿈에도 생각하지 못했다.

초식으로 제압하겠다는 건데, 잘못되어서 그것에 얻어맞는다 해도 목숨에는 아무 지장이 없다. 또 다행히 염 파파의 초식을 버텨낸다면 무상광명신공 비급이 내 것이 된다.

'이건 일생에 한 번 있을까 말까 한 행운이다!

초구량이 솟구쳐 오르는 기쁨을 감추기 위해 쩔쩔맸고, 저쪽에서 왕 노인과 장금료는 질투와 후회로 제 가슴을 두드리고 있다.

"그럼 감히 파파의 검초를 받들겠습니다."

초구량이 정중히 포권지례를 하고 선뜻 번쩍이는 칼을 뽑아 들었다.

염 파파 앞에서 칼을 겨누고 눈빛을 강렬하게 하는 것이 마치 목숨을 걸고 싸워야 하는 대적을 앞에 둔 것 같았다.

파파가 빙긋 웃고 회초리를 든 채 천천히 일어섰다.

구부정한 허리와 가냘픈 어깨, 쪼글쪼글한 얼굴에 가득 피어 있는 검버섯. 영락없는 산골의 꼬부랑 노파일 뿐, 그 어디에도 홍염마녀의 자취를 찾아볼 수 없다.

"내가 펼칠 검초는 초자롱사(樵子弄蛇)라는 것이야. 재미난 이름이지?"

"초자롱사?"

친절하게 미리 초식까지 가르쳐 주는 염 파파도 의외지만, 생전 그런 초식명은 처음 들어보는 것이라 어리둥절하다.

나무꾼이 숲에서 뱀을 만나자 두려워하기는커녕 작대기로 이리저리 희롱한다는 뜻이니 초구랑을 희롱하는 말이 분명했다.

사실 염 파파에게 그런 검초는 없다. 그녀가 즉흥적으로 지어냈을 뿐이다.

하긴, 염 파파쯤 되는 초고수라면 이미 종사의 반열에 들고도 한참 남는다. 마음먹으면 그 자리에서 열 개의 절정검초를 만들어낼 수 있고, 백 개의 초식을 그려 보일 수 있다.

손짓 한 번이 강호의 절기가 되고 내쉬는 숨 한 번이 비전의 내공심법이 되는 것이다.

그래서 초구랑은 눈앞에서 가볍게 흔들리고 있는 회초리를 무시할 수 없었다.

"흘흘, 내 손속에는 인정사정이 없다. 네가 귀엽다고 봐주지 않을 테니 전력을 다해서 막아봐."

"알겠습니다. 최선을 다해서 막아보도록 하겠습니다."

"그래야지. 일초가 삼식으로 되어 있는 검법이니, 세 번의 변화만 잘 막아내면 비급은 네 것이 되는 게야. 잘 버틸 수 있겠지? 흘흘……"

전의를 부추기는 것 같으면서 실은 '나는 공격을 하고 너는 수비만 해야 하는 거야' 하고 반복해서 세뇌시키는 것이다. 그래서 초구량의 머리 속에는 반격해도 된다는 생각 자체가 사라졌다. 그저 어떻게 하든 염 파파의 공격을 막아내야 한다는 생각만 가득 차 머리가 어질어질할 지경이다.

"꿀꺽!"

초구량이 잔뜩 긴장한 채 마른침을 삼켰다.

일초삼식의 검법. 초자룡사라는 그것을 막기만 하면 된다. 고작 세 번의 변화일 뿐인데 그걸 자신의 명성으로 막지 못할 리가 없다는 자신감이 들기도 했다.

칼을 쥐고 싸워서 져본 적이 거의 없는 그였다.

그의 광풍도법 또한 강호의 절기로 꼽힌다.

'제기랄, 죽 쒀서 개 준 꼴이로군!'

한쪽에서 눈 멀뚱거리며 구경하는 꼴로 전락한 왕 노인과 장금료가 볼을 잔뜩 부풀린 채 속으로 그렇게 투덜거렸다.

'아니, 어쩌면 잘된 일인지도 몰라. 비급이 초구량의 손으로 넘어간다면 빼앗기가 훨씬 쉽지 않겠어?'

'그렇지, 그래! 역시 장 아우는 셈이 밝단 말이야. 흐흐흐─'

기회를 빼앗긴 두 사람은 그렇게 눈짓으로 서로를 위로했다. 그들은 설마 초구량 정도 되는 자가 염 파파의 일초를 받아내지 못할까, 하고 믿었던 것이다.

3

"자, 간다. 조심해!"

경고한 염 파파가 움직였다.

쉬이이이—

회초리가 바람을 찢는 날카로운 소리에 귀가 따갑다.

파파파팟—!

가슴의 천돌(天突)과 화개(華盖), 옥당(玉堂) 등 상중하 삼면의 요혈을 노리는 회초리 끝이 낭창거린다.

세 개로 보이던 그것이 눈 깜짝할 사이에 아홉 개가 되고 여든한 개가 되었다.

천지사방이 온통 회초리의 푸른 그림자로 가득 뒤덮인 것 같다. 도대체 어디를 막고 어디로 어떻게 빠져나가야 한단 말인가.

초구량의 머리 속이 하얗게 탈색되어 버렸다.

이와 같이 신속하고 정교하며 복잡한 검초는 처음 대해본다.

무엇이 허초이고 무엇이 실초인지조차 짐작할 수 없다.

하지만 맥을 놓고 있을 수만은 없지 않은가.

"이잇!"

이를 악문 초구량이 무섭게 칼을 휘둘렀다.

번쩍이는 칼빛이 낭창거리는 회초리의 그물 안에서 미친 듯 발광을 했다.

광풍도법 중의 유일한 구명절초(救命絶招)인 풍우뇌벽(風雨雷壁)이라는 것인데, 어떤 상황에서도 한 번은 제 몸을 지켜주는 절세의 도법이다.

하늘에 넓은 장막을 드리운 듯 물샐 틈 없는 칼빛이 초구량의 온몸을 가렸다.

한 무더기의 바늘을 뿌린다 해도 죄다 튕겨 나가고 말 그런 엄밀함.

그러나 염 파파의 회초리는 바람이었다.

대기가 밀도 높은 곳에서 낮은 곳으로 흐르듯, 물에 떨어뜨린 먹물 한 방울이 퍼져 나가듯 그렇게 스스럼없이 초구량의 풍우뇌벽 초식 사이로 스며든다.

풍우뇌벽이 쳐놓은 엄밀한 칼의 장막은 그래서 염 파파의 초자롱사 초식에 물들어 버렸다.

짜짜작—!

세 차례의 가벼운 격타음.

"끄응—"

초구량이 칼을 거두고 훌쩍 뛰어 물러서며 앓는 소리를 냈다.

그의 뺨과 목덜미에는 어느덧 빨간 회초리 자국이 나 있지 않은가.

"아!"

"저, 저런 검법이라니!"

눈을 부릅뜨고 그림자의 움직임 하나까지도 세세하게 지켜보던 왕 노인과 장금료가 놀람으로 입을 딱 벌렸다.

그들은 감히 염 파파의 회초리가 보여준 그 현란하고 치밀한 변화를 상상하지도 못했다. 그와 같은 검초가 있으리라는 걸 꿈에도 생각하지 못했던 것이다.

손목을 가볍게 떨고, 팔꿈치를 뻗고 거두는 단순한 동작 속에 저와 같이 무궁무진한 변화가 담길 수 있다는 게 불가사의하게만 여겨진다.

초구량의 얼굴은 사색이 되어 있었다.

초점을 잃은 멍한 눈길로 염 파파를 바라볼 뿐이다.

지나치게 놀라 넋이 달아난 자 같았다.

쩔그렁!

그의 칼이 땅에 떨어졌다.

털썩!

그리고 제 몸을 내던지듯 무릎을 꿇는다.

"졌습니다!"

울부짖듯 소리치는데 비통함이 아니라 기쁨이 가득한 그런 음색이었다. 어디에서도, 누구에게서도 볼 수 없는 절정의 검초를 몸소 겪어 보았다는 희열 때문이다. 제 목숨보다 무공에 대한 애정과 집착이 더 크니 역시 그는 타고난 무인이었다.

"벌레만도 못한 미천한 저 따위가 감히 파파를 넘보았으니 백번 죽어도 마땅합니다!"

우뚝 서 있는 염 파파를 우러러보며 소리친다. 감동과 진정이 절절이 넘쳐 나는 얼굴이었다.

"흘흘, 이제라도 알았으면 된 거야."

염 파파가 들고 있던 회초리를 꺾어버리고 다시 바위 위에 주저앉았다.

파파는 사실 가슴이 거세게 뛰고 기혈이 마구 들끓어 올라 그 고통을 억지로 눌러 참고 있는 중이었다.

비록 내공을 쓰지는 않았지만 생사를 걸고 격하게 움직이고 나자 가까스로 눌러놓았던 내상이 다시 도지려고 했다.

하지만 지금은 운기조식을 할 형편도 되지 못한다.

억지로 눈을 부릅뜨고 그들을 바라보고 있는데, 파파의 눈에는 아무것도 보이지 않았다. 정신이 자꾸 무겁게 가라앉아만 간다.

그러나 왕 노인과 장금료, 초구량의 눈에는 그렇지 않다. 파파가 눈을 부릅뜬 채 싸늘한 얼굴로 노려볼 뿐 아무 말이 없으니 가슴이 철렁,

하고 무너졌다.

털썩!

그들이 다시 무릎을 꿇었다. 저희들이 무얼 잘못한 게 있나 싶다. 그래서 파파가 화를 내고 있는 건 아닌가 하는 두려움 때문에 온몸이 부들부들 떨리기까지 했다.

염 파파가 천천히 말했다.

"이것은 내가 지니고 있는 무상광명신공에서 나온 검법이다."

거짓말이다. 염 파파 자신이 방금 만들어낸 검초에 지나지 않다. 하지만 그녀가 지니고 있는 무공의 뿌리가 무상광명신공에 있으니 모두 다 거짓말은 아닌 셈이다.

"아, 역시!"

세 사람이 동시에 감탄성을 터뜨렸다. 무상광명신공에 대한 열망이 더욱 불같이 인다. 하지만 그림의 떡 아닌가.

"에휴—"

애처로운 한숨 소리가 흘러나올 뿐이다. 그들의 염원을 잘 안다는 염 파파가 한결 부드러워진 음성으로 다시 말했다.

"원한다면 너희들에게 이 검초를 전수해 주마."

"예?"

"파파! 정말이십니까?"

"흘흘, 늙은이가 어린아이들을 앞에 두고 거짓말을 하겠느냐? 이것을 배워서 제대로 쓸 수 있게 된다면 너희들에게 조금은 도움이 될 거야."

"감사합니다! 감사합니다!"

왕 노인과 장금료, 초구량이 감격으로 외치며 머리를 조아렸다. 뜻하지 않게 횡재를 한 셈이니 기쁨이 몇 배가 된다. 염 파파에 대한 존경심이 마구마구 우러나 주체할 수 없을 지경이 되었다.

휴— 하고 한숨을 내쉰 파파가 부드럽게 말했다.

"그전에 좀 편히 쉬고 싶구나."

"옙!"

초구량이 즉시 넓적한 제 등을 내밀었다. 이제 염 파파는 의심이나 걱정을 하지 않고 초구량의 등에 몸을 맡겼다.

"파파께서 교주와 일전을 벌이느라고 몸이 지치셨다! 지금부터 내가 모실 텐데, 만약 엉뚱한 마음을 품는 자가 있다면 먼저 내 칼 맛을 봐야 할 거다!"

왕 노인과 장금료에게 눈을 부라리며 소리쳤다.

"너 혼자 모시려고? 홍! 어림없는 소리! 네가 파파께 불경할 때부터 우리는 파파를 모시려고 작정했었다!"

장금료가 소리치며 대들었고, 왕 노인이 짐짓 그들을 말리는 척하며 끼어들었다.

"우리 셋이 파파를 여기까지 모시고 왔으니 끝까지 함께 모시는 거야. 그러면 되니 서로 다툴 것 없어. 커흠."

눈을 흘긴 초구량이 염 파파를 업은 채 쏜살같이 몸을 날려 산 아래로 내려갔다. 그 뒤를 왕 노인과 장금료가 앞을 다투며 따른다.

*　　　　*　　　　*

닷새가 지났다.

그동안은 소걸에게 모든 것이 꿈같기만 한 날들이었다.

눈을 뜨면 주지약이 방긋 웃고 있다. 하루 종일 그녀의 재잘거리는 말을 듣고 모란꽃보다 화사한 웃음을 본다. 침상에 누워 잠들 때까지 그녀의 손을 꼭 잡고 있을 수 있다.

소걸이 잠들면 그때 비로소 주지약은 자신의 처소로 돌아갔다.

소걸은 닷새 동안 그렇게 주지약의 포로가 되었다. 세상의 모든 남자들이 꿈에도 그릴 그런 포로 신세이니 굳이 천국을 택하지 않으리라.

불만은 우마와 능학빈이 죄다 가져갔다.

그래서 그들은 언제나 입이 삐죽 튀어나온 채 툴툴거렸다.

그리고 근심은 모두 단옥당이 가져갔다.

그래서 그의 얼굴은 한시도 밝을 때가 없었다. 그 잘생긴 귀공자가 늘 수심에 잠겨 연못가에서 하루를 보낸다. 그의 한숨 소리에 연꽃마저 시들어갔다.

"제기랄, 오늘도 저놈은 우리를 거들떠보지도 않는군."

"내가 가서 빼앗아올까?"

"무슨 물건이냐? 뺏어오게. 두 다리가 달려서 제 발로 저렇게 싸돌아다니는 걸 무슨 수로 막아?"

"그럼 붙잡아다 다리몽둥이를 꺾어서 주저앉힐까?"

"에그, 너를 붙들고 얘기하는 내가 미친놈이다."

능학빈이 혀를 차고 외면했다. 우마는 머리를 갸웃거린다.

"네가 미친놈이면 너하고 노닥거리는 나도 미친놈인가? 하지만 내 정신은 이렇게 맑은데 미쳤다는 건 좀 이상하잖아? 네 생각은 어떠냐?"

능학빈이 대꾸도 하지 않고 달아나듯 횡하니 월동문 밖으로 나갔다.

조금 전에 소걸이 주지약의 손을 잡고 다정히 웃으며 간 곳이다.

第八章

영웅호색(英雄好色)이라고?

1

“여자는 영웅을 좋아한답니다. 그러니 영웅호색이란 말이 억지 소리
가 아니지요. 그가 호색해서가 아니라 여자들이 그의 곁에 모여드니
어쩔 수 없지 않겠어요?”

“좋겠군. 훌륭한 일이야.”

“하지만 그저 호색할 뿐인 사내에게는 오직 창기들만 눈웃음을 칠
뿐이지요. 규중의 정숙한 소저들은 곁눈으로조차 바라보지 않는답니
다.”

“그러니까 먼저 영웅이 되고, 그 다음에 호색한이 된다면 그게 제일
훌륭하겠구려.”

“당 상공께서는 그렇게 되시려는가 보지요?”

“영웅이 까짓 별거요? 남들이 하지 못하는 일을 가뿐하게 해치우고
존경을 받으면 그게 영웅이지.”

"맞습니다. 벌써 그걸 알고 계시다니…… 상공께서는 역시 영웅이
될 자질을 타고나신 듯합니다."

"내가 좀 그런 면이 있어. 커흠."

꽃도 시샘할 미녀가 곁에 착 붙어 앉아 어깨를 기대고 턱 아래 달콤
한 숨결을 살짝살짝 불어내며 속삭이고 추어주니 소걸은 구름 위에 올
라앉은 것 같아졌다.

호기가 한껏 치솟고 벌써 영웅호한이 된 듯 우쭐거려진다.

"이제 닷새 뒤에는 파파께서 이곳으로 오시겠군요."

"어, 벌써 날짜가 그렇게 흘렀나?"

영 아쉽다는 듯 입맛을 다신다.

"파파께서 당 상공이 품은 위대한 뜻을 들으신다면 매우 기뻐하실
겁니다."

"응? 내가 무슨 뜻을 품었기에?"

"흥, 시치미를 떼시는군요? 깍쟁이!"

"아야! 아프구려."

허벅지를 문지르며 얼굴을 찡그리지만 입에는 웃음이 가득하다.

주지약이 새초롬하게 눈을 흘기고 몸을 틀었다.

"그러지 마오. 지금까지의 자세가 더없이 훌륭했는데 굳이 다른 자
세를 욕심낼 거 있소?"

소걸이 팔을 뻗어 그녀를 다시 끌어당겼다. 그의 가슴에 어깨를 기
댄 원래의 모습으로 돌아왔지만 주지약의 고운 얼굴은 여전히 토라져
있었다.

"상공이 그렇게 시치미를 떼신다면 저도 그럴 수밖에 없어요."

"뭘?"

"상공의 마누라가 되겠다고 했던 것 말이에요."

"아!"

소걸의 입이 귀밑까지 죽 찢어졌다.

무한의 장원에서는 홧김에, 그리고 얼떨결에 그저 한 번 해본 말이었는데 그녀가 그것을 기억하고 있었다니 그렇다.

'그러면 그렇지! 사랑은 역시 위대한 것이야!'

그런 진리를 절로 깨우친다.

그녀가 이처럼 나긋나긋하고 상냥하게 구는 것도, 이렇게 애간장을 태우고도 남는 교태를 떠는 것도 모두 장차 지아비 될 사람에 대한 넘치는 애정 때문이라고 생각하니 황홀함이 지나쳐서 몽롱해졌다.

"저를 도와 조 태감을 없애 황실의 위엄을 되찾고, 억조창생을 평안하게 해주는 일은 과연 영웅호걸이 아니고는 할 수 없는 일이지요. 상공은 저에게 그 약속을 하지 않았던가요?"

"응, 했지."

"됐어요. 그 일이 이루어지는 날 저는 상공에게 시집가겠어요. 아니, 인세에 다시없는 영웅호걸에게 시집가는 거지요."

"으흐흐흐—"

가슴이 왜 이렇게 간지러워지는 건지, 소걸은 스멀스멀 솟아 나오는 웃음을 참을 수 없었다.

"군주, 나는 군주의 그와 같은 모습을 볼 때마다 그놈을 당장 죽이고 싶다는 살의를 참기 힘듭니다."

그 말을 하는 단옥당의 눈 가득 살기가 번질거렸다.

남양군주 주지약이 한숨을 쉬고 부드럽게 말했다.

"단 공자, 당신은 대리의 천룡사를 떠나 나와 함께 이 거친 강호에 나온 뜻을 벌써 잊은 건가요?"

"어찌……."

"우리는 대의를 가슴에 품고 왕부를 떠나올 때 분명히 맹세했어요. 황제 폐하에 대한 충성심과 고난을 겪고 있는 만백성의 아픔을 뼈에 새겨 잊지 않겠노라고."

"……."

"무슨 일이 있어도, 어떤 희생을 치르더라도 반드시 우리의 계획을 성사시키겠다는 굳은 맹세를 벌써 잊은 건 아니겠지요?"

"어찌 그것을 잊을 수 있겠습니까."

"그렇다면 그런 말은 이제 그만 하세요. 그건 나를 더 괴롭게 할 뿐이랍니다."

"하지만 그놈은 주제를 모르고 감히 군주님을 넘볼 뿐 아니라 오만방자해서 우리 모두를 제 하인이나 된 듯 여기고 있습니다."

"할 수 없는 일이지요."

"그렇지 않소!"

단옥당이 제 뜻을 굽히지 않고 분개해서 큰 소리로 말했다.

"그놈에게는 대의도 없고 명분이 무엇인지도 모릅니다. 제 욕심만 채우려 할 뿐이니 그런 놈에게 의지해서 우리의 뜻을 이룬들 세상 사람들은 우리를 다만 성공한 폭도 정도로 여길 것입니다!"

"단 공자의 말에도 일리가 있어요."

"그렇게 되기 전에 차라리 우리 힘만으로 대업을 이룰 방편을 강구하는 게 현명할 것입니다."

“하지만 우리가 가진 힘은 너무 약하고 우리가 발 디딜 땅은 너무 좁으니 힘을 쓸 수가 없군요.”

“군주님과 내가 힘을 합한다면 천하에 두려울 게 없을 것입니다!”

“우리가 두 명이면 그쪽은 세 명, 네 명이 될 테니 소용없어요.”

단옥당이 움켜쥔 주먹으로 허공을 때리며 소리쳤다.

“내가 지금이라도 당장 황도로 올라가 조충의 목을 따오겠소!”

그를 바라보는 주지약의 얼굴 가득 서글픈 기색이 어렸다.

그녀가 창백해진 얼굴을 숙이고 겨우 말했다.

“조충 한 사람을 죽여서 해결될 일이라면 얼마나 좋겠어요? 그렇지 못하니 내가 이렇게 스스로를 희생하려는 거랍니다.”

“크흐흑— 군주!”

단옥당이 비통하게 울부짖으며 제 머리통을 꽝꽝 때려댔다. 주지약이 탄식하고 달래듯 말했다.

“우리에게는 염 파파의 도움이 큰 힘이 된다는 걸 단 공자도 잘 알잖아요.”

단옥당이 애써 비통한 표정을 감추고 대답했다.

“그렇습니다.”

“염 파파를 움직일 수 있는 건 그 소년뿐이라는 것도 잘 알지요?”

“분하지만 그렇습니다.”

“하지만 단 공자가 모르는 것이 한 가지 있어요.”

“……?”

“바로 당소걸, 그에 대해서랍니다.”

“그가 염 파파와 당 노인의 진전을 물려받았다는 것 말입니까?”

“그것도 하나지요. 하지만 더 중요한 건 그 소년 자체랍니다.”

"그에게 어떤 비밀이라도……?"

"그는 어쩌면 머지않아 염 파파보다 무서운 존재가 될지도 몰라요."

"설마 그럴 리가 있겠습니까? 군주님이 뭔가 잘못 본 거겠지요."

주지약이 머리를 살래살래 흔들었다.

"한 달 전 그는 무한의 장원에서 단 공자의 일장을 맞고 달아났어요. 그때의 그를 기억하나요?"

"물론입니다. 그놈의 무위가 비록 당돌하기는 했지만 그것뿐, 저의 삼초지적이 될 수 없지요."

"하지만 지금은?"

"……!"

단옥당은 기문현의 찻집에서 편자를 날려 철기궁왕 목천풍의 철전을 쳐내던 때의 소걸을 떠올렸다.

그의 정교한 솜씨도 솜씨지만, 그것에 실린 커다란 힘은 모두를 경악하게 하지 않았던가.

한 달 전의 그라면 절대로 그렇게 할 수 없었을 것이다. 그때 단옥당은 한 달 만에 그토록 증가한 소걸의 무위에 누구보다 놀랐었다.

그 일을 떠올리자 군주의 말이 이해되었다.

"지금 그 녀석은 저와 십 초를 나눌 수 있겠군요."

단옥당이 한숨을 섞어 말했다. 남양군주 주지약의 입가에 한줄기 따뜻한 미소가 스쳐 갔다.

"그래요. 그는 단 공자의 십 초를 충분히 감당할 수 있을 거예요. 당금 무림에 그만한 사람이 몇이나 있을까요?"

"으음—"

“단 공자의 무위는 가히 적수를 찾아볼 수 없을 만큼 무섭지요. 염 파파도 단 공자를 무시할 수는 없을 거예요. 그런데 불과 한 달 만에 소걸이라는 소년은 단 공자의 십초지적이 될 수 있을 만큼 성장했군 요.”

“그 녀석이 천하에 다시없는 기재라는 말씀이군요?”

“그뿐 아니라 그의 내공은 하루가 다르게 증진하고 있답니다. 그와 매일 붙어 있는 나보다 더 잘 그것을 느낄 수 있는 사람이 없을 거예 요.”

“어찌 그럴 수가?”

단옥당이 놀람으로 입을 딱 벌렸다. 남양군주가 자기에게 거짓말을 하거나 과장을 했을 리가 없다.

그렇다면 소걸에게는 자기도 따라가지 못할 특별한 무엇이 있다는 게 사실이리라.

“어쩌면 몇 년 지나지 않아서 그는 염 파파는 물론 그 누구도 당하지 못할 천하제일의 고수가 될지도 몰라요.”

“헛!”

주지약은 총명하고 지닌바 무공 또한 높다. 단옥당은 그녀가 결코 자기보다 못하지 않다는 걸 잘 알고 있었다. 그런 주지약이 함부로 말을 할 리가 없으니 그저 놀라울 뿐이다.

천하제일의 고수.

그 말 자체가 얼마나 불가능하고 얼마나 허황된 것인가. 그런데 주지약은 서슴없이 소걸이 그렇게 될 것이라고 말했다.

2

단옥당은 말할 수 없는 좌절을 맛보았다. 그녀가 자기에게는 한 번도 그와 같은 말을 해본 적이 없기 때문이다.

대리의 천룡사에 있으면서 지난 이십 년 동안 대리국의 비전 무예와 불문의 무상신공에 두루 통달한 사부를 모시고 뼈를 깎는 노력을 해왔다.

타고난 자질 또한 보통 사람과는 비교할 수 없이 뛰어나서 스물다섯이 된 지금에는 사부의 모든 것을 물려받아 천하에 적수를 찾아볼 수 없는 경지에 이르렀다.

하지만 주지약은 그런 단옥당에게 한 번도 천하제일인이 될 거라는 예언을 해준 적이 없었다.

그런데 불과 한 달 전에 한 번 보았고, 이곳에 데려와 닷새를 함께 지냈을 뿐인 소걸에게는 그렇게 단언했다.

"나는 믿을 수 없소."

"단 공자가 그를 겪어보지 않아서 그래요."

"……."

하긴, 순양현(旬陽縣)에서 소걸을 처음 만났을 때, 그리고 무한의 뒷골목 극락통(極樂通)에서 만났을 때 단옥당은 그를 시험해 볼 생각은 하지 않았다. 그저 그가 할머니를 등에 업고 설치는 건달 같은 녀석이라고 생각했을 뿐이기에 그렇다.

촌스럽고 되바라진 소년. 그게 그가 소걸에 대해서 가지고 있는 인상의 전부였던 것이다.

그러다가 무한의 장원에서 처음 그와 싸움 비슷한 걸 해보았고, '이놈이?' 하는 의아함을 느꼈다.

그런데 한 달이 지난 지금 소걸은 새로운 얼굴로 다가왔다.

충분히 자신의 십초지적이 될 거라니…….

주지약이 한층 가라앉은 음성으로 조용히 말했다.

"그러니 더 늦기 전에 그의 마음을 사로잡아서 우리 사람으로 만든다면 장차 두 명의 염 파파를 얻은 것보다 더 유익할 거예요. 그래서 대업을 이룰 수만 있다면 나의 언젠가는 썩어 없어질 이 몸뚱이쯤은 하나도 아깝지 않답니다."

그녀의 얼굴 가득 슬픔이 어리고 눈자위가 붉어졌다.

"나는 믿을 수 없소!"

단옥당이 주먹을 움켜쥐고 소리쳤다.

가슴이 미어지는 듯하고 눈에서 불길이 확확 뻗친다.

"단 공자!"

주지약이 당황해서 불렀을 때 그의 모습은 이미 밖으로 뛰어나가 보이지 않았다.

"그는 총명하고 성품이 광명정대하니 설마 질투심 때문에 대사를 그르치지는 않겠지."

한숨을 쉰 주지약은 그렇게 스스로를 달랬다.

'과연 지놈이 천하의 기재린 말인가?

소걸을 노려보는 단옥당의 표정이 수시로 변했다.

그는 지금 〈난향초심(蘭香初心)〉이라는 이름의 정자에 홀로 우두커니 앉아서 연꽃 가득한 연못을 바라보고 있는 중이었다.

기괴한 몸집의 거한 우마와 능학빈이 그의 좌우에 붙어서 무어라고 열심히 떠들고 있다.

“도대체 얼마나 홀린 거냐?”

“뭐가요?”

“이곳에 온 이후 너는 한 번도 할머니를 찾지 않았다.”

“내가 무슨 코찔찔이 꼬맹이예요?”

“할머니가 걱정되지도 않아?”

“쳇, 할머니가 내 걱정을 했으면 했지, 내가 할머니 걱정을 할 일이 있겠어요?”

“어디로 가셨는지 알면서 그래?”

“마교로 갔다면서요?”

“그래, 황산노자 등이 할머니를 데려간 곳은 분명 마교일 거다.”

그때 염 파파가 황산노자가 내민 옥패를 보았을 때 능학빈도 어깨 너머로 그것을 언뜻 훔쳐보았다. 염 파파가 눈치를 채고 옥패를 돌려주면서 손바닥을 활짝 펴서 능학빈이 그것을 잘 볼 수 있도록 했다.

마교의 신물.

능학빈은 한눈에 그것을 알아보았다.

그리고 강호에 명성이 쟁쟁한 황산노자 등이 마교의 하수인 노릇을 하고 있다는 게 믿을 수 없는 일이라 놀라지 않았던가.

“어쩌면 할머니가 마귀들의 소굴로 끌려가셨는지도 모르는데 너는 그래, 아무렇지도 않단 말이냐?”

“쳇, 그럼 거기서 대왕마귀가 되셨거나 아니면 마귀들을 모조리 때려잡고 계시겠구만 뭘.”

영 심드렁하기만 하다. 할머니에 대한 믿음이 그만큼 크기 때문이기도 하지만, 그것보다는 오늘은 찾아오지 않는 주지약에 대한 걱정과 안타까움 때문에 신경이 날카로워져 있는 탓이었다.

"그럼 할머니가 안 오시는 거야?"

우마가 불쑥 물었다. 제 딴에는 조심해서 목소리를 낮춘다고 한 건데, 우렁우렁 울리는 음성이 어지간한 사람이 고함치는 것만 하다.

"오시든 안 오시든 네가 무슨 상관이야!"

소걸이 꽥! 소리쳤다. 그만 보면 괜히 심통을 부리고 싶어진다. 하지만 우마는 소걸이 그럴 때마다 멀뚱히 바라보기만 할 뿐 화를 내지 않았다. 기껏 투덜댈 뿐이다.

"쳇, 이래서 어린 동생 놈은 고약하단 말이다. 대가리가 비슷하기나 해야 쥐어박던지 걷어차던지 하지."

큰형님이 어린 막내 동생의 생떼를 받아주며 하는 푸념 같다.

능학빈이 그런 우마를 탐색하는 눈길로 훔쳐보았다. 대체 그의 속셈을 알 수 없었던 것이다.

능학빈은 그와 지난 닷새 동안 붙어 있으면서 이리저리 얼러보기도 하고 떠보기도 했다.

어지간한 자라면 벌써 그의 능수능란한 유도신문에 말려들어 제 속을 바닥까지 드러내고 말았을 텐데 어찌 된 게 우마에게는 소용이 없었다.

무지한 놈을 당할 장사가 없다는 말이 우마를 두고 한 말인 것처럼 여겨질 지경이다.

그런 우마가 생전 처음 본 소걸에 대해서 지극한 애정을 가지고 있는 것 같으니 그것 또한 불가사의하기만 했다.

'저놈의 속에는 능구렁이가 열댓 마리, 아니, 백 마리도 더 들어앉아 있는 게 틀림없어.'

그렇게 생각하고 다시 보니 곰 같은 우마가 이제는 징그러워 보이기까지 했다.

"아, 세상 사는 재미가 없다."

"응?"

소걸의 입에서 엉뚱한 말이 불쑥 튀어나왔으므로 생각에 잠겨 있던 능학빈이 어리둥절해서 바라보았다.

"무슨 낙으로 사는지 몰라."

"주 소저가 찾아오지 않아서?"

"뭐, 꼭 그렇다는 건 아니지만……."

"앞날이 창창한 녀석이 그런 말 함부로 하는 게 아니다."

"그래도 사는 게 재미없는 걸 어쩌겠어요?"

'큰일이군.'

능학빈이 얼굴을 잔뜩 찌푸렸다. 소걸이 주지약에게 흘려도 단단히 흘린 것 같으니 걱정이다.

'이러다가는 이놈이 할머니를 떠나 그녀의 치마폭으로 기어들어 갈 지도 모르겠는걸?'

그런 생각이 들자 다급해진다.

"조심해라. 아름다운 꽃에는 가시가 있다. 자고로 여자 때문에 웅지를 펴지 못하고 덧없이 사라져 간 영웅호걸이 어디 한둘이더냐?"

"누가 그런데?"

"여포가 있고 당 현종이 있으며 오왕 부차가 있지. 그 외에도 많다."

"그놈들이 못나서 그렇지 뭐. 여자 하나를 확실히 휘어잡지 못했다면 그게 무슨 영웅호걸이라고 할 수 있겠어요?"

"네가 아직 여자 무서운 줄을 몰라서 그런다. 여자의 달콤하게 속삭이는 말에 넘어갔다가는 끝이야. 달리 요물이라고 하는 줄 아니?"

"쳇, 영웅은 호색이라고 하던데 뭘."

"허!"

능학빈이 기가 막혀 탄식했다.

문득 뒤에서 단옥당의 코웃음소리가 들려왔다.

"흥! 영웅호색이라니? 소형제가 벌써 그런 말을 할 줄 안단 말인가?"

소걸이 반색을 하고 손을 흔들었다.

"아, 단 형, 어서 와. 주 소저도 같이 왔나?"

"소저가 오늘은 몸이 아파서 꼼짝하지 못하는군. 아마도 며칠은 보지 못하게 될 거야."

소걸에게 괴로움을 주기 위해 꾸며낸 말이다. 과연 단옥당의 예상대로 소걸의 낯빛이 즉시 파리해졌다.

"아!"

그가 놀란 외침을 터뜨리고 벌떡 일어났다.

"어디로 가려고!"

단옥당이 재빨리 팔을 붙들었다.

"그녀가, 그녀가 아프다니 가봐야 하지 않겠어?"

"소저가 몹시 아픈데 네가 왜 가봐야 하지? 네가 마치 그녀의 보호자라도 된다는 듯하구나?"

"그녀는, 그녀는…… 장차 나의 아내가 될 사람이니 당연히 내가 돌봐주어야 하지."

"엇?"

"뭐라고?"

뜻밖의 말에 능학빈과 우마가 깜짝 놀라 소리쳤다.

"아니, 너 그게 무슨 말이냐?"

단옥당이 마음속에 비수를 숨기고 다시 말했다.

"소형제는 아직 순진해서 잘 알지 못하는군. 자고로 여자의 마음은 바람에 흔들리는 갈대 같다고 하지 않던가. 여자의 말보다 달콤한 건 없지만 그것처럼 위험한 것도 없지. 달콤한 만큼 날카로운 비수가 되어서 반드시 남자의 가슴을 찌르고 만다네. 나를 보며 웃는 여자가 다른 남자에게도 미소 지을 수 있다는 건 남자라면 누구나 다 아는 일이야."

"그게, 그게 무슨 뜻이지?"

"한 여자만 너무 믿고 있다가는 채이기 십상이라는 거다. 그러면 세상이 정말 암담해진다네. 살아도 사는 게 아니니 죽고 싶은 마음뿐이지. 에휴—"

단옥당이 쓸쓸한 얼굴이 되어 탄식했다. 소걸을 골려주기 위해서 말하다 보니 제 신세가 처량해졌던 것이다. 상심이 더욱 커진다.

소걸이 바락 악을 썼다.

"거짓말! 다 거짓말이야! 그녀는 절대 그렇지 않아!"

능학빈마저 단옥당을 거들고 나섰다.

"네가 틀렸어. 단 공자의 말이 조금도 과장이 아니다."

우마도 나름대로 열심히 거들었다.

"여자는 무섭다. 그래서 나는 여자가 정말 싫어. 무섭잖아."

"듣기 싫어. 안 들려!"

소걸이 귀를 꽉 틀어막고 머리를 마구 흔들며 소리쳤다.

3

주지약에 대한 걱정과 그녀가 혹시라도 정말 마음이 변해서 나를 버리면 어떻게 하나, 하는 생각으로 참을 수 없는 고통이 가슴속 가득 밀려들었다.

그런 일은 상상만 해도 끔찍하다. 만약 그녀에게서 버림받는다면 정말 단옥당의 말처럼 죽고 싶어질 것이다. 아니, 죽어버릴지도 모른다. 그래서 그 고통을 잊을 수만 있다면…….

소걸은 어머니의 사랑을 받아보지 못했다. 그래서 여자에 대한 애착이 남달랐다. 한 번 마음을 주면 걷잡을 수가 없다.

소걸이 괴로워하는 걸 보는 단옥당의 입가에 고소해하는 미소가 스쳐 지나갔다. 능학빈도 그렇다.

그는 소걸이 절대로 주지약의 꾐에 넘어가지 말아야 한다는 생각을 갖고 있었다. 소걸이 만약 그녀의 꼭두각시가 된다면…….

생각만 해도 끔찍하다. 절대로 그런 일은 없어야 한다. 그러자면 어떻게 해서든 그가 주지약을 미워하도록 만들어야 하는데, 마침 단옥당이 물꼬를 텄으니 잘된 일이다.

단옥당은 단옥당대로 회심의 미소를 짓는 한편 능학빈이 고맙기도 했다. 주지약의 일에 있어서만은 그가 소걸의 편을 들지 않고 제 편을 들어주니 그렇다.

마치 든든한 원군을 만난 듯한 기쁨을 감출 수 없다.

"능 형."

그가 다정히 부르며 능학빈의 손을 잡았다.

"단 형."

능학빈도 마주 손을 잡는다.

한 사람은 조 태감을 제거하려는 비밀 결사의 핵심 인물이고, 한 사람은 목숨을 걸고라도 조 태감을 지켜야 하는 동창의 고위 무사다. 그렇기에 무한의 장원에서는 서로 죽이려고 피를 흘려가며 싸우지 않았던가.

지금은 비록 능학빈이 동창을 떠나 염 파파를 모시고 있다고 해도 그의 본분은 바뀌지 않았다. 그러니 그때의 원한이 다 사라졌을 리 없고, 꺼림칙한 마음이 모두 가셨다고 할 수 없다.

그런데 물과 기름 같은 두 사람이 지금은 손을 마주 잡고 뜨거운 눈길을 나누고 있었다.

"내가 소형제에게 할 말이 있는데 잠시 자리를 비켜주지 않겠소?"

단옥당의 말에 능학빈이 머리를 크게 끄덕였다.

"단 형이 잘 타일러서 그가 부디 제정신을 차릴 수 있도록 해주기 바라오."

눈치 빠른 능학빈은 벌써부터 단옥당이 주지약을 사모하고 있다는 걸 알고 있었다. 그 사이에 소걸이 끼어들었고, 속마음이야 어떨지 모르지만 겉으로 보기에는 그녀가 온통 소걸에게 빠져 있는 것 같지 않던가.

그러니 단옥당의 심정이 어떨지 짐작하고도 남음이 있다.

능학빈은 단옥당이 모처럼 소걸과 둘만 있을 수 있게 된 이 기회에 확실히 그의 마음을 되돌려 놓으려 하는 거라고 믿었다. 그래서 두말 없이 우마를 끌고 정자에서 내려가 사라졌다.

"소형제, 이제 며칠 후면 파파께서 오시겠지?"

"응."

"파파께서 유일하게 사랑을 주고 있는 사람이 너라는 걸 모르지 않겠지?"

“응.”

“요 며칠 소형제는 무공 연마를 게을리 하고 다른 데 온통 정신을 빼앗긴 것 같더군.”

“응.”

단옥당이 뭐라고 하든 소걸은 건성으로 대답할 뿐이다. 사실 그의 말이 귀에 들어오지도 않았다.

그에게서 주지약이 아파 꼼짝하지 못한다는 말을 들었을 때부터 그의 정신은 온통 그녀에 대한 걱정으로 가득했다. 게다가 잔뜩 겁을 주는 단옥당과 능학빈의 말이 그를 마구 혼란스럽게 했다.

아직도 가슴이 아프고 상상이 가져다준 고통 때문에 비통함에 빠져 있다.

그녀가 자기를 차버리는 상상을 떨쳐 버리기 힘들다.

좋은 생각보다는 나쁜 생각에 더 집착하게 되는 게 사람의 마음 아니던가. 어쩌면 사실이 되어 닥칠지도 모르는 나쁜 일에 대한 걱정과 두려움이 크기 때문이리라.

‘그녀는 공주라는 고귀한 신분이고 나는 기껏 다루에서 차 심부름이나 하던 다동 출신일 뿐이다. 게다가 부모가 누구인지조차 모르고 자란 천둥벌거숭이 아닌가. 제기랄.’

그린 생각마지 들어서 마음이 더욱 괴로웠다.

누가 봐도 그에게 주지약은 오르지 못할 나무였다. 그런 그녀가 자기를 사랑하고 있지만 언제 실망하고 돌아설지 모른다.

소걸은 그녀가 정말로 자기를 깊이 사랑하고 있다고 철석같이 믿고 있었다. 그랬기에 어쩌면 떠날지도 모른다는 생각이 더욱 충격적이고 고통스럽다.

“파파께서 왔을 때 네가 무기력해져 있다면 화를 내실 거야.”

“응.”

“어쩌면 주 소저를 매우 꾸짖을지도 모르지. 그녀 때문에 네가 무공 수련에 피해를 봤으니까. 그렇지?”

“응.”

“지금이라도 늦지 않았으니 정신을 차리고 무공 수련에 매진하는 게 어떻겠나?”

“응.”

“듣자 하니 소형제는 천하에 둘도 없을 기재라더군. 그런가?”

“뭐라고?”

“나도 한때는 만고의 기재라는 소리를 들었다네. 그런데 사람들이 그런 나보다 네가 몇 배는 더 뛰어날 거라고 하니 궁금해서 하는 말이야.”

“나도 그런 소리 여러 번 들었어.”

아무 생각 없이 그저 지껄이는 대꾸였다. 할머니나 할아버지는 한 번도 그런 말을 해준 적이 없었다. 하지만 추괴성이나 천종은 물론 섬서 동가장의 동평우, 동 노인도 그랬다.

화산파의 운봉이라던 늙은 도사도 그랬으며 소림의 고승이라던 우각 대사도 그러지 않았던가.

그래서 소걸은 ‘내가 정말 기재인가 보다’ 하는 막연한 생각을 가지고 있었다. 그게 저도 모르는 사이에 불쑥 말이 되어 나온 것이다.

하지만 단옥당은 그런 소걸이 괘씸하고 얄밉기만 했다.

“좋아, 그렇다면 과연 소형제의 진전이 얼마나 빠른지 한번 시험해 볼까?”

"헤헤, 그때 단 형이 보여주었던 그 연대구현의 경공 신법이라면 나도 이제는 만만치 않을걸?"

무공에 대한 말이 나오자 언제 근심했었느냐는 듯 소걸의 눈이 매우 반짝거렸다.

단옥당이 씩, 웃었다.

"어디 그것만 가지고 되겠어? 그때 나의 일장을 멋지게 받아넘기던 소형제의 장법도 아주 인상적이었거든."

"쳇, 시시한 삼류초식에 지나지 않았는데 무슨 인상적일 것까지야."

"응? 삼류초식이라고?"

"그때 단 형을 때린 건 섬서 동가장의 사방추(四方椎)와 소림사의 나한권이었다오."

사방추가 뭔지는 모르지만 소림사의 나한권이라면 강호에도 널리 알려진 유명한 권법이다. 하지만 어지간한 사람이라면 죄다 알고 있는 수법이니 역시 절기라고 하기에는 멀다.

단옥당이 피식 웃었다.

"그래? 그렇다면 더욱 놀랍군. 그런 초식으로 나와 싸웠다니 말이야."

"뭐, 원한다면 다시 보여줄 수도 있어."

"좋아, 그럼 어디 그동안 소형제의 솜씨가 얼마나 발전했는지 한번 볼까?"

그래서 두 사람은 즉시 정자에서 벗어나 정원 복판에 마주 섰다.

소걸은 그동안 자신이 놀기만 하고 있었다는 게 아니라는 걸 스스로에게 증명해 보이고 싶었다. 그래야 할머니에게 혼나지 않을 거라는 생각이 들어서이다.

단옥당은 과연 소걸이 한 달 전과 어떻게 달라졌는지 알아볼 작정이었다.

아니, 그것에 그치지 않고 가능하면 그에게 자기의 무서움을 확실히 각인시켜 줄 속셈이기도 했다. 그래서 스스로 어려움을 알고 자신을 무서워한다면 앞으로 그를 다루는 일이 편해질 것 아니겠는가.

사나운 개를 길들이려면 먼저 묶어놓고 뒈지게 두들겨 패서 기를 팍 꺾어놓아야 한다. 처음에는 미친 듯 반항하겠지만 며칠을 그렇게 하면 드디어 겁을 먹고 눈치를 보며 꼬리를 내린다. 그러면 먹이를 던져 주면서 달래면 되는 것과 같다.

단옥당이 그런 속셈을 품고 있을 때 소걸은 아무것도 모르고 신이 나서 달려들었다.

"조심해."

경고한 즉시 발을 내뻗어 다가선다.

퍽, 하는 순간에 두 장의 공간이 접어졌다. 그 한 번의 움직임만으로도 그의 수라구유보가 한 달 전과는 비교할 수 없이 높아졌다는 걸 충분히 알 수 있다.

"흥!"

단옥당도 지체하지 않고 연대구현의 절정 경신법을 발휘해 위치를 바꾸었다.

쉿, 하는 파공성이 들린 순간 두 사람은 다섯 번이나 쫓고 쫓겼다. 마치 허깨비들이 움직이는 것 같고, 귀신이 어른거리는 것 같은 광경이었다.

'이놈이?'

단옥당이 깜짝 놀라서 속으로 경악성을 터뜨렸다.

소걸이 자신의 연대구현 신법을 아무 어려움 없이 쫓아오고 따라붙으니 그렇다. 눈이 그만큼 빠르고, 순간에 반응하는 능력이 그만큼 크지 않고서는 불가능한 일이다.

"차핫!"

희끗희끗한 그림자가 서로 스치는 중에 소걸이 벼락같은 기합성을 터뜨렸다.

콰앙—!

압축된 기파가 쏟아져 나가며 공기를 찢는 소리가 폭음이 되어 터진다.

어느새 그의 공력이 주위의 공간을 찢을 만큼 커져 있었던 것이다.

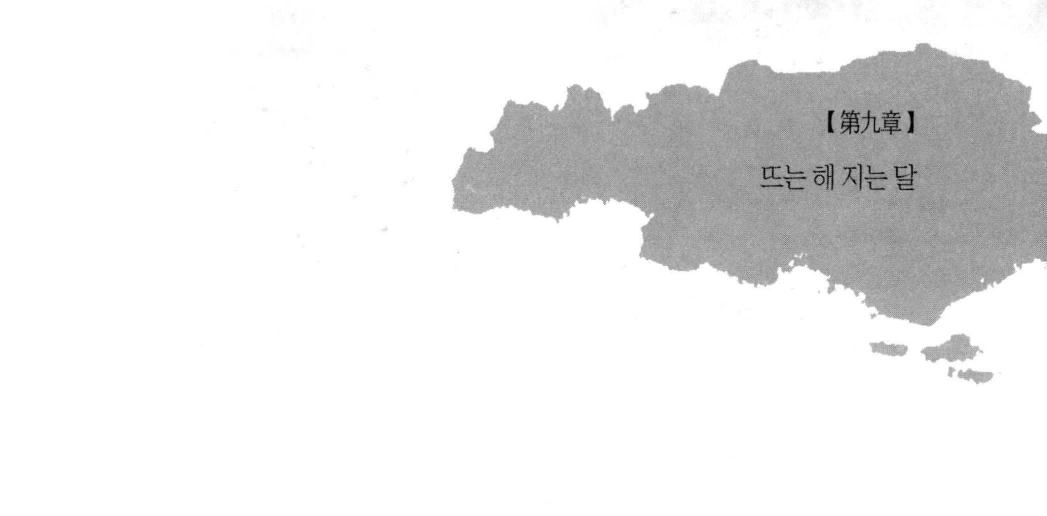

뜨는 해 지는 달

1

소걸이 단옥당을 때리는 수법은 섬서 동가장의 사방추 중 십기발분(十騎發分)이라는 수법이었다.

한줄기로 뻗어나간 장력이 목표한 곳에 이르러 열 갈래로 갈라져 때리니 맞선 자는 당황하지 않을 수 없다.

원래의 십기발분에 오성에 가까워져 있는 혈마구유신공의 내력이 실렸다. 그것의 운기법이 염 파파의 삼대절학의 하나인 쇄혼구유장(碎魂九幽掌)을 따른다. 그 기운을 사방추에 실었으므로 그것은 비록 형태를 빌려왔으되 동가장의 사방추가 아니라 쇄혼구유장이 되었다.

"헛!"

단옥당이 숨을 들이켰다.

한 달 전 경험해 보았던 것과는 비교할 수 없을 만큼 큰 위력을 갖게 된 소걸의 권법에 놀란 것이다.

“좋다!”

그가 즉시 주먹을 마주 뻗어 후려쳤다.

오성의 내력이 실린 권경이 거침없이 뻗어나가 소걸의 주먹을 때린다.

“그럴 줄 알았지.”

마주 주먹을 부딪칠 거라고 예상했는데 소걸이 씩 웃고 재빨리 손을 거두어 옆으로 돌았다. 그러면서 한 다리를 불쑥 내밀어 발목을 훑는 한편 좌장을 용맹하게 내뻗어 어깨를 밀어쳤다.

이번에는 화산파의 입문 무공인 오행장 중의 한 초식이었다. 낙안회풍(落雁廻風)이라는 것인데, 단옥당도 익히 알고 있는 그것이 그를 다시 한 번 놀라게 했다.

흔해 빠진 삼류의 초식이 소걸의 손에서 펼쳐지자 그 어떤 절기보다 정교하고 위력적인 초식이 되는 것 같았기 때문이다.

상황에 매우 적합하게 딱 들어맞는 초식이 되었으므로 그렇다.

단옥당은 주먹을 내뻗느라 한쪽으로 힘과 체중이 쏠려 있었다. 그런 상황에서 갑자기 상하를 노리고 펼쳐진 오행장을 파훼할 마땅한 초식이 언뜻 떠오르지 않았다.

“고약하다!”

버럭 외친 단옥당이 반보 내딛었던 오른발 끝에 힘을 실어 땅을 차며 급히 왼쪽으로 돌았다. 소걸의 장력이 뻗어가는 방향을 따라 원을 그리며 움직임으로써 그것의 힘을 흘려보내려는 것이다.

연대구현의 정묘한 신법을 발휘했으니 그 누구도 헛손질을 한 채 놓치고 말 것이다. 하지만 소걸은 그림자처럼 단옥당의 가슴에 달라붙어 떨어지지 않았다.

마치 단옥당이 그렇게 피하려고 할 줄 미리 알고 있었다는 듯 좌장에 더욱 힘을 실어 핍박하며 왼발을 성큼 내딛고 따라붙더니 오른손을 권법으로 바꾸어 몽둥이처럼 내려쳤다.

좌장으로는 한쪽으로 몰아붙이고, 우권이 길목을 차단하는 격이다. 마치 토끼 몰이를 하는 것과 같은 수법의 교묘한 배합이었다.

소걸의 그 주먹질은 불선다루에서 소림사의 우각 대사에게 잠깐 배웠던 나한당의 항마저(降魔杵)라는 수법 중 한 초식이다. 본래 곤봉을 쥐고 펼치는 것인데, 주먹을 몽둥이 대신으로 삼으니 위력이 오히려 더 커지는 것 같았다.

그대로 비켰다가는 소걸의 주먹에 빗장뼈를 정통으로 얻어맞을 처지다.

단옥당의 얼굴에 곤혹스러워하는 기색이 빠르게 스쳐 지나갔다. 분명 어지간한 무림인이라면 다 알고 있는 화산의 오행장이고 소림의 항마저인데 그것이 지금은 전혀 다른 무엇이 된 듯 무시무시하게 여겨졌기 때문이다.

흔해 빠진 수법의 교묘한 배합이 가져온 위력이었다.

소걸에게는 머리 속으로 생각하기 전에 본능적으로 최적의 조합을 찾아내는 특출한 재능이 있는 게 틀림없었다.

눈은 두 개의 움직임을 동시에 보고, 머리는 두 가지의 생각에 동시에 집중할 수 있으며, 몸은 두 개의 다른 명령에 무리없이 따를 수 있는 게 틀림없다.

양의신공(兩意神功)을 극성으로 익힌 자만이 보여줄 수 있는 소걸의 그 기막힌 움직임이 경황 중에도 단옥당을 감탄하게 했다.

"으음, 과연 대단하구나!"

잠시도 방심할 수 없게 된 단옥당이 두 손을 좌우로 나누어 역시 각기 다른 절기를 펼쳐 상대했다.

두 다리를 기둥처럼 굳게 땅에 붙이고 허리를 꼿꼿이 편 채 우뚝 멈추어 서니 마치 부동명왕이 현신한 듯한 위엄과 극강한 기세가 화르륵, 뻗어나왔다.

그의 왼손이 창려여붕(蒼麗呂鵬)의 초식으로 활짝 펼쳐져 웅장한 장력을 쏟아내며, 오른손은 뇌진창산(雷振蒼山)이라는 수법으로 벼락이 치는 듯 후려친다.

콰우우우—

그의 온몸에서 터져 나오는 무시무시한 기의 파동이 해일처럼 사방으로 폭사되어 나갔다. 그러자 진동하는 공기가 야수의 부르짖음 같은 괴성을 토해놓았다.

오성의 공력으로 소걸을 물리칠 수 없자 부적 힘을 보태 육성까지 공력을 끌어올린 것이다.

가슴을 압박해 오는 단옥당의 기파를 접한 소걸에게 오기가 불끈 솟구쳤다. 그러자 그의 의지에 따라 진기가 불같이 일어 단전에서 요동쳤다.

한껏 끌어낸 진기를 쇄혼구유장의 운기법으로 두 손에 밀어 넣은 소걸이 그것을 아낌없이 내쏟았다.

콰앙—!

한 치의 양보도 없이 마주친 두 사람의 네 개의 손이 불과 한 자의 공간에서 몽둥이처럼 부딪쳤다. 그러자 기의 폭발이 귀를 먹먹하게 하는 굉음이 되어 쏟아졌다.

"훅!"

소걸이 헛바람 빠지는 것 같은 신음을 흘리며 주르륵 밀려났다. 무려 일 장 남짓이나 그렇게 미끄러지는 것처럼 밀려난 자리로 긴 고랑이 파였다.

불과 한 달이 지났을 뿐인데 소걸의 무공 수위가 자신의 육성 공력을 너끈히 감당할 만큼 놀랍게 발전해 있다는 게 단옥당을 놀라고 두렵게 했다.

'이번에 이놈을 제압하지 않으면 영영 기회가 없을지도 모른다.'

그런 생각이 벼락처럼 머리 속을 스쳐 간다.

"이얍!"

단옥당이 날카로운 외침을 터뜨리며 즉시 소걸을 쫓아 몸을 날렸다.

말아 쥔 오른손에 이제는 칠성으로 끌어올린 공력을 감춘 채다.

그가 폭풍 같은 기세로 소걸을 쫓아 들어가며 힘껏 장력을 뿌렸다.

그와 소걸 사이를 가로막고 있던 공간이 쾅! 하는 폭음과 함께 갈가리 찢겨 날리고 뇌전 같은 장력 한줄기가 눈부시게 뻗어나갔다.

소걸의 얼굴에 언뜻 두려움이 떠올랐다.

그는 단옥당의 장력이 무섭다는 걸 충분히 알고 있었다. 무한에서처럼 막무가내로 부딪치는 어리석은 짓을 다시 할 리가 없다.

"치잇!"

분한 숨을 뱉이낸 소걸이 수라구유보 중의 쾌속한 경신법인 일보무영을 펼쳐 몸을 뺐다.

한 번 땅을 걷어차면 제 그림자마저 떼어놓게 된다는 극쾌의 신법이다. 그것이 펼쳐지자 주위에 온통 소걸의 그림자가 가득해졌다. 그가 한 번 움직일 때마다 네 개의 환영이 생겨 따르니 어느 게 진짜 소걸인지 헷갈리지 않을 수 없다.

십이성 대성하면 아홉 개의 환영을 만들어낼 수 있게 되는데 소걸은
네 개에 머물렀다. 그러나 그것만으로도 일보무영을 처음 접하는 단옥
당을 당황하게 하기에는 부족하지 않았다.

"응?"

놀랐던 그가 즉시 연대구현의 절정 경공 신법으로 소걸의 환영들을
쫓았다. 그러자 소걸은 아무리 애를 써도 신법만으로는 그를 떼어놓을
수 없게 되었다.

유성처럼 흐르는 두 개의 흐릿한 신형이 정원을 이리저리 가로지른
다. 그 속에서 단옥당의 낭랑한 외침이 터져 나왔다.

"제법이구나! 하지만 그렇게 달아나기만 해서야 언제 나를 때릴 수
있겠어?"

비웃는 중에도 두 손을 매섭게 뻗어 철지획운(鐵枝獲雲)의 수법으로
소걸을 때리고 잡아갔다.

장력의 기파가 너울처럼 끊이지 않고 밀려들고, 그럴 때마다 허공에
웅웅, 하는 무거운 소리가 가득 찼다.

가슴을 압박해 오는 단옥당의 장력에서 벗어날 수가 없다. 오히려
점점 더 무겁고 두텁게 눌러오는 것이어서 몸을 움직이는 것조차 힘들
게 되었다.

이러다가는 그의 의도대로 장력을 뻗어내 정면으로 부딪치는 수밖
에 없을 것이다. 단옥당은 그걸 강요하고 있다.

하지만 한 번 단단히 낭패를 당한 적이 있는 소걸에게는 그렇게 하
고 싶은 마음이 조금도 없었다.

'이 고약한 놈이 기어이 나로 하여금 또 피를 토하고 끙끙 앓아눕게
하려는 수작이구나. 흥, 하지만 내가 아직도 네 뜻대로 놀아날 만큼 호

락호락한 줄 알면 오산이지.'

불만이 잔뜩 커진 소걸이 주머니에 손을 넣고 재빨리 한 줌의 동전을 움켜쥐었다.

"받아랏!"

몸을 뒤채 단옥당의 장력을 가까스로 비킨 즉시 훌쩍 왼쪽으로 돌아 물러서며 손을 힘껏 뿌렸다.

쐐애액―!

날카로운 파공성이 단옥당의 전신을 노리고 쏘아졌다.

"흥!"

단옥당이 즉시 옷소매를 휘둘렀다. 그러자 웅장한 경풍이 일어 철벽처럼 그를 가렸고, 여덟 개의 동전이 땡그랑거리며 떨어졌다.

"고작 이런 장난 같은 짓으로…… 헛!"

다시 장력을 쳐내며 비웃던 단옥당이 헛바람을 들이켰다.

소리도 없이, 기척도 없이 코앞에 닥쳐든 동전을 본 것이다.

기문현의 찻집에서 목천풍의 철전을 쳐냈던 편자. 그것을 떠올리지 않을 수 없다.

놀란 단옥당이 몸을 기울이며 벼락처럼 일장을 때렸다.

퍽, 하는 가벼운 소리와 함께 무섭게 날아들던 동전이 허공으로 튕겨진다.

삐이이이―

이번에는 귀청을 찢을 듯한 날카로운 소성이 들렸다.

'두 개?'

단옥당이 눈을 부릅떴다. 한 개를 튕겨냈는데 어느새 다른 두 개의 동전이 목과 가슴을 노리고 쇄도해 오고 있었던 것이다.

처음의 동전과 달리 그것들은 귀를 찌르는 요란한 파공성을 냈다.

연환성(連環星)이라는 이와 같은 암기 수법은 특이하고 뛰어난 것이지만 그것만으로 단옥당을 곤란하게 할 수는 없다.

그가 두 개의 지풍을 날려 그것들을 맞혔다. 땡그랑거리고 서로 부딪쳐 떨어질 것 같던 동전이 삐이이— 하는 소성을 더욱 크게 내며 하늘 높이 솟구쳤다.

그리고 먼저 튕겨냈던 것이 이마를 노리고 떨어진다. 하늘로 솟구쳤던 두 개는 소리도 없이 뒷등을 노리고 유성처럼 쏟아져 왔다.

"헛!"

단옥당이 크게 놀라 다급성을 터뜨렸다.

암기를 진기의 힘으로 이처럼 자유롭게 부리는 수법은 처음 본다.

소걸은 할아버지로부터 배운 은하비의 수법을 어느덧 팔성에 이르도록 익히고 있었던 것이다. 그것에 관심을 갖고 특별히 공을 들였으므로 그 진전이 눈부시게 빨랐다. 당 노인이 보았어도 믿지 않으려 했을 것이다.

2

"하하하, 그럼 다음에 다시 한 번 비무를 해봅시다! 즐거웠소!"

훌쩍 담을 뛰어넘어 사라지며 던진 말이 단옥당을 비참하게 했다.

"으음, 네놈이 감히 나를 희롱하다니……."

그가 이를 악물고 스산하게 중얼거렸다. 손아귀에 절로 불끈 힘이 들어간다. 그러자 움켜쥐었던 세 개의 동전이 가루가 되어 부스스 떨어졌다.

동전을 날려 자신의 집중력을 흩쳐 놓고 그 틈에 미꾸라지처럼 몸을 빼내는 소걸의 영악함에 치가 떨렸다.

하지만 단옥당은 소걸이 어느새 자신을 희롱할 만큼 발전했다는 걸 받아들이지 않을 수 없었다. 가슴이 서늘해진다. 이렇게 몇 년만 지나면 자기가 오히려 소걸을 피해 달아나는 신세가 되고 말 것 같다는 불안 때문이다.

"휴, 단 공자, 내 말을 믿지 않더니 이제는 믿겠군요?"

문득 등 뒤에서 주지약의 낮은 음성이 들려왔다.

"헛!"

단옥당이 깜짝 놀라 돌아본 곳에 그녀가 있었다. 정자 위에서 기둥에 의지해 선 채 물끄러미 바라보는 눈빛이 슬프다.

"구, 군주…… 다 보셨…… 군요."

"그래요 다 보았답니다."

"으음—"

단옥당의 얼굴이 비참하게 일그러졌다.

칠성의 공력을 썼으면서도 소걸을 어쩌지 못하고 놓쳤다. 그러니 그녀 앞에서 그를 비웃으며 큰소리쳤던 일이 부끄러워지고 말았다.

"이제 내 마음을 이해하겠어요?"

"……."

입이 열 개라도 지금은 할 말이 없다.

마음에 불만은 여전했지만 그건 자기 자신의 문제라는 걸 생각해야 했다.

'나는 그 녀석을 질투하고 있다.'

그렇게 인정하자 자신이 더욱 초라하게 여겨진다.

그가 주지약만큼이나 서글픈 눈빛을 하고 그녀를 마주 보았다.

일국의 공주 아닌가. 그리고 단옥당 자신은 옛 왕조의 혈통을 받은 고귀한 신분이다.

그런 그들이 지금은 태생조차 분명하지 않은 소걸에게 미래에 대한 희망을 걸고 있었다.

그러한 것을 사실로 받아들여야 한다는 것 자체가 단옥당에게 지독한 모욕감을 가져다주었으며, 스스로에 대한 자학의 마음을 품게 했다.

'천룡사로 돌아갈까?'

문득 그런 충동이 들었다. 가서 사문의 무공을 몇 년 더욱 열심히 수련한 후 다시 나온다면 지금보다 나을 것이라는 생각도 든다.

하지만 수심에 젖어 있는 주지약의 얼굴을 본 순간 그런 생각은 바람에 걷히는 연기처럼 사라져 버렸다.

'그녀를 위해서.'

단옥당이 어금니를 악물었다. 내 목숨은 그녀를 위한 것이라는 생각을 품어온 게 어디 어제오늘의 일이던가.

"제기랄, 정말 지독한 놈이란 말이야."

"그랬어?"

소걸의 불만 가득한 얼굴을 보며 능학빈이 피식피식 웃었다.

"에이, 아무리 그래도 그렇지. 설마 너를 죽이려고 했겠니?"

"아, 모르면 가만있어요!"

"알든 모르든 마찬가지야. 군주가 너를 끔찍이 생각하는데 그가 감히 죽일 생각을 할 수 있겠어? 그저 적당히 겁을 줘서 쫓아내려고 했겠지."

“왜?”

“정말 몰라서 그러냐?”

“……?”

소걸이 눈을 말똥거렸다. 그는 아직 남녀 간의 그 섬세하고 복잡한 감정에 대해서 알지 못했다. 그저 좋을 뿐이고, 한 번 빠져 들어가면 아무 생각도 하지 못한다.

능학빈이 한숨을 쉬었다.

“이놈아, 누가 갑자기 뛰어들어 와서 네 밥그릇을 빼앗으려고 한다면 어떻겠어?”

“그런 놈을 가만둬? 그냥 대갈통을 때리고 다리를 걸어서 넘어뜨린 다음에 자근자근 밟아주지. 다시는 그런 짓을 할 생각조차 하지 못하게 말이야.”

“호호호, 바로 그래서 단옥당이 너를 혼내주려고 했던 거다.”

“그럼 그 밥그릇이라는 게 바로 주, 주…….”

“그래, 주 소저다. 단옥당은 제 밥그릇을 넘보는 네가 아주 괘씸한 거야.”

“으음―”

소걸이 잔뜩 인상을 찌푸렸다. 그래서 자기가 주 소저와 함께 있을 때마다 그가 뒤에서 지켜보았고, 좀 다정한 짓을 해볼라 치면 헛기침을 해서 분위기를 깨곤 했던 것이구나, 하고 이해되었다.

‘주지약과 단옥당…….’

그 두 사람을 머리 속에 떠올리고 보니 너무 잘 어울리는 한 쌍이라는 생각이 절로 들었다.

고귀하고 고상해 보인다. 귀족 중에서도 귀족이라고 할 수 있는 혈통을 지닌 사람들이 아닌가.

이 세상에 그 두 사람보다 잘 어울리는 짝은 찾아볼 수 없을 거라는 생각도 들었다.

주지약에게는 다른 어떤 남자도 어울리지 않을 것이고, 단옥당에게는 주지약을 뺀 어떤 여자도 맞지 않을 것 같다.

'그럼 나는?'

그들 사이에 서 있는 자신의 모습을 그려보았다.

"에휴—"

절로 긴 탄식이 새 나온다.

그날부터 소걸은 자신의 방문을 걸어 잠그고 나오지 않았다. 창문마저도 모두 닫아걸었다.

충격 때문에 그 안에 틀어박혀 먹는 것도 잊었고 자는 것도 잊었는지……

알 수 없다.

문이 굳게 닫혀 있으니 그가 안에서 뭘 하는지 누가 알겠는가.

소걸은……

"후욱— 후욱—"

억눌러 참았던 숨을 격하게 내뱉었다. 이마에 땀방울이 송골송골 맺혀 있다.

허공을 소리없이 날던 동전들이 차곡차곡 떨어져 손에 쌓였다. 모두 일곱 개다.

"조금만 더 노력하면 십성을 깨겠군."

소걸이 회심의 미소를 지었다. 어둠 속에서 눈이 매우 반짝이고 흰 치아가 히죽 드러나는 그런 미소다.

십성. 지난 사흘 동안 소걸은 팔성에 이르렀던 은하비를 더욱 연마하여 십성까지 끌어올린 것이다. 내공의 증진이 눈에 띄게 빠르니 은하비를 익히는 일도 가속을 받는다.

"이제 한 가지, 탄기관천(彈氣貫天)의 수법만 익히면 된다."

당 노인의 절정 암기술인 은하비가 가지고 있는 마지막 초식이다.

그것은 암기를 이리저리 이끄는 게 아니라 손가락의 힘만으로 번개처럼 튕겨내는 수법이었다.

막중한 내력을 필요로 하는 만큼, 비록 모래알 하나라고 할지라도 금강석처럼 단단해지고 유성이 흐르는 것처럼 빠르며 맹렬하다.

혈마구유신공의 내력을 십성 실어 튕겨낸다면 강철이라도 뚫고 나갈 것이다.

그쯤 되면 암기의 맹렬함과 극쾌한 비격(飛擊)을 막을 자가 아무도 없으리라.

소걸은 지금 당장 자기가 단옥당을 이길 수 있는 길은 바로 이 은하비의 수법이라고 생각했다. 동전을 날려 그의 막강한 장세를 주춤거리게 하고 달아났던 일이 그런 깨우침을 준 것이다.

단옥당뿐만이 아니다. 은하비의 수법을 잘 활용한다면 나보다 두어 수 높은 고수를 만난다고 해도 내 몸을 지킬 수 있다는 확신이 섰다.

"흥! 다음에 다시 싸울 때는 절대로 달아나지 않을 거야."

이를 악물었다.

하루, 한나절만 보지 못해도 안달이 나던 주지약을 그는 벌써 사흘 동안이나 잊고 있었다. 그녀에 대한 그리움 대신 단옥당을 피해 달아났던 일을 수십 번, 수백 번도 더 곱씹었던 것이다.

바로 그것이 다른 사람은 알지 못하는 소걸의 장점이었다. 그리고
그것은 그가 타고난 천부적인 재능 못지않게 중요하다.

"어떻게 된 거야?"
주지약의 음성에 짜증이 묻어났다. 시비들이 쩔쩔맨다.
"상공께서 좀처럼 문을 열어주시지 않는답니다."
"내가 찾는다고 했느냐?"
"물론이지요. 하지만 대꾸도 없으신걸요?"
"뭐라고?"
주지약의 아미가 꿈틀, 했다.
'설마 단 공자 때문에 단단히 삐친 건 아니겠지?'
그런 걱정이 절로 든다.
만약 그가 정말 단단히 삐쳐서 아무도 보지 않겠다고 마음먹었다면
큰일이다.
"내가 직접 가봐야겠다."
사흘을 참고 기다렸지만 더 이상 그럴 수 없게 되었다. 주지약이 옷
자락을 떨치고 일어섰다.
시녀들이 종종걸음으로 그녀를 뒤따랐다. 옷소매를 펄럭이며 걷는
그녀는 화가 난 것 같았다. 낭하를 서성이고 있던 단옥당이 머리를 숙
여 인사했으나 돌아보지도 않는다.
"상공."
굳게 닫힌 소걸의 방문 앞에서 그녀가 나긋나긋한 소리로 불렀다.
대답이 없다.
"상공, 저예요. 제가 왔어요. 문 좀 열어보세요. 사흘씩이나 저를 찾

지 않으시다니, 너무한 거 아닌가요?"

그녀의 음성이 점점 더 간드러졌다.

3

어둠 속에 번쩍이는 검광이 가득하다.

날카로운 검이 허공을 가르고 바람을 찢지만 아무 소리도 나지 않았다. 검법이 맹렬할수록, 검기가 강렬할수록 귀 따가운 휘파람 소리가 쏟아져 나오는 게 정상이다.

내력을 넘치게 실었으니 기의 파동이 폭풍처럼 퍼져 나가고 그 소리가 우렛소리처럼 들려야 하지 않겠는가.

그런데 고요하기만 하다.

검이 뿌려내고 있는 차가운 기운이 줄기줄기 뻗치고, 허공을 베고 끊는 검광이 폭포처럼 쏟아졌다. 때로는 유성우가 떨어지듯 수십, 수백 가닥이 되어 현란하게 허공을 꿰뚫는다.

그 쾌속함과 경쾌함, 그리고 살벌하다고 해야 할 날카로움.

그것이 지금 소걸이 쥐고 있는 검에서 와르르 쏟아져 나오고 있었다. 벌써 한 시진째다.

십이식(十二式)의 혈마파친검(血魔破天劍)이 드디어 십성에 이른 현상이었다.

그것은 과거 천하를 두려움에 떨도록 했던 염 파파의 검법이다. 소걸은 할머니에게서 그것을 전해 받은 후 어느덧 십성의 문턱을 넘고 있었으니, 염 파파가 안다면 기겁할 일이다.

문을 닫아걸었던 지난 사흘 동안이 그를 그렇게 변하게 해주었다.

폐관수련(閉關修練)이라고 하는 것.

소걸은 그게 무언지도 모른 채 바로 그러한 수련을 하고 있었던 것이다. 그 결과 사흘 만에 놀라운 진전을 이루었으니 단옥당에게 감사해야 할 것이다.

문밖에서 애절하게 부르는 주지약의 음성이 송곳으로 찌르는 듯 가슴에 파고든다. 하지만 소걸은 이를 악물고 귀를 닫았다.

'그를 넘어서야만 해. 그래야 떳떳하게 주 소저를 대할 수 있다.'

그런 오기와 각오가 소걸을 더욱 채찍질할 뿐이다.

닷새가 지났다.

어두워질 무렵, 창문에 발을 늘어뜨린 쌍두마차 한 대가 장원 안으로 서슴없이 달려들어 왔다.

마부석에 앉아 말고삐를 쥐고 있는 자는 황산노자 왕이였다. 질주하는 마차 곁을 좌우에서 씩씩하게 따르고 있는 자는 광풍도 초구량과 금산반 장금료다.

말은 지쳐서 거친 콧김을 씩씩 내뿜고 있는데 그들 두 사람은 조금도 지친 것 같지 않았다.

그렇게 거침없이 중문을 지나고, 용아장(龍牙莊)이라고 불리는 후원의 두 쪽 문을 넘어 들어온 말이 겨우 멈추어 섰다.

마차의 문을 연 초구량이 한 무릎을 꿇고 앉아 두 손을 포개서 내밀었다. 그러자 마차 안에서 작은 발이 나와 그것을 밟는다.

"응?"

그것을 본 단옥당이 눈을 휘둥그레 떴다.

염 파파가 초구량이 내민 손을 디딤돌 삼아 밟고 마차에서 내리는 것 아닌가.

단옥당은 초구량의 명성이 강소와 하남, 호북, 안휘성 북쪽 등지에서 우레처럼 울린다는 걸 알고 있다. 강북 무림에서 거칠 것 없는 호한의 행보를 해왔기에 대협(大俠)이라는 칭호가 붙어 다니는 인물.

그가 초라한 하인의 행색을 한 채 손으로 염 파파의 발을 받쳐 드는 것조차 마다하지 않고 있으니 그것을 본 제 눈을 믿을 수 없을 지경이었다.

그건 초구량뿐만이 아니었다.

염 파파가 초구량의 손을 밟자 마부석에서 즉시 뛰어내린 황산노자가 공손히 그녀의 팔을 부축하고, 금산반 장금료는 부리부리한 눈을 크게 뜬 채 사방을 감시한다.

지극히 귀하고 높은 주인마님을 모시고 나온 하인들이나 할 법한 일을 그들, 당금 무림에서 절정의 고수라고 불리는 세 사람이 행하고 있지 않은가.

'과연.'

단옥당의 얼굴 가득 감탄지색이 어렸다. 세상에서 염 파파 말고 누가 그들을 이렇게 거느릴 수 있을 것이랴, 하는 감탄이다.

그가 포권하고 정중하게 말했다.

"왕림해 주셨군요. 영굉입니다."

마차에서 내린 염 파파가 단옥당을 뚫어지게 바라보았다.

"네가 망문성이냐?"

단옥당이 빙긋 웃었다.

"지금은 단옥당이 되었답니다."

"소걸이를 혼내줬다고?"

“모두가 옛날 일이지요.”

“불과 한 달 전의 일을 두고 그렇게 말하다니. 나를 놀리는 게냐?”

“어찌 감히. 소생은 사실을 말씀드릴 뿐입니다. 한 달 전이 까마득한 옛날 일처럼 여겨질 만큼 그는 무섭게 달라졌답니다.”

“그래?”

염 파파의 입가에 희미한 미소가 떠올랐다. 그리고 단옥당을 살펴보는 눈에 감탄의 기색이 어렸다.

‘보기 드문 기재로군. 과연 이만한 나이에 그런 성취를 이루었을 만하다.’

스물대여섯에 지나지 않아 보이는 미청년인데 그 화후가 마중선 유시천에 비해 크게 떨어질 것 같지 않았다.

단옥당에게서 느껴지는 기감(氣感)과 그의 여유있는 태도에서 풍겨나오는 품격이 그것을 말해준다.

다른 사람들은 알지 못할 것이다. 하지만 염 파파는 한눈에 고수인지 하수인지를 분간해 볼 수 있고, 사소한 행동거지에서 그 성취도를 짐작해 볼 수 있었다.

절정고수에게서는 그만의 품격이 우러난다. 그가 아무리 감추려고 해도 감추어질 수 없는 그런 것이다. 그리고 그것을 느낄 수 있는 사람이라면 역시 그만한 경지에 올라 있거나 더 뛰어난 자일 것이다.

그래서 염 파파의 겉모습만 보고 그녀를 판단할 사람이 세상에 드물듯이, 염 파파가 한눈에 꿰뚫어 보지 못할 사람도 세상에 드물었다.

“약속대로 내가 왔으니 소걸이를 놓아줘야지?”

“하하, 파파께서는 제가 마치 그를 인질로 잡아두고 있기라도 한 것처럼 말씀하시는군요.”

"인질이자 미끼였던 거지. 그렇지 않은가?"

소걸이 이곳에 있지 않다면 굳이 찾아오지 않았을 것이고, 열흘 후에 오겠다는 약속도 하지 않았을 것이다.

그걸 알았기에 단옥당은 소걸을 꾀어 데려온 것이니 염 파파의 말이 틀리지 않다.

"그는 아주 편하게 잘 있으니 걱정하지 마십시오."

정중히 머리를 숙이더니 한마디 덧붙였다.

"군주님의 사랑을 듬뿍 받고 있지요."

염 파파가 눈살을 찌푸렸다. 그 말속에 깃들어 있는 묘한 감정이 느껴져서이다.

"할머니!"

그렇게 열리지 않던 문이 부서질 듯 왈칵 열리고 소걸이 뛰어나왔다.

염 파파의 뒤에서 그걸 바라본 주지약의 안색이 문득 어두워졌지만 소걸은 그녀를 보지 못했다. 오직 할머니만이 보일 뿐이다.

와락 달려들어 할머니를 껴안는 모습이 이제는 어른 같다. 염 파파가 웃으며 가슴을 떠밀었다.

"다 큰 너석이 이게 무슨 부끄러운 짓이야?"

"다 컸어도 소걸이는 소걸이고 할머니는 할머니지 뭐가 달라져요?"

"시끄럽다. 어서 들어가기나 하자."

염 파파가 돌아오기를 내내 기다리고 있던 능학빈과 우마는 머쓱해지고 말았다. 파파가 무어라 말이라도 건넬 줄 알았는데 장원에 도착하자마자 소걸을 찾아왔을 뿐 저희들에게는 눈길 한 번 주지 않았기 때문이다.

하지만 황산노자 등은 오히려 안도의 숨을 내쉬었다.

염 파파가 약속했던 대로 그들은 첫날 객잔에서 하룻밤을 쉴 때 초자룡사라는 기묘한 검법을 전해 받았다. 염 파파가 희미한 유등 아래 회초리를 들어 몇 번 시범을 해 보이고 자상한 말로 이것저것 설명해 주었던 것이다.

그 절묘한 검초에 세 사람은 거듭 감탄하며 제 그릇만큼 받아 가졌다. 무공의 또 한 단계를 훌쩍 뛰어넘을 수 있게 된 것이다.

십 년을 고민하던 게 하룻밤 새 이루어졌으니 파파에 대한 감사와 감격을 주체할 수가 없다. 절대마녀로 악명이 높던 그녀가 베풀어준 것이기에 더욱 그렇다.

그들은 모여서 굳게 맹세했다. 파파가 살아 계신 동안 사부를 모시듯 그녀를 모시겠노라고. 정성이 지극하면 파파가 또 다른 절세의 신공을 내려줄지 모른다는 희망도 품었다.

그런데 염 파파가 이곳에 오기까지 말 한마디 하지 않았다. 아예 마차 안에서 나오지도 않았다.

파파가 이렇다 저렇다 말이 없으니 마차를 모는 왕 노인도, 부지런히 좌우를 지키며 뛰는 장금료나 초구량도 불안해서 전전긍긍했다. 혹시 자신들이 뭘 잘못해서 화가 난 건 아닌가, 하는 걱정 때문에 입 안에 침이 바짝바짝 말랐다.

그러던 파파가 저렇게 소걸이를 보고 반가워하며 태연히 웃고 말하지 않는가. 그래서 그들은 비로소 안도의 한숨을 내쉴 수 있었다. 저희들 때문에 화가 나 있었던 게 아니라는 걸 알았으니 마음이 놓인다.

"세 분은 따로 숙소를 정했으니 그리로 가시지요?"

단옥당이 은근하게 권했지만 황산노자 등은 머리를 설레설레 저었다.

"파파가 여기 계시니 우리는 이곳을 떠날 수 없소."

"응? 아니, 그게 무슨 말이오?"

"우리는 파파의 호위가 되기로 맹세한 몸. 어찌 본분을 잊고 편한 잠자리를 찾겠소?"

태연한 화산노자의 말에 단옥당뿐 아니라 주지약과 능학빈, 우마까지도 기가 막혀서 입을 딱 벌렸다.

"제기랄, 그럼 나도 여기 있을 거다."

우마가 잔뜩 심통난 얼굴로 문 앞에 털썩 주저앉았다. 그러자 문이 온통 가려진다.

어쩔 수 없다는 듯 한숨을 쉰 능학빈도 그곳을 떠나려 하지 않았으므로 단옥당과 주지약은 쓴웃음을 지으며 돌아설 수밖에 없었다.

"이 녀석아, 이게 정말이란 말이냐? 네가 벌써 할미의 신공을 오성까지 이루었다니?"

소걸의 완맥을 쥐고 있는 염 파파의 눈이 놀람으로 휘둥그레졌다.

"헤헤, 그동안 놀고 있지만 않았다는 걸 믿겠죠?"

염 파파는 믿을 수 없었다. 무한에서 그에게 쇄혼구 유장과 수리구 유보를 전해주면서 신공이 오성에 이르기까지 석 달을 예상했었다. 그런데 한 달이 조금 지난 지금 소걸은 벌써 오성의 경지에 이르러 있지 않은가.

동창 무한 지부에서 두 첩형의 내력을 흡수하고, 어룡보단을 복용한 일이 그것을 가능케 해주었지만 소걸은 벌써 까맣게 잊었고, 염 파파는 그런 일을 알지 못했다.

"이제부터는 하루가 다르게 신공이 높아질 텐데 네가 과연 그것을 잘 제어할 수 있을지……."

기쁨이 큰 만큼 걱정도 커졌다.

"나는 이제 청운관으로 돌아가야 할까 보다."

뜻밖의 말에 소걸이 어리둥절했다.

"예? 아니, 그게 무슨 말이세요?"

"내 일을 너에게 모두 맡길 수 있게 되었으니 쉬려는 거지."

"할머니?"

소걸은 비로소 할머니에게 변화가 생겼다는 걸 눈치 챘다.

그러고 보니 할머니의 안색이 다르고 숨소리가 다르다. 카랑카랑하던 기세가 사라지고 보이지 않는다.

할머니가 무사히 저를 찾아왔다는 데에만 들떠서 살펴보지 않았고, '누가 할머니를 어떻게 하겠어?' 하는 생각에 무관심했던 가슴이 철렁, 하고 떨어졌다.

"어디 줘봐요."

급히 할머니의 야윈 손을 끌어당겨 맥을 짚었다.

의술에 대해서 알 리가 없는 소걸이다. 하지만 무공 초식과 구결을 배우노라면 자연히 혈도에 대해 알게 된다. 운기의 비법을 깨우치면서 기의 움직임과 호흡에 밝아지게 되는 것도 자연스러운 일이다.

소걸은 맥을 통해 할머니의 기운을 느꼈다.

'이건 아니다!'

그의 표정이 무겁게 가라앉았다. 경혈을 타고 흐르는 기의 운행이 위태위태했던 것이다. 이건 고강한 내력을 지닌 사람의 맥이 아니었다. 구십이 되어 몸의 기운이 마르고 기능이 쇠약해진 평범한 노인의 그것과 다름없지 않은가.

'어떤 놈이 감히!'

소걸의 눈빛이 사나워졌다. 어금니를 꾹 물고 표정은 더욱 침중해진 채 할머니를 보았다.

'감히 내 할머니에게 이런 중상을 입히다니!'

그의 가슴 저 깊은 곳에서 처음으로 살의가 무럭무럭 피어올랐다.

【第十章】

왔으니 떠나고 만났으니 헤어진다

"마중선 유시천……."

소걸의 눈 깊은 곳에서 불길이 이글거린다. 염 파파가 낮게 탄식하고 말했다.

"그놈이 입은 내상은 나보다 지독할 게야."

"하지만 그자는 곧 멀쩡해지겠지요."

"젊으니까."

입을 꾹 다물었던 염 파파가 힌숨을 쉬었다.

"나이는 역시 어쩔 수 없는 거로구나. 에휴—"

"그렇다면 그자는 저에 비해 나이가 많으니 제가 반드시 그자에게 똑같이 해주고 말겠어요."

"지금은 아니다. 섣부르게 나서지 말거라."

"할머니의 신공을 십성 연마한다면 가능하겠지요."

"그래도 부족할 거야. 네가 그자를 꺾으려면 신공을 십이성 대성해야 할 게다."

"좋아요, 까짓 몇 년이면 돼요. 설마 그자가 그걸 기다리지 못하고 죽어버리지는 않을 테니 상관없어요."

"흘흘―"

소걸의 자신만만한 말이 염 파파를 흐뭇하게 했다. 그녀는 이제 소걸의 호언장담을 믿었다. 그의 능력이 자신의 생각보다 더 뛰어나고, 갈수록 빛을 발하는 것 같으니 과연 몇 년 뒤에는 혈마구유신공을 십이성 대성하게 될지도 모른다.

'이 녀석은 천하제일의 고수가 될 거야.'

천하제일의 고수. 그 명예를 다투는 사람들은 많았지만 아직 그 자리에 홀로 우뚝 선 사람은 없다.

하지만 소걸이라면 경쟁하는 자들을 모두 누르고 그렇게 될 것이라는 믿음이 들었다.

그건 염 파파 자신이 그렇게 되는 거나 마찬가지다.

자신의 절기를 가지고 소걸이 그 꿈을 이루어주는 것이다.

"나의 부상을 절대로 다른 사람들이 알아서는 안 돼."

"걱정 마세요. 누구도 눈치 채지 못하게 할 테니까."

"훙, 네 녀석을 믿지 못하겠다."

"예? 아니, 하나뿐인 손자를 믿지 못하면 누구를 믿으려고요?"

"들자 하니 네 녀석은 요즘 꼬리 아홉 달린 여우 한 마리에게 홀려서 정신을 못 차린다고 하더구나. 그러니 그 여우가 네 턱을 살살 긁으면서 물어보면 죄다 일러바칠 거 아니겠어?"

"할머니, 어떤 놈이 어떤 말을 해도 믿지 마세요."

"사실이잖아?"

염 파파가 놀리려 들었지만 소걸은 정색을 했다.

"주 소저는 제 색시가 되겠다고 약속했지요. 저 또한 그녀를 아내 삼겠다고 했어요."

"그러니 홀린 게지."

"하지만 그녀가 할머니만큼 중요하고 크지는 못해요."

"정말이냐?"

"주 소저가 아니라도 색시로 삼을 소저는 또 있지만 할머니는 한 분 뿐이잖아요."

"이 녀석…… 고얀 놈 같으니……."

염 파파의 눈가에 기쁨의 눈물이 맺혔다. 소걸에게서 이런 말을 언제 들어보았던가. 이제는 정말 소걸이 다 큰 총각이 되었다는 든든함이 파파를 감격스럽게 했다.

부모의 기쁨이 자식에게 있듯이 염 파파의 모든 기쁨과 희망은 오직 소걸에게 있었다.

그 소걸이 어느덧 철이 들어서 이처럼 기쁘게 해주니 눈물이 절로 나온다.

소걸이 그런 염 파파의 야위고 딱딱한 손을 어루만지며 말했다.

"하지만 할머니가 원하신다면 당장이라도 그녀를 떠날 수 있어요."

"그럴 것 없다. 주지약은 총명하고 아름다운 아가씨이니 너에게 아주 잘 어울리는 색싯감이지. 게다가 타고난 신분 또한 고귀하지 않으냐? 그러니 이 할미는 네가 그 계집애를 색시로 맞아들이는 것에 반대하지 않아."

그 신분이 지금 소걸을 괴롭게 하고 있다는 걸 생각하지 못한다. 염 파파의 눈에는 소걸만큼 귀하고 사랑스러운 사람이 없기 때문이다. 황태자라고 한들 소걸에게 비교할 수 있을 것인가.

"우리 여기를 떠나요."

"응?"

소걸의 말에 쓸쓸함이 깃들었고, 그의 얼굴 또한 그랬다.

"오래 있으면 단옥당이 반드시 할머니가 심한 부상을 입어서 내공을 잃었다는 걸 눈치 챌 거예요. 그러기 전에 떠나요."

"주지약을 두고 갈 수 있겠느냐?"

"그녀 곁에는 단옥당이 있을 테니 내가 없어도 별로 슬퍼하지 않을 거예요."

"응?"

무언가 심상치 않다.

염 파파가 소걸을 뚫어지게 바라보았다. 그의 얼굴에 쓸쓸한 기색이 어려 있고 눈빛이 슬프다.

파파는 비로소 이 사랑하는 손자의 고민이 무엇인지 짐작이 갔다. 그러자 그에 대한 연민과 안타까움이 일어 파파의 가슴마저 찢어질 듯 아파졌다.

"에그, 이 녀석. 이제 보니 단옥당 때문에 그 아이를 포기하려는 것이구나?"

"상관없어요. 나에게는 도향이가 또 있잖아요. 히히―"

"고얀 놈."

염 파파가 눈을 흘기고 소걸의 볼을 사정없이 꼬집었다.

'나보다는 단옥당이 그녀에게 더 잘 어울릴 거야.'

소걸은 그렇게 생각하고 있었다. 그 마음의 저변에 깔려 있는 건 자신의 초라한 태생에 대한 서글픔이다.

마음속에 깊이 사랑하는 사람을 두고 떠나야 한다는 게 어떤 아픔인지를 염 파파는 누구보다 잘 안다.

그녀가 소걸의 머리를 끌어당겨 가슴에 안고 등을 토닥거려 주었다.

"할머니……."

"그래, 그래, 떠나자꾸나. 세상이란 알면 알수록 복잡하고 심술궂어서 너처럼 착한 아이는 상처를 입을 뿐이지."

"우리 불선다루로 돌아가요."

"한 가지 일만 처리하고 그렇게 하자꾸나."

소걸도 염 파파도 이제는 불선다루가 그리워졌다. 그 황량한 곳에 있을 때는 바깥 세상이 언제나 그리웠는데, 떠나온 지 채 일 년도 되지 않아서 이제는 그곳이 그리워진다.

어느덧 불선다루가 염 파파에게도 소걸에게도 고향으로 자리잡고 있었던 것이다.

"파파!"

"나는 약속을 지켰다. 그러니 거리낄 게 없어."

"하지만 파파!"

주시악이 당혹감으로 어�찔 줄 몰라 했다.

염 파파가 그녀를 외면하고 단옥당에게 말했다.

"나는 이곳에 들르겠다고 했을 뿐, 너에게 다른 약속을 또 해주었더냐?"

"그건, 그건……."

"약속대로 왔으니, 이제 가겠다는 데 할 말이라도 있느냐?"

단옥당이 염 파파를 무섭게 노려보았다. 하지만 다른 조건을 달거나 다른 약속을 받아내지 않았으니 염 파파의 말에 반박할 수도 없다.

그는 소걸을 데리고 있으면 염 파파가 찾아올 것이라고 믿었다. 일단 파파가 오면 저와 주지약이 그녀를 다시 한 번 설득해 볼 작정이었다.

소걸을 붙잡고 있는 한 염 파파는 쉽게 떠나지 못할 것이다. 그러면 여유를 갖고 천천히 설득할 수 있다. 결국 파파를 자신들의 일에 동참시킬 수 있다는 자신이 있었다.

그렇게 단단히 믿었는데 오자마자 그녀가 가겠다고 하니 예상치 못했던 일이라 당황할 수밖에 없었다.

주지약이 마지막 희망이라는 듯 애절하고 간절한 눈길로 소걸을 불렀다.

"당 상공, 소녀는……."

주춤 다가서는 그녀의 코앞에 소걸이 불쑥 손바닥을 내밀었다. 그리고 차갑게 말한다.

"할머니가 왔으니 나도 가려는 거야. 여기는 내 집이 아니잖아."

"당 상공, 상공과 저는 이미 약혼을 한 사이 아닌가요?"

"무슨 약혼?"

"식을 생략하고 예물을 주고받지 않았지만 천금 같은 말로 서로 언약을 하지 않았어요?"

"……."

"그런데 야속하게도 저를 두고 정말 가실 건가요?"

"응."

"믿을 수 없는 게 귓가에 속삭이는 남자의 달콤한 사랑의 말이라더니, 그게 사실인 모양이군요. 흑—"

두 손으로 얼굴을 가리고 흐느낀다.

"어, 어, 그건, 그건……."

그러자 그녀에게서 떠나야 한다고 야무지게 먹었던 마음이 한순간에 무너졌다.

저도 모르게 손을 뻗어 그녀의 어깨를 잡으려던 소걸이 멈칫했다. 할머니를 무섭게 노려보고 있는 단옥당의 얼굴이 눈에 가득 들어온 것이다.

그가 흐느끼는 주지약을 멍하니 바라보았다. 가슴이 찢어지는 듯하다. 하지만 여기서 다시 주저앉을 수는 없다.

'역시 내가 떠나는 것이 할머니를 호랑이 굴에서 벗어나게 하는 길이고, 주 소저를 위해서도 옳은 일이야.'

한숨을 내쉰 소걸이 주지약의 눈물 젖은 얼굴을 외면하고 단옥당의 앞을 가로막았다. 그가 혹시라도 할머니에게 손을 쓸까 봐 가슴이 조마조마했다.

"단 형, 나는 떠나오. 그거야말로 단 형이 원하던 것 아니었어?"

"……."

"그러니 기쁜 마음으로 손 흔들면서 배웅해 줘야지."

2

단옥당의 마음속에도 갈등의 바람이 드세게 불었다.

주지약에게서 소걸을 멀리 멀리 떼어놓아야 마음이 편해진다. 그게

그의 진심이었다. 하지만 그녀가 품고 있는 원대한 뜻을 생각하면 그
럴 수가 없다.

소걸을 보내면 내 마음은 편해지겠지만 주지약은 괴로워할 것이다.
그를 잡아두면 내 마음이 찢어지는 대신 주지약은 기뻐하리라.

'그녀는 정말 이 못난 녀석에게 시집을 갈 것이다.'

그런 생각이 들자 눈에서 불이 났다.

그건 마음에 없는 결혼이다. 목적을 위해서 몸뚱이를 내던져 주는
것과 같지 않은가.

단옥당은 세상에서 가장 소중한 그녀가 그렇게 하는 걸 원치 않았
다. 하지만 조충을 제거하겠다고 한 그녀와의 맹세는 어떻게 한단 말
인가.

그들 네 사람 사이의 분위기가 심상치 않았다. 여차하면 험악한 칼
부림이 날 기세다.

단옥당이 염 파파의 앞을 가로막고 흉흉한 눈길을 던지는데 소걸이
다시 그를 가로막고 서서 이를 악물고 있으니 그렇다.

일이 심상치 않게 돌아갈 기미를 보이자 여기저기 흩어져 있던 장원
의 무사들이 천천히 모여들었다. 황산노자 왕이와 금산반 장금료, 광
풍도 초구랑과 능학빈, 우마도 염 파파 곁에 다가섰다.

장작더미에 기름이 잔뜩 뿌려져 있는 상황이다. 누가 불씨를 던지기
만 하면 걷잡을 수 없이 타오르리라.

"어떤 놈이야? 어떤 놈을 먼저 때려줄까?"

슬그머니 소걸 곁에 다가와 선 우마가 번쩍이는 눈으로 단옥당을 노
려보며 말했다.

"아, 시끄러! 저리 가 있어!"

"쳇, 어린 동생 놈 비위 맞추기는 엊그제 초경 지난 아가씨 비위 맞추기보다 더 어렵단 말씀이야."

능학빈이 투덜거리는 우마를 째려보았다. 저놈이 대체 뭘 알기나 하고서 그딴 소리를 지껄이는 건지 궁금하기도 한 눈치다.

우마가 그 큰 덩치에 어울리지 않게 입을 삐죽거리며 물러서는데, 염 파파의 눈치를 힐끔힐끔 보는 것이 파파에게 무언가 할 말이 있는 것 같았다.

"저리 비켜."

할머니의 손을 잡고 선 소걸이 당당하게 말한다. 단옥당이 잔뜩 눈살을 찌푸렸다.

아직도 그의 마음은 갈피를 잡지 못하고 있었다.

"상공."

흐느끼던 주지약이 눈물로 범벅이 된 얼굴을 들어 처연하게 바라보며 불렀다.

그녀를 보자 다시 소걸의 가슴이 찢어진다. 그가 그런 자신의 마음을 내색하지 않기 위해 이를 악물고 애써 무표정을 가장하며 주지약을 바라보았다.

그녀의 젖은 눈이 한동안 소걸의 얼굴에서 떠날 줄 몰랐다. 새로운 눈물이 주르륵 창백해진 뺨을 타고 흘러내린다.

바르르 떨리던 붉은 입술이 열렸다.

"낭군께서 가는 길을 아녀자가 어찌 막을 수 있겠습니까. 하지만 한 가지만 약속해 주소서. 그러면 웃으면서 보내 드리지요."

"말해보시오."

소걸은 의젓하고 주지약은 처연하다.

왕부에 있을 때에는 턱짓으로 수많은 사람들을 부리던 오만한 군주
였다. 왕부와 대리의 고수들을 거느리고 강호에 나와서도 그들을 눈짓
하나로 부렸다.

대리제일의 고수인 단옥당을 대할 때도 언제나 오연하고 도도하지
않았던가.

늘 자신감에 차 있고 냉랭한 군주.

하지만 지금 그녀는 작고 연약하며 가련한 소녀의 본래 모습으로 되
돌아가 있었다. 그런 반면, 개구지고 툴툴거리기만 하던 철부지 소년
소걸은 마치 천하를 호령하는 장부인 것처럼 그녀 앞에 늠름한 모습으
로 버티고 서 있다.

주지약이 그런 소걸을 한동안 바라보다가 떨리는 음성으로 말했
다.

"소녀와 한 약속은 하늘이 무너지고 땅이 꺼지는 날이 온다 해도 반
드시 지킨다는 맹세를 해주세요."

"조충을 죽이는 일 말이오?"

"그 일은 소녀에게 매우 중요합니다. 하지만 지금은 다른 약속이 더
중요하게 여겨지는군요."

그 말을 하는 주지약의 볼이 부끄러움으로 붉어졌다.

그게 무엇을 뜻하는 건지 모르는 사람은 없다. 소걸도 붉어진 얼굴
을 숙인 채 감히 그녀를 똑바로 바라보지 못했다.

그의 가슴은 쿵쾅거리며 뛰고 있었다.

'어쩌면 주 소저는 정말로 나를 좋아하는 건지도 몰라. 그렇기에 이
렇게 애절하게 매달리는 것 아니겠어?

그런 생각이 들어서이다.

소걸은 그녀가 오직 조충을 죽이겠다는 일념에 사로잡혀 농담처럼 던졌던 자신의 말을 심각하게 받아들였다는 걸 잘 알고 있었다.

그것이 비록 자신을 던져서 목적을 이루려는 마음에서 비롯된 것이라 해도 지금 그녀가 이렇게 그때의 약속에 매달리니 그 약속이 진실이고 조충은 핑계였던 것 같다는 착각에 빠진다.

"보내줍시다."

단옥당이 침중한 음성으로 불쑥 말했다.

"소생에게는 염 파파를 붙잡을 능력이 없고, 군주께서는 당 형제를 잡아둘 힘이 아직 부족한 듯합니다."

주지약이 눈물 어룽거리는 눈길로 주위를 돌아보았다.

황산노자 등과 자신의 수하 무사들이 첨예하게 대치하고 있다. 염 파파는 아무것도 모른다는 듯 무심한 얼굴로 하늘을 바라보고 있을 뿐인데 그녀에게서 느껴지는 기운은 없다.

'과연 홍염마녀 염빙화다.'

그런 감탄을 절로 하게 되었다. 저렇게 스스로의 기운마저 감추고 드러내지 않을 정도가 되려면 초절정고수로도 부족할 것이다. 염 파파는 이미 그런 경지마저 뛰어넘어 신선을 바라보는 단계에 이르러 있을 거라는 짐작이 선다.

단옥당이 비록 천하에서 그 적수를 찾아보기 힘들 만큼 뛰어난 고수라고 해도 역시 염 파파를 상대하기에는 어려울 거라는 생각을 하지 않을 수 없다.

게다가 소걸이 저렇게 버티고 있지 않은가. 그의 무위가 단옥당의 십 초를 견뎌낼 만큼 대단하니 자신의 수하들로는 그와 황산노자 등을 제압할 수 없을 거라는 판단이 섰다.

결국 소걸이 마음을 돌리지 않는 이상 막을 수 없다는 결론을 낼 수밖에 없었다.

그리고 소걸은 마음을 돌릴 것 같지 않다.

애써 속마음을 감추고 무표정을 가장한 채 물끄러미 그녀를 바라보던 소걸이 천천히 말했다.

"좋소, 주 소저의 마음이 그와 같다면…… 그때 그 정자 위에서 소저에게 했던 나의 약속은 언제까지나 유효하오."

"감사합니다. 소녀의 약속도 그렇답니다. 그러니 하루빨리 상공께서 돌아와 소녀의 손을 이끌고 혼례청으로 데려가기를 기다리고 있겠어요."

주지약의 얼굴이 부끄러움으로 목덜미까지 붉어졌다.

"기어이 그 아이와의 약속을 지킬 셈이냐?"

할머니의 걱정 가득한 얼굴을 바라보던 소걸이 머리를 끄덕였다.

"사내대장부가 빈말이라도 한 번 약속을 했으니 목에 칼이 들어와도 지켜야 하지 않겠어요?"

"신의를 버리지 않겠다, 이거냐?"

"그래야 영웅호한이라고 할 수 있겠지요."

"흥! 네 녀석이 무슨 영웅호한이야? 너는 그냥 불선다루의 말썽꾸러기 다동일 뿐이다!"

"쳇, 할머니는?"

소걸이 금방 토라져서 눈을 흘기고 입을 삐죽 내밀었다.

"내 말을 잘 들어라. 그 아이가 너를 그토록 묶어두려는 건 네가 정말 좋아서가 아니야. 너 하나는 감쪽같이 속였을지 몰라도 다른 사람들은 모두 알아."

"나도 알아요."

소걸이 탄식하고 힘없이 말했다.

"내가 바보가 아닌데 그녀의 마음을 어찌 모르겠어요? 그녀는 약속으로 나를 묶어두고 이용하려는 거지요."

"잘 알면서도 굳이 지키려는 거냐?"

"내 말에 대한 책임을 지려는 거예요. 할머니가 할아버지에게 늘 말했잖아요? '사내라면 제 말에 책임을 져야지!' 그러면 할아버지는 꼼짝하지 못했지요. 히히―"

"고얀 놈."

눈을 흘기는 염 파파의 마음속에는 소걸에 대한 대견함이 가득했다. 그가 어느덧 당당한 한 사람의 사내 구실을 하려는 것 아닌가.

약속의 중요함을 알고, 반드시 그것을 지키겠다는 결심을 하는 것. 그것이야말로 아이의 탈을 벗고 떳떳한 사내로 다시 태어나는 첫걸음이다. 그러니 약속의 중요함을 알지 못하는 자는 아무리 나이를 먹었다고 해도 여전히 아이의 탈에서 벗어나지 못한 자라 할 것이다.

결과를 장담할 수는 없다. 하지만 최선의 노력을 다하는 모습만은 잃지 말아야 한다. 소걸은 바로 그런 모습을 염 파파에게 보여주고 있었다.

파파가 소걸의 볼을 쓰다듬었다.

"그래, 너는 이제 어엿한 사내대장부가 되었구나. 네 생각이 그렇다면 할미가 어찌 막을 수 있겠느냐. 부디 네 뜻을 이루고 주지약을 꼭 붙잡아놓기 바랄 뿐이다."

“그런데 걱정이 있어요.”

“응? 뭐가?”

“청운관의 도향이도 자꾸 생각이 나거든요. 히히—”

“이런, 고얀 녀석.”

매섭게 째려보던 염 파파가 문득 생각났다는 듯 넌지시 떠본다.

“그래, 당가보의 그 꼬마 계집애는 생각나지 않고?”

“예향이요? 에구, 제가 언제 그런 코흘리개를 키워서 데리고 다니겠
어요? 그냥 다 큰 도향이가 낫지.”

“에잇, 괘씸한 놈 같으니!”

그 말에 염 파파가 사정없이 소걸의 뒤통수를 후려쳤다.

3

“능 아저씨가 수고를 좀 해주셔야겠어요.”

“뭘?”

“가장 빠른 수단으로 할아버지에게 연락을 해주실 수 있죠?”

“가능하지.”

“그럼 당장 해주세요. 할머니가 불선다루로 돌아가시고 싶어한다
고.”

“응?”

능학빈에게는 의외의 말이었다. 그가 탐색하는 눈길로 소걸의 표정
을 살피며 조심스럽게 물었다.

“왜? 파파께 무슨 일이라도 생긴 거냐?”

“그런 건 아니고요. 그냥 강호 나들이가 이제 지겨우신가 봐요.”

"그럼 내가 모시고 돌아가면 될 텐데 무엇 때문에 당 노신선께 알린 단 말이야?"

"할머니께 물어보고 올게요. 능 아저씨가 궁금해하니 가르쳐 드리라 고."

"어이구, 됐다. 됐어. 내가 금방 다녀오마. 사흘이면 기별이 갈 거 야."

능학빈이 제 머리통을 감싸 쥐고 날듯이 사라졌다.

그는 동창에 연결되어 있는 정보원들과 접촉할 것이다. 그들은 세상 구석구석에 널려 있으니 작은 마을에만 들어가도 그들만의 비밀 기호 로 쉽게 접촉이 된다.

그들에게 자신의 신분을 밝히고 지급을 요한 다음에 말을 전하면 그 것이 동창의 상층부로 전해지는데, 천하의 어느 곳에 있든지 길면 닷 새, 보통 사흘이면 충분했다.

그러니 절강에서 장안성까지라면 사흘도 느긋하게 잡은 것이다.

염 파파는 마차에서 내려와 한적한 소나무 그늘 아래 앉아 쉬는 중 이었다.

저쪽에서 우마가 소걸과 파파의 눈치를 힐끔거리며 엉덩이를 들썩 거렸다.

"저놈을 데려와라."

염 파파의 말에 소걸이 손가락을 까닥거렸다. 그것을 본 우마의 입 이 헤벌쭉 벌어졌다.

그가 쿵쿵거리며 달려오는데, 황소 한 마리가 벌떡 일어나 두 발로 씩씩하게 뛰어오는 것 같았다.

"왜?"

“흥, 다 알면서 내숭은.”

소걸이 매섭게 흘겨보았다. 우마는 제 뒤통수를 긁적거리며 히죽 웃을 뿐이다.

“나에게 할 말이 있지?”

염 파파가 비로소 그에게 말을 건넸다. 기문현의 찻집에서 본 이후 처음인지라 우마의 입이 다시 헤벌쭉 벌어졌다.

“너도 나를 만나기 위해서 왔으니 나를 어디로 데려가려는 것이냐?”

“그 썩을 놈들은 그랬지만 나는 아니오.”

“그럼 무엇 때문에?”

“그게 저기……..”

“말을 해봐.”

하지만 정작 염 파파 앞에서 우마는 머뭇거리고 눈치를 볼 뿐이었다.

그가 소걸을 힐끔힐끔 곁눈질하기만 할 뿐 좀체 말을 꺼내지 않자 답답해진 염 파파가 재촉했다.

“흥! 만약 지금 말하지 않는다면 너는 평생 나에게 말할 기회가 없을 것이다.”

“아, 하겠소, 해. 그러면 될 거 아냐, 제기랄.”

손을 내두른 우마가 그래도 망설여지는지 몇 번 헛기침을 하고 나서야 겨우 말했다.

“나는 파파하고 싸워보려는 거요.”

“뭐라고?”

소걸이 발끈해서 소리치고 나섰다.

“너, 곰탱이가 드디어 미친 거냐? 감히 할머니께 그런 말을 하다니!”

“가만있어 봐라.”

소걸을 말린 염 파파가 우마를 뚫어지게 바라보며 물었다.

“까닭이 있겠지? 그게 뭔지 말해봐라. 그래서 타당한 이유라고 생각되면 네 말을 들어줄 수도 있지.”

“히—”

우마의 입이 다시 헤벌쭉 벌어진다. 그가 제 코를 가리키고 말했다.

“그럼 내가 싸우자고 할 때 싸워줄 거요?”

“글쎄 이유를 알아야지.”

“청부를 받았거든.”

“뭐라고?”

너무 뜻밖의 말인지라 소걸이 놀라 소리쳤다.

“너, 지금 제정신이냐?”

우마는 태연하기만 하다. 제가 한 말이 무슨 의미인지도 모르는 것 같았다.

“많은 돈을 받았다. 그러니 나는 파파를 죽여야 해.”

“이놈!”

저쪽에서 귀를 쫑긋 세우고 엿듣던 황산노자와 금산반 장금료, 광풍도 초구량이 버럭 소리치고 몸을 날려 덮쳤다.

세 사람의 장력이 우마의 거대한 몸에 집중되자 펑! 하는 요란한 소리가 났다.

그들의 장력을 아무 방비도 없이 등과 어깨에 고스란히 맞았지만 우마는 그저 주춤 반걸음 앞으로 밀려 나왔을 뿐 끄떡없다.

"제기랄, 빌어먹을 벼룩이 같은 놈들아. 귀찮게 하지 말고 조금만 기다려 봐."

그가 돌아보지도 않고 툴툴거렸다.

그의 등 뒤에 내려선 세 사람은 어이가 없었다. 깜짝 놀라 몸을 날리며 창졸간에 쳐낸 일격이었다 해도 그 위력이 바위를 부술 만한 것이다. 그런데 그것을 맨몸으로 고스란히 받아내고도 아무렇지 않은 우마에 대한 놀람이 그들의 다리를 붙들었다.

"이 어르신이 파파와 한가롭게 얘기하고 있는데 지랄발광을 떨다니? 뒈지고 싶으면 줄 서서 기다려, 한 놈씩 차례차례 때려줄 테니까."

"흘흘—"

우마의 어눌한 말에 염 파파가 재미있다는 듯 웃었다.

"그래, 이놈의 말을 듣는 게 좋겠다. 이놈에게 더 물어보고 싶은 것도 있으니 기다려라."

파파의 말에 황산노자 등이 분한 기색을 감추고 물러섰다. 염 파파가 귀엽다는 눈으로 우마를 이리저리 훑어보더니 다시 물었다.

"그래, 누가 너에게 나를 죽이라고 하더냐?"

"알면 뭐 하시려고? 복수하시려고?"

"죽을 땐 죽더라도 나를 죽이려는 자가 누구인지는 알고 죽어야 덜 답답할 거 아니겠느냐?"

"그건 그런 것 같은데……."

우마가 곤란한 듯 제 머리를 긁적였다. 말해야 하는 건지, 말아야 하는 건지 판단에 어려움을 겪는 것이다.

스스로 살수 노릇을 하러 왔다고 했는데 누가 자기를 보냈는지 밝히는 건 살수의 본령에서 벗어나는 것 아닌가.

하지만 염 파파의 말 또한 크게 공감하는 바라 뿌리치기 어렵다.

"내가 맞춰볼까? 맞으면 머리를 끄덕이고 아니면 가로저으면 되잖아?"

"그래, 그게 좋겠군요!"

우마가 손뼉을 치며 좋아했다. 제 생각에도 염 파파의 제안이 그럴듯했던 것이다. 둘러치나 메치나 매한가지라는 걸 모른다.

"흘흘, 민산에 있다는 지옥혈이지?"

"엇!"

우마가 깜짝 놀라 눈을 휘둥그레 떴다.

"아니, 파파는 그걸 어떻게 아셨소?"

"흘흘. 이놈아, 귀신을 속이지 나를 속이려고? 나는 네놈이 갑자기 그 찻집에 나타났을 때부터 짐작하고 있었느니라."

"음, 사람이 늙으면 저절로 여자는 여우가 되고 남자는 구렁이가 된다던데, 파파는 너무 늙어서 이제는 귀신이 된 모양이구려."

"지옥혈이 암흑천교의 청부를 받고 당 늙은이와 나를 죽이려 한다는 걸 안 지 오래됐다. 언제 오나 했는데 이제야 왔군."

"그런데 척 보자마자 내가 거기서 왔다는 걸 어떻게 알았수?"

"너 같은 놈이 강호에 선혀 알려져 있시 않으니 이상한 일 아니냐? 게다가 네 말투에 사천 북쪽의 억양이 묻어 있으니 뻔하지."

"그런가?"

우마는 그 특이한 외모와 신체적 능력 때문에 어디에 가든지 당장 강호의 눈길을 한 몸에 받았을 것이다. 그런데 그날 찻집에 모였던 자들 중 누구도 그를 알지 못했으니 이상한 일이 아닐 수 없었다.

"너는 처음 강호에 나온 자가 분명하다. 그리고 강호에 나오자마자 나를 찾아왔으니 분명 좋지 않은 뜻을 품은 놈이지. 하긴, 좋은 뜻을 품고 나를 찾아올 놈들은 세상천지에 아무도 없을 거야."

"그래서?"

"너는 줄곧 배를 타고 이동했지? 내 생각이 맞는다면 아마 민강(岷江)을 타고 낙산(落山)까지 내려온 다음에 다시 장강을 타고 내륙을 동쪽으로 멀리 돌아 악양을 거쳐 무한으로 왔겠지?"

"……!"

"그리고 무한에서 나를 만나려 했는데 하루나 이틀 사이로 놓쳤을 거야. 그래서 다시 배를 타고 남경까지 서둘러 갔지? 아마 네가 왔을 때쯤에는 무한이 시끌시끌해졌을 거야. 그래서 내 소식만 전해 듣고는 서둘러 떠났겠지. 그렇지?"

염 파파는 마치 우마와 동행하기라도 했던 것처럼 말했다.

"남경에서 절강까지는 운하가 아주 잘 뚫려 있으니 그것을 이용해 나를 충분히 따라잡을 수 있었을 거야. 기문현까지도 물길이 계속 이어지니 여전히 사람들의 눈을 피해 이동해 올 수 있었겠지. 물길을 갈 아타기 위해 어쩔 수 없이 육로로 이동해야 했을 때는 밤중에 은밀하고 재빨리 움직였을 거고. 그렇지 않으냐? 그래서 기문현에서 나에게 찾아왔을 때 아무도 너를 알아보는 자가 없었던 거야."

"허! 파파는 이제 보니 사람이 아니라 귀신이었군?"

우마가 입을 딱 벌렸다. 염 파파가 자신의 행로를 마치 눈으로 본 듯 말했기 때문이다.

지옥혈에서는 그를 내보내며 그렇게 배를 타고 갈 것을 명령했다. 육로로 가는 것보다 사람들의 눈에 띌 일이 적기 때문이다. 그래서 우마는 내륙을 가로지르는 긴 행로를 내내 배 안에서만 보냈는데, 그 일을 염 파파가 모두 꿰뚫고 있으니 기가 막혔다.

"그래, 이제 모든 게 드러났으니 지금 여기서 나를 죽이려느냐?"

염 파파의 말에 우마가 당황해서 어쩔 줄 모르고 쩔쩔맸다.

"그런데 이상하군. 어째서 너 같은 놈을 살수로 보냈을까? 네가 살수 짓을 잘할 수 있다고는 도저히 믿어지지 않는데 말이야."

"쳇, 나는 살수가 아니오."

"응?"

다시 엉뚱한 소리다. 그래서 염 파파가 의아해서 바라보았다. 우마가 심통난 자처럼 입을 내밀고 말했다.

"나는 무사야. 강족의 무사다. 살수 짓은 안 해. 지옥혈은 살수 짓 안 한다."

"그럼 무사는 무사인데 청부를 받아야 움직이니 청부업자인 게로군?"

역시 그게 그 말이다. 하지만 우마는 만족한다는 듯 크게 머리를 끄덕였다.

"그렇지, 청부업자. 살수 아니다."

"오라, 그래서 당당하게 나에게 싸우자고 한 거로구나?"

"살수가 아니니까. 뒤에서 찌르는 비겁한 짓은 안 해. 싸워서 죽인다."

"그래? 자신이 있는 모양이구나?"

"우마는 강하다. 강족제일의 용사다. 한 번도 져본 적이 없다."

"흘흘, 이게 아주 귀여운 구석이 있는 놈이라니까?"

염 파파가 흐뭇한 얼굴로 우마를 바라보았다. 그런 파파를 마주 보던 우마가 머리를 갸웃거렸다.

"그런데 싸울 수 없겠다."

"왜?"

"저놈 때문에 그렇지."

소걸을 가리키며 말하는데 얼굴 가득 곤혹스럽고 난감해하는 기색이 어렸다.

"소걸이 때문에? 어째서?"

"저놈은, 저놈은…… 내가 아는 누구를 꼭 닮았다. 그래서 나는 깜짝 놀랐지. 정말 이상하단 말이야."

머리를 갸웃거린다.

"저놈이 그와 같고, 파파가 저놈의 할머니라니 그럼 파파는 우리 식구인 건데……. 이상하다. 왜 파파를 죽이라고 했을까? 우리 강족은 절대로 동족을 죽이지 않는다."

말이 사뭇 헷갈리고 있다. 말하는 중에 어느새 염 파파와 소걸이 강족이 되어버렸지 않은가.

염 파파가 어이없다는 듯 피식 웃었다. 그러나 소걸은 그렇지 않았다. 그가 크게 놀라 우마의 깍지동이 같은 팔뚝을 꽉 붙들었다.

"내, 내, 내가…… 누구를…… 닮았다고?"

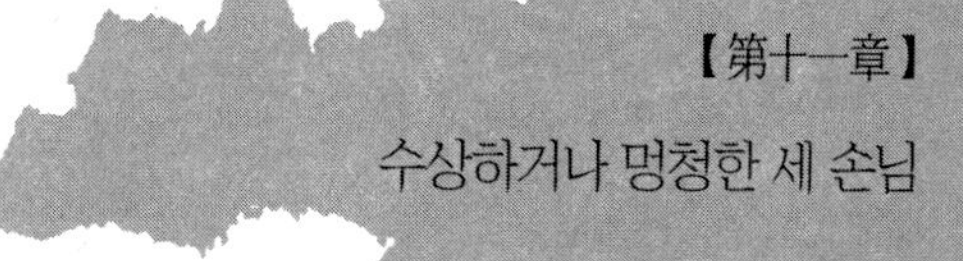

【第十一章】

수상하거나 멍청한 세 손님

1

그 무렵, 그곳에서 수천 리나 떨어진 사천의 외진 곳에서도 민산(岷山)을 떠나는 세 사람이 있었다.

사천 북쪽을 동서로 길게 가로지르는 민산 산맥의 영봉인 설보정(雪寶頂) 아래. 세 사람이 만년설에 덮인 봉우리를 뒤로하고 말 머리를 나란히 한 채 강호를 향해 천천히 나아가고 있었다. 말들이 머리를 끄덕이며 허연 콧김을 훅훅 내뿜었다.

왼쪽에 있던 지가 멀어지는 설보정을 돌아보았다. 살짝 들어올린 죽립 아래 드러난 눈빛이 칙칙하게 가라앉아 있다.

"돌아보지 마라."

가운데의 죽립인이 낮게 꾸짖었다.

지옥혈의 무사, 강족의 무사에게 뒤돌아보는 일 따위는 있을 수 없다. 좋은 일이든 나쁜 일이든 마찬가지다. 오직 앞을 보고 나아가야 한다.

어렸을 때부터 그렇게 교육받고 혹독한 수련 속에서 자신을 단련해 온 지옥혈의 무사들은 그런 생각이 뼛속에 깊이 박혀 있었다.

세상은 그들을 악마 같은 살수라고 불렀지만 그들 자신은 한 번도 그렇게 생각해 본 적이 없었다. 지옥혈이라 불리는 집단에 속해 있는 자라면 누구나 그렇다.

그들 모두가 옛날부터 용맹한 전사(戰士)가 많이 나오기로 유명한 강족(羌族)들인 것이다.

성정이 순박하고 단순용맹한 기질을 가진 사람들. 그들 강족은 사천의 고립된 지리적 조건을 이용해 진한 무렵 성도에 대성국(大成國)을 건국했었다.

동진에 의해 멸망되기까지 반세기 동안 사천성 일대를 지배했던 대성국의 역사는 자신들의 국가를 건설했다는 자부심으로 아직도 강족의 기억 속에 남아 있었다.

대성국의 멸망 이후 산간벽지로 쫓겨난 강족은 드디어 야만족이라는 낙인마저 찍혀 천대받는 처지로 전락하고 말았다.

살기 위해서는 한족의 행세를 해야 하고, 그게 싫으면 산속에서 나오지 말아야 한다. 그 비참한 현실에서 벗어나고자 그들 스스로 지옥혈이라는 막강한 살수 집단을 만들어 냉혹한 검을 휘두른 지 벌써 이백 년 가까이 된다.

그들의 목표는 잃어버린 옛날의 영광을 되찾겠다는 그 하나였다.

그것을 위하여 더 지독해지기 위해 스스로를 괴롭혔고, 동족을 위해 피를 뿌리는 것을 최상의 영광으로 여기며 살아왔다.

때문에 세상 사람들이 살수라고 부르며 혐오해도 그들 스스로는 강족의 무사라는 자부심을 한시도 잊어본 적이 없었다.

무조건 강해져야 한다. 그게 강족의 무사가 해야 할 일이다.

"우리는 강족의 무사다."

"승리가 아니면 죽음이 있을 뿐, 패배란 있을 수 없다."

가운데 죽립인의 말을 받아서 오른쪽에 있던 자가 그렇게 다짐했다.

떠나온 곳을 뒤돌아보았다가 꾸중을 들은 왼쪽의 사내가 다시 죽립을 눌러쓰며 투덜댔다.

"그래도 육십 년 만에 고향을 떠나는 거잖아."

지난 육십 년 동안 지옥혈은 문을 굳게 닫고 한 번도 강호로 사람을 내보낸 적이 없었다. 그래서 잊혀지고 있던 중인데 오늘 그 문이 열렸다.

불패장도(不敗長刀) 장략(張掠), 기환십표(奇幻十鏢) 육편철(陸片鐵), 환검(幻劍) 고숭(高嵩).

혈지삼살(血地三殺)이라 불리는 그들 세 명은 지옥혈의 살수들 중에서도 특출난 자들이라 특별히 발탁되었다. 육십 년 만에 강호로 나가는 지옥혈의 선봉장 역을 맡게 된 것이다.

'우리의 전통에 오점을 남기지 마라.'

그것이 당대 지옥혈의 종사인 혈제(血帝) 뇌조령(雷鳥靈)이 본가를 떠나는 혈지삼살에게 해준 유일한 말이었다.

장안성으로 들어가기 위해서는 황망령을 넘는 게 가장 빠른 길이다.

지독한 흙바람, 그리고 가도 가도 끝날 것 같지 않은 황토의 언덕들.

그곳에 발을 들여놓으면 말도 지치고 사람도 지친다. 아무리 혈통 좋은 명마라 한들 소용없고, 아무리 절정의 고수라고 해도 마찬가지다.

황망령에 발을 들여놓은 사람들이 지칠 대로 지쳐서 진저리를 칠 때 신기루처럼 눈앞에 다가오는 것이 '불선다루(不善茶樓)'였다.

"정말 지독하군. 설보정 꼭대기에서도 이런 바람은 만나볼 수 없을 거야."

혈지삼살의 막내인 환검 고승이 입 안 가득 버석거리는 흙먼지를 침과 함께 뱉어내고 투덜거렸다.

맏이인 불패장도 장략은 이 삭막한 황망령만큼이나 삭막하다. 몸과 마음이 지칠 대로 지쳤으련만 한마디도 내색하지 않았다.

둘째인 기환십표 육편철이 환검 고승의 말을 받았다.

"며칠 늦더라도 대동으로 돌아갔어야 했어. 다시는 이 길을 가지 않을 테다."

그의 음침한 성격만큼이나 음성도 올빼미가 낮게 울듯 음산하고 눈빛은 더욱 그랬다.

그때 서 있는 것마저 힘들게 하는 그 지독한 흙바람 속에서 딸랑거리는 방울 소리가 들려왔다.

자신들 말고도 이 지독한 바람 속에 황망령을 넘는 사람이 있다는 게 신기하게 여겨졌다.

혈지삼살은 말고삐를 움켜쥐고 서서 방울 소리가 들려오는 누런 바람 저쪽을 뚫어지게 바라보았다.

흥얼거리는 콧노래가 바람에 실려오고 드디어 흐릿한 형체가 보였다.

노새에 걸터앉아 있는 한 사람.

키가 작고 몸집도 작은 노새는 이 바람에 익숙한 듯 머리를 끄덕이며 여유있게 다가왔다.

그 위에 앉아 있는 사내도 그렇다. 마치 미친 듯한 흙바람을 즐기는 듯했다. 쓰나마나한 죽립은 아예 벗어버렸고, 찢어질 듯 펄럭여서 귀찮기만 한 피풍도 벗어서 허리에 묶었다.

얼굴 가득 누런 흙먼지가 덮여서 흙을 빚어 만들어놓은 것 같은 몰골을 하고서도 태평스럽게 술병을 기울이고 있다는 게 신기하기만 했다.

흙먼지를 안주 삼아 씹어 먹는 재주라도 있는 것 같다.

그 기이한 몰골과 행동 때문에 혈지삼살은 어떤 위압감마저 느끼고 있었다. 다가오는 사람에게서 눈길을 떼지 못한다.

긴 말상의 얼굴에 키가 훌쩍 크고 깡말라서 강퍅해 보이는 사내인데, 혈지삼살은 그가 팔비충(八臂蟲)으로 불리는 대마인 천종(千鍾)이라는 걸 알지 못했다.

"이 바람 속에서 황망령을 넘으려는 이상한 사람들이 다 있네?"

천종이 술 냄새를 풀풀 풍겨가며 혼잣말처럼 중얼거렸다.

원래 살벌하기만 할 뿐 말이 없는 첫째 불패장도 장락은 죽립 안에서 눈살을 찌푸렸고, 음침하고 속 깊은 둘째 기환십표 육편철은 낯선 사내가 어떤 자인지 탐색하느라 대꾸할 마음이 없었다.

그래서 그중 쾌활한 셋째 환검 고숭이 두 사형을 대표해 나섰다.

"당신도 황망령을 넘으려는 것 아닌가?"

"히히, 틀렸다네. 나는 쉬러 가려는 것이지."

"쉬러 간다고? 이 빌어먹을 곳에서?"

"허, 아직 모르는 모양이군. 저 위에 오래된 다루 하나와 새로 생긴 객잔 하나가 사이좋게 서 있다는 걸 말이야."

"응?"

천종의 그 말에 혈지삼살이 모두 눈을 크게 떴다.

"아니, 이 황량한 곳에 다루며 객잔이 있다고?"

"흘흘, 이제 보니 여기가 초행인 촌사람들이었구만."

천종이 실실 웃음을 흘리며 깔보듯 세 사람을 훑어보았다. 그 조롱에 발끈하련만 혈지삼살은 침묵할 뿐이다.

'이놈이 수상한 놈이로군.'

그런 생각이 들어서였다.

힐끔힐끔 훔쳐보는 천종의 눈 깊은 곳에서 가끔씩 사악하고 음침한 빛이 번쩍이는 걸 놓치지 않은 것이다.

게다가 느물거리는 말투며 행동거지가 예사 사람은 아니었다.

'강호인. 그것도 고수다.'

'사악한 놈이야. 어쩌면 우리보다 더할지도 모르겠는데?'

'강도가 아닐까?'

그런 의문이 혈지삼살의 머리 속에 동시에 떠올랐다.

"그냥 넘어갈 거야? 내 생각에는 다루에 들러서 바람이 잠잠해질 때까지 쉬어 가는 게 좋을 것 같은데?"

"……."

"싫으면 말구."

눈을 흘긴 천종이 다시 콧노래를 흥얼거리며 노새를 몰아 흙바람 속으로 천천히 나아갔다.

머지않아 날이 어두워질 것이다. 이 미친 바람 속에서 날마저 어두워진다면 더욱 견디기 힘들리라.

대살 장략이 보일 듯 말 듯 턱을 끄덕였다. 그 즉시 삼살 고승이 큰소리로 천종을 불렀다.

"기다리시오! 당신 말대로 다루든 객잔이든 들러서 하룻밤 쉬어 가겠소!"

2

"제기랄, 이러다가 모두 굶어 죽는 거 아냐?"

턱을 괴고 졸던 귀수독인(鬼手毒人) 막세풍(莫洗風)이 머리통을 떨어뜨리고 깜짝 놀라 깨어나서 두리번거리다가 중얼거린 말이다.

보이는 건 다루 가득한 나른한 어둠이고 들려오는 건 창문을 두드리다 못해 이제는 다루마저 흔들어대고 있는 고약한 바람 소리뿐이다.

그 지독한 바람에 섞인 모래 알갱이들이 나무 벽을 때리는 소리가 마치 대나무 숲에 우박 떨어지는 소리처럼 요란했다.

저쪽 구석에서 탁자 위에 턱을 처박고 코마저 골던 왜타자 강명명이 게슴츠레한 눈을 뜨고 막세풍을 바라보았다.

"막 형님, 귀찮게 하는 손님이 없으니까 이렇게 편히 쉴 수 있지 않수? 난 좋기만 한데 그러셔."

"쌀 떨어져 가잖아."

"몇 놈 내려보내면 될 일 아니오. 하룻밤이면 열 수레라도 꼭꼭 채워서 싣고 올라올 텐네 뭘."

"우리가 강도냐?"

"뭐, 꼭 그렇지는 않지만 또 아니라고 하기도……."

딱ㅡ!

"아코!"

막세풍이 냅다 집어 던진 찻잔에 이마빡을 정통으로 얻어맞은 강명명이 비명을 터뜨렸다.

"이 쥐방울만한 것이 어따 대고 또박또박 말대꾸야! 내가 좋게 좋게 웃으며 대해주니까 만만해 보인다 이거냐?"

"아이고, 형님. 무슨 그런 말씀을. 무조건 잘못했습니다."

벌떡 일어난 왜타자 강명명이 툭 불거진 이마를 문지르며 굽실굽실 절을 했다.

살살 기어오를 때는 기어오르더라도 이렇게 막세풍이 정색을 하고 화를 낼 때는 그저 납작 엎드리는 것보다 좋은 수가 없다는 걸 잘 알고 있는 것이다.

하지만 마음속에서마저 불만이 싹 사라질 리는 없다.

'그럼 우리가 성인군자라도 된다는 거야? 쳇, 목은 내버려도 근본은 내버릴 수 없는 거 아니겠어? 달리 제 버릇 개 못 준다는 말이 있느냐 이 말씀이야, 내 말은.'

한동안 살인을 하지 않았더니 벌써부터 온몸이 근질거려 견디기 힘든 왜타자였다.

생각 같아서는 당장이라도 황망령 밖으로 나가 마음껏 노략질에 살인을 하고 싶지만, 묘강 독왕곡의 노독물인 눈앞의 귀수독인 막세풍과 모두의 대형 격인 서천금편(西天金鞭) 추괴성(秋傀星)이 무서워 겨우 참고 있는 중이었다.

왜타자가 굽실거리며 그렇게 속으로 투덜거리고 있을 때 다루의 문이 벌컥 열렸다. 매서운 흙바람이 폭풍처럼 밀려들고 천종이 불쑥 들어섰다.

"손님 모시고 왔다."

"응? 손님?"

왜타자는 뚱하고, 저쪽에서 막세풍이 반색을 하고 일어섰다.

보니까 과연 천종의 뒤로 세 명의 흑의죽립인이 서 있었다. 그들의 특이한 옷차림 때문에 '동창인가?' 하는 의문이 잠깐 들었지만 상관없다.

"뭐 하고 있어? 어서 손님 모시지 않고!"

일할 수 있게 되어서 즐거워 죽겠다는 듯 막세풍이 싱글벙글했다. 왜타자도 제 얼굴을 한 번 문질러서 뚱한 기색을 활짝 웃는 낯으로 바꾼 뒤 굽실거렸다.

"헤헤, 정말 오랜만에 보는 손님이로군요. 자, 자, 이리로 앉으시죠. 조금만 기다리십쇼. 금방 물수건이랑 따뜻한 차를 올립죠."

어깨에 두르고 있던 수건으로 탁자 위의 먼지를 탁탁 털어내며 호들갑을 떨었다.

추괴하게 생긴 꼽추노인이 그처럼 곰살궂게 구는 게 오히려 더 이상하다. 입은 찢어질 듯 웃고 있는데 눈빛은 살벌하기 짝이 없으니 더욱 그렇다.

서로 눈짓을 나눈 혈지삼살이 왜타자가 안내하는 탁자에 둘러앉았다.

"이곳은 다루라 차밖에 없습죠. 값은 좀 비싸지만 최상품이랍니다. 차를 끓여내는 우리 다박사(茶博士)의 솜씨 또한 최상급이라 아주 만족하실 겁니다. 그렇고말고요."

강명명이 그답지 않게 수다를 떨며 실실 웃었다.

"그런데 무슨 차를 올릴깝쇼?"

"술이며 밥은 없소?"

"그건, 밖으로 나가서서 왼쪽으로 돌아 오십삼 보 반걸음을 가면 불선객잔 문에 코를 부딪치거든요? 거기 가서 물어보면 정확한 대답을 들으실 수 있을 겁니다. 예."

"네가 다녀와라."

둘째 육편철이 들릴 듯 말 듯 말했고, 첫째 장략이 차를 주문했다.

"철관음을 주시오."

"탁월한 선택이십니다. 이렇게 지랄맞은 날씨로 목이 꽉 막혔을 때는 그저 맑은 철관음 한 주전자로 속까지 씻어내는 게 최곱죠. 잠시만 기다리십시오."

왜타자가 후다닥 주방으로 달려들어 가는 것과 함께 막내 고숭이 슬그머니 일어나 밖으로 나갔다.

육편철의 말뜻은 이곳이 수상하니 객잔이라는 곳의 동정도 한 번 살펴보고 오라는 것이었다.

그래서 매서운 바람을 무릅쓰고 잰걸음으로 불선객잔으로 가 벌컥, 문을 열어젖힌 고숭이 눈을 크게 떴다.

"어?"

"어서 옵쇼, 손님."

들어서자마자 기다리고 있었다는 듯 머리를 꾸벅 숙이고 친절이 도가 지나칠 만큼 상냥하게 말하는 자는 바로 왜타자 강명명이었다.

"안으로 들어오시지요. 따뜻한 방도 있습니다."

"아, 아니, 당신…… 조금 전에……."

고숭이 왜타자를 가리키고 불선다루가 있는 바깥을 가리키며 어물거렸다.

"다루에 계셨던 손님이 주루에 왔는데, 다루에 있던 그 손님과 주루에 막 찾아온 손님이 똑같이 생겼다고 해서 이상할 게 없듯 다루의 다

동이든 객잔의 점소이든 똑같이 생긴 게 뭐 이상하겠습니까?’

되는대로 지껄이는 어지러운 말이 결국은 저를 놀리는 말장난 아닌가. 그래서 얼굴이 벌게진 고숭이 ‘흥!’ 하는 코웃음을 치고는 재빨리 돌아서서 객잔을 나갔다.

‘어디, 네놈이 쌍둥이가 아닌 다음에야 이번에도 나를 놀릴 수 있는지 보자.’

이런 생각이 되어서 미친 바람보다 더 빠르고 맹렬한 경신법을 발휘해 오십삼 보 반걸음의 거리를 단숨에 접고 후딱 다루 안으로 뛰어들어 왔다.

“아이구, 손님. 바쁘게 왔다 갔다 하는 걸 보니 혹시 뒤가 급하신 거 아닙니까? 측간은 다루를 나가 오른쪽으로 육십삼 보 떨어진 흙담 곁에 있는뎁쇼?”

“으헉!”

고숭이 귀신을 본 듯 기겁을 하고 주춤 물러섰다.

코앞에서 팔뚝에 흰 수건을 걸치고 서서 히죽히죽 웃고 있는 자가 여전히 강명명이었기 때문이다.

“차 올려라!”

주방에서 막세풍이 소리쳤다. 강명명이 고숭에게 눈을 찡긋해 보이고 빠르게 속삭였다.

“저 다박사의 성깔이 보통 고약한 게 아니라우. 서른 잔에 한 잔씩 꼭 차에 독을 풀어서 내놓는데, 멋모르고 그걸 마셨다가 죽은 사람이 한둘이 아니오.”

“흡!”

“숨어서 그걸 구경하는 게 취미라나 뭐라나. 어쨌거나 고약하지 않소?"

"……!"

"그런데 어제까지 몇 잔이나 만들었더라? 스물일곱이었던가 여덟이었던가. 에구, 나이를 먹으니 당최 기억력이…… 아무튼 조심하구려."

겁먹은 눈알을 뒤룩거리는 고승이 귀엽다는 듯 누런 이를 드러내고 히죽 웃어준 왜타자가 뒤뚱거리며 주방으로 달려갔다.

"객잔은 어떻더냐?"

고승이 넋이 나간 얼굴로 탁자에 앉자 육편철이 속삭여 물었다. 고승이 머리를 설레설레 저었다.

"그, 그게 저기……."

"왜?"

"객잔에도 저 늙은 다동이…… 그런데 서른 잔에 한 잔씩 독이 있다고…… 취미 생활이라는 건데……."

"뭐라는 거냐?"

당최 종잡을 수 없는 고승의 횡설수설에 짜증이 난 육편철이 눈을 흘기고 꾸짖었다. 그래도 고승은 얼이 빠진 얼굴로 무어라 중얼거리기만 했다.

"어제 스물일곱 잔을… 그러니까 우리가 오늘……."

그새 차를 내온 왜타자 강명명이 탁자에 다기를 벌려놓고 뜨거운 김과 향기가 모락모락 피어나는 호박 빛 차를 쪼르르륵 따라주었다. 저쪽 구석 자리에서 그걸 바라보던 팔비충 천종이 버럭 소리쳤다.

"나도 차를 줘!"

왜타자가 째려보고, 천종이 다시 소리친다.

"이 썰렁한 다루에 귀한 손님을 세 분씩이나 모셔왔는데 차 한 잔도 주지 않다니, 너무하는 거 아니야?"

"미친놈."

"나도 철관음을 줘!"

떼를 쓸 기세다. 손님 앞에서 투닥투닥 다투는 꼴을 보였다가는 막 세풍에게 혼쭐이 날 터라 왜타자가 한껏 눈을 흘기고는 차 한 잔을 건성으로 따랐다.

"옜다, 처먹어라."

그러더니 찻잔을 냅다 던져 버린다.

뜨거운 찻물이 가득 담긴 찻잔이 허공을 날아가는데, 봄날 민들레 꽃씨가 하늘거리며 날아가듯 그렇게 가뿐히, 느릿느릿 어두운 다청을 가로질러 가는 것 아닌가.

넘칠 듯 찰랑찰랑 담겨 있는 찻물 한 방울도 흘러 떨어지지 않는다.

그것을 본 혈지삼살들이 모두 눈을 부릅떴다.

"히히, 고상하고 우아하구나. 차 맛도 기가 막힐 거야."

재미있어 죽겠다는 듯 손뼉을 치며 좋아하던 천종이 한 손을 슬쩍 흔들었다. 그러자 눈앞에 밀려든 찻잔이 허공에 뚝 멈춘 채 천천히 기울어지고 찻물이 주르륵 흘러내렸다.

"이크, 이 아까운 걸 땅에 쏟아버릴라."

호들갑을 떤 천종이 오른손 식지를 곧게 뻗어 잠자리를 희롱하듯 뱅글뱅글 돌렸다. 흘러 떨어지던 찻물이 그 손가락질을 따라 맴돌며 새끼줄처럼 비비 꼬인다.

"억!"

교묘하고 절묘한 천종의 솜씨에 혈지삼살이 기어이 놀란 외침을 터뜨렸다.

물이 끈적끈적하게 달라붙어서 허공에 엿가락처럼 길게 늘어지자 천종이 입술을 삐죽 내밀고 그것을 쪽 빨아들였다. 과연 한 방울도 헛되게 흘리지 않았다.

"캬, 역시 죽이는 차 맛이야!"

입맛을 쩝쩝 다시고 눈을 게슴츠레하게 뜬 채 혀를 내밀어 입술을 핥는 것이 차가 아니라 꿀을 먹은 사람 같았다.

하지만 혈지삼살은 그렇게 달다는 차를 맛보지 못했다. 아예 마실 생각마저 잊은 듯 고개를 숙이고 묵묵히 제 찻잔만 바라볼 뿐이다.

막내에게서 서른 잔마다 한 잔씩 독이 첨가된다는 말을 기어이 들은 탓이다. 혈지삼살은 어떤 잔이 바로 그 독잔인지 알 수가 없으니 감히 집어 마실 수가 없었다.

묵묵히 찻잔만 바라보고 있던 대살 장략이 성큼 손을 뻗어 그것을 집어 들었다. 그리고 술을 마시듯 한입에 털어 넣어버린다.

"……!"

깜짝 놀라 바라보던 이살 육편철도 천천히 차를 마셨다. 그렇게 되니 혼자서만 버티고 있을 수가 없다. 삼살 고승이 잔뜩 눈살을 찌푸렸다.

대형과 이형이 멀쩡하니 그들의 차는 스물여덟 번째와 스물아홉 번째 것인 모양이다. 그렇다면?

'제기랄!'

자기 앞에 얌전히 놓여 있는 이것이 그 문제의 서른 번째 찻잔인지도 모른다. 그럴 가능성이 이제는 아주 높아졌다.

3

대살과 이살이 눈을 부릅뜨고 턱짓으로 재촉했다. 약한 모습을 보이지 말라는 꾸지람이다.

삼살 고승이 울상을 짓고 천천히 찻잔을 들었다. 그것을 빠는 입술이 바르르 떨린다.

꿀꺽—

한 모금밖에 되지 않는 차를 넘기는 일이 이렇게 힘들 줄은 미처 몰랐다.

삼살이 눈을 끔벅이며 멍하니 허공을 바라보는데 눈동자에 초점이 없었다.

"……!"

대살과 이살이 그런 삼살을 뚫어지게 바라보았다. 긴장으로 눈꼬리가 파르르 떨리고 있다.

탁—

찻잔을 소리나게 내려놓은 삼살 고승이 천천히 눈길을 돌려 두 사형을 바라보았다.

히죽—

웃는다.

그리고는 주전자를 집어 들더니 숨도 쉬지 않고 거푸 몇 잔을 따라 마셔 버리는 것 아닌가.

"피유—"

대살과 이살이 일시에 풀려 버리는 긴장으로 맥 빠진 한숨을 내쉬었다.

"맛있다."

삼살이 천종이 했던 것처럼 혀를 내밀어 입술을 핥았다. 어느새 주전자가 빈 것이다.

"뭐 하는 놈들 같아?"

"뻔하지."

"지옥혈?"

"아니면 어떤 미친놈들이 이런 날 여기를 지나가겠어? 그놈들이 기어이 암흑천교의 청부를 받아들인 거야."

"아닐지도 모르잖아?"

"말투 못 들어봤어? 사천 사투리에 강족 특유의 억양이 섞여 있잖아. 딱딱 부러지는 그것 말이야."

"옳거니. 그래서 장안으로 들어가는 지름길을 택해 이리로 온 거였어."

"그런데 웃기는 놈들이잖아?"

"흐흐, 놀랐을 거야."

천종과 강명명의 소곤거림을 듣고 있던 막세풍이 점잖게 말했다.

"장안에 다녀온 일은 어떻게 되었어?"

수다를 떨던 천종이 히죽 웃고 말했다.

"당 노신선 말씀이 신경 쓰지 말고 너희들 맡은 일이나 열심히, 성심성의껏 하라던뎁쇼?"

"하긴, 서천금편 추괴성, 추 형이 흑불을 데리고 그곳에 가 있는데 지옥혈이 아니라 지옥혈 할애비가 온다 한들 뭔 수가 있겠어?"

"그런데 아무래도 제가 한 번 더 나갔다 와야 할 것 같습니다."

천종의 말이 뜻밖인 듯 막세풍이 어리둥절한 얼굴을 했다.

“왜? 장안 분점에 무슨 문제라도 있는 거냐?”

“그건 아니고요…….”

슬며시 왜타자의 눈치를 본 천종이 헛기침을 하고 나서 말했다.

“당 노신선 말씀이 아무래도 염 파파가 걱정이 된다고 저더러 뒤를 따라가는 게 좋지 않겠느냐고 하셔서…….”

역시 예상대로 왜타자가 발끈해서 탁자를 두드리며 소리쳤다.

“왜 너야? 사실대로 말해! 실은 나더러 가라고 하셨지? 그걸 중간에서 네놈이 가로채려는 수작이지?”

“쳇, 강 형은 내 말을 그렇게 못 믿어?”

“시끄러! 이번에는 내 차례다. 내가 갈 테야!”

“강 형은 접때 파파의 명을 받고 한차례 나갔다 왔잖아! 그때 잔뜩 재미를 봤으니 이번에는 양보할 줄 알아야지!”

측망령(仄莽嶺) 넘어 쌍봉산(雙峰山)의 산채를 들이쳐 두령이라는 것들의 대갈통을 박살 내고 백여 명의 산적과 산채의 보물을 몽땅 실어 온 일을 말하는 것이다.

“시끄러! 그래도 내가 갈 테다!”

왜타자가 악을 썼다. 가뜩이나 뻗치는 살기를 풀 데가 없어서 몸살이 날 지경인데 염 파파를 도와주러 가라는 말을 들었으니 안달이 날 만도 했다.

“네가 시끄럽다!”

막세풍이 버럭 소리쳤으므로 왜타자는 목을 쑥 집어넣었다. 불만으로 입이 한 발이나 튀어나왔지만 더 말하지 못했다.

“네가 가면 객잔은 누가 운영해? 흑불도 없잖아.”

“하란삼패가 있잖수.”

"그놈들은 밖에 있는 산적 패거리를 통솔해야잖아."

"그럼 천수익이라도⋯⋯."

"그럼 급하게 연락할 일이 생기거나, 이것저것 정보를 모아야 할 일이 있을 때는 누가 해? 내가 하리?"

"⋯⋯."

하나도 틀린 말이 아니니 더 뭐라고 뻗댈 수가 없다.

왜타자가 잔뜩 볼을 부풀린 채 눈앞에 그 긴 얼굴을 들이밀고 히죽히죽 웃고 있는 천종을 잡아먹을 듯 노려보았다.

"찾았냐?"

"여기도 없고, 여기는 아니고⋯⋯."

딱―!

"아코!"

손가락에 연신 침을 발라가며 두꺼운 책을 넘기던 삼살 고승이 그 책 위에 코를 박았다.

육편철이 씩씩대다가 소리쳤다.

"네가 보기에는 그놈들이 백도의 기인 협사 같냐? 앙?"

고승이 열심히 넘기고 있는 곳이 백도 협사 편이었던 것이다.

육십 년 만에 강호에 나온 지옥혈이니 강호의 인물들에 대해서 제대로 알 리가 없다.

그래서 암흑천교의 청부를 받았을 때 제일 먼저 요구한 것이 강호인 명록이었다.

암흑천교에서는 백도와 흑도로 나누어 그들이 주목해야 할 고수, 기인들을 각기 삼백 명씩 추려 인명록을 만들어주었다.

총 육백 명의 고수들. 그들이야말로 당금 강호에서 가장 뛰어나거나 가장 위험한 자들을 망라한 것이라 할 수 있다.

불선다루 뒤의 객사에 든 혈지삼살은 방을 안내해 준 왜타자 강명명이 히죽히죽 웃으며 돌아가고 나자 그 즉시 인명록을 꺼내 펼쳐 놓고 고숭에게 찾도록 한 것이다.

찻잔을 가지고 놀던 꼽추노인과 말상의 사내 정도 되는 자들이라면 틀림없이 기록되어 있을 것이라고 생각했기 때문이다. 그것도 흑도의 마두들일 것이다. 대체 누구란 말인가?

신경질이 난 이살 육편철이 고숭의 손에서 인명록을 빼앗아 흑도 인물 편을 펼쳤다.

정교하게 그려진 얼굴과 그에 대한 정보가 파라락 넘어간다.

그러다가 어느 한 장에 이르러 뚝, 멎었다.

“왜타자 강명명!”

“산동의 살신이었군!”

“정말 잘 그린 그림이네. 실물이랑 똑같잖아?”

고숭이 또 엉뚱한 소리를 했다. 주먹을 들어올렸던 육편철이 한숨을 쉬고 말았다.

“도대체 네놈은 구제불능이다. 에휴—”

이 막내의 엉뚱한 호기심과 빌싱은 아무리 고쳐 주려 에를 써도 없어지지 않는다.

뜻하지 않게 말썽을 부릴 때마다 육편철이 대신해서 대살에게 혼이 났고, 그러면 즉시 고숭의 머리통을 쥐어박으며 꾸짖고 달래기도 했다. 하지만 그의 타고난 낙천적이고 엉뚱한 성격은 고칠 수가 없었다.

왜타자 강명명. 산동을 무대로 악랄한 명성을 떨치던 그자가 왜 이

궁벽한 황망령에 와 눌러앉아 있는 건지 이해되지 않았다.

"팔비충 천종이다!"

대살이 놀라 소리쳤으므로 육편철과 고숭이 거기에 눈길을 모았다.

자신들을 이 요상한 곳으로 인도해 온 말상의 사내가 하남의 대마두이자 마도십병 중 하나인 혈비월(血飛月)이라는 지독한 물건을 지닌 자라니 기가 막혔다.

다시 책장을 넘기던 대살이 이제는 멍해진 얼굴로 중얼거렸다.

"귀수독인 막세풍이다. 세상에……."

주방에서 차를 끓이던 다박사 늙은이가 실은 묘강 독왕곡의 오대독인 중 한 명 아닌가.

혈지삼살은 넋이 나가서 서로를 멍하니 바라보았다.

산동의 살귀와 하남의 대악인, 그리고 묘강의 독물까지 이 황량한 곳에 모여 있다니…….

게다가 그 세 곳은 서로 천 리가 넘게 뚝뚝 떨어져 있는 곳이다. 아무 상관도 없어야 할 자들이 이렇게 모여서 다루며 객잔을 운영하고 있다는 걸 어떻게 이해해야 할지 머리가 지끈거렸다.

"암흑천교, 이 엉터리 같은 놈들."

대살이 으드득 이를 갈고 말했다.

인명록의 강호 정세 편 어느 곳에도 황망령의 불선다루에 대해서는 언급되어 있지 않았던 것이다.

이곳이 세상과 철저히 단절된 곳이고, 그래서 이곳의 진정한 모습을 아는 자가 아무도 없다는 걸 이제 막 강호에 첫발을 내딛은 지옥혈의 혈지삼살이 알 리가 없다.

하긴, 그건 암흑천교나 광명천도 마찬가지였다.

그들은 장안성의 불선다루는 안다. 당 노인이 문파 하나를 열듯 천하에 널리 공개하며 성대한 개업식을 한 탓이다.

하지만 황망령의 불선다루에 대해서는 모아들인 정보가 아무것도 없었다. 멋모르고 이곳에 들어왔던 암흑천교의 고수들 중 살아서 돌아간 자가 아무도 없으니 그렇고, 광명천의 고수들 중 이곳의 정체를 제대로 파악하고 돌아간 자가 아무도 없으니 그렇다.

상관없는 세상 사람들이거나, 어중이떠중이 강호인들이야 얌전히 술을 마시거나 차를 맛보고 돌아갔을 뿐이다. 그때는 불선다루의 마인들 모두가 세상에 다시없이 친절한 종업원들로 변신해 있으니 누가 상상인들 했으랴.

한 가지.

광명천의 고수이자 섬서 동가장의 셋째인 대막신조(大漠神鳥) 동평우(董平佑)가 가끔 황망령의 불선다루에 찾아와 당 노인과 안면을 트고 소걸이를 귀여워한 적은 있다.

하지만 그는 당 노인이 바로 당가의 기린아 당백아이리라고는 꿈에도 생각하지 못했으니 황망령 불선다루의 본래 모습을 알 리가 없었다.

하물며 그는 지금 수천 리나 떨어진 형산 광명천 총단에 있다. 당 노인이 장안성에 불선다루를 세웠다는 소식을 들었다 하더라도 제 눈으로 보지 않은 이상 그 당 노인이 황망령의 당 노인이라고는 여전히 짐작도 하지 못할 것이다.

이와 같은 까닭에 세상 중에 있으면서도 감쪽같이 숨겨져 있는 황망령의 불선다루. 그곳에 우연찮게 들르게 된 지옥혈의 세 살수는 지금 저희들이 꿈을 꾸고 있는 건 아닌가 하는 의문에 빠져 있었다.

【第十二章】

혈지삼살(血地三殺)

1

"죽여 버려야 하지 않을까?"

천종의 말에 왜타자가 눈을 흘겼다.

"생각보다 귀여운 놈들인데 왜 벌써 죽여?"

"지옥혈의 살수 놈들이 틀림없다니까?"

"쳇, 그런 놈들이 살수라면 지옥혈도 개뿔인가 보다. 소문이 영 뻥튀겨졌던 거야. 거기에 속아 넘어간 암흑천교 놈들만 불쌍하지."

"그래도 그놈들이 당 노신선을 노리고 온 게 틀림없는 이상 죽여야 하잖아."

"막 형님, 형님 생각은 어떠십니까?"

궁지에 몰린 왜타자가 막세풍을 끌어들였다.

한쪽에서 지그시 눈을 감고 발가락을 까닥거리며 흥얼흥얼 묘강의 노래를 부르고 있던 막세풍이 졸린 눈을 뜨고 바라보았다.

"손님이잖아."

그 한마디로 왜타자와 천종의 언쟁이 끝났다.

어둠이 물 흐르듯 조용히 흘러간다.

허공에 흐르는 음침하고 차가운 기운 하나.

그것이 스치고 지나간 곳의 땅이 아주 잠깐 흙먼지를 일으켰을 뿐이다.

후원의 담을 그림자가 되어 뛰어넘은 복면의 야행인이 장력을 일으켜 마른땅을 가볍게 눌렀다. 그리고 그 조그만 탄력을 빌어 다시 허공을 접어 나아갔다.

무게가 없고 형체가 없는 허깨비인 듯한 그 가벼운 움직임.

이살인 기환십표 육편철이었다.

그가 어둠이 되어 흔적없이 사라진 곳을 또 다른 어둠이 흘러갔다.

육편철의 움직임을 오히려 능가해 보이는 은밀함과 신속함.

힐끔 뒤를 돌아보는 눈빛이 어둠 속에서 하얗게 빛났다.

구박덩어리인 삼살 환검 고승이다.

그들이 각기 향하는 곳은 불선다루와 불선객잔이었다. 그리고 쿵, 하는 가벼운 소리와 함께 역시 복면으로 얼굴을 가린 불패장도 장략이 담 아래 우뚝 섰다.

그는 무거운 걸음을 옮겨 천천히 다루도 객잔도 아닌 바깥쪽의 어둠을 향해 걸어갔다. 황토 언덕에 숭숭 뚫려 있는 동혈 쪽이다.

이살 육편철이 향하는 곳은 다루 왼쪽 팔비충 천종의 숙소가 있는 흙집이었다.

어둠 속에 고요히 가라앉아 있는 것이 깊이 잠든 모양인 듯 기척이 없다.

육편철이 창틈에 눈을 갖다 댔을 때였다.

"흥!"

낮은 코웃음소리가 귀를 찔러왔다.

"흡!"

놀란 숨을 들이마신 육편철이 즉시 공중제비를 돌아 물러서며 온몸의 감각을 최대한 끌어올렸다.

쉿!

회초리를 가볍게 휘두른 것 같은 파공성.

육편철이 즉시 몸을 틀며 왼손으로 가슴을 가리고 오른손을 칼처럼 뻗어 허공을 베었다.

그가 만들어낸 파공성이 싯! 하는 소리를 내며 뻗어나가고, 뒤에서 은밀히 찔러오던 한줄기 암경과 부딪쳤다.

픽!

암경이 터지는 낮고 묵직한 소리가 났다. 육편철은 비로소 제 앞에 우뚝 서 있는 길쭉한 사람을 보았다.

복면을 쓰고 있어서 번쩍이는 두 눈만 드러나 있는 자. 몸에 달라붙는 흑의경장을 입고 등에는 검을 지고 있다.

"……?"

육편철의 눈길이 아주 잠깐 흔들렸다.

처음 복면괴한을 보았을 때는 팔비충 천종이라고 생각했는데, 등에 지고 있는 검을 보고는 그가 아닐지도 모른다는 생각이 불쑥 든 것이다.

강호인명록에 의하면 그는 검을 쓰는 자가 아니다. 마도십병에 들어 있는 혈비월이라는 월륜이 그만의 독특한 기병(奇兵)이 아니던가.

　육편철이 복면괴한에게 발목을 잡혔을 때 왜타자 강명명을 염탐하러 갔던 삼살 고승도 그와 같은 상황에 처해 있었다.
　그가 앞을 가로막고 선 작은 복면인을 뚫어질 듯 노려보았다. 흑의 경장을 입고 있는데, 뚱뚱한 몸집이니 헷갈린다.
　왜타자 강명명은 꼽추이고 보통의 몸집이지 않던가. 그런데 눈앞에 있는 자는 강명명보다 한 자는 더 컸고 뚱뚱하다.
　“흐흐흐, 야밤에 돌아다니는 쥐새끼야. 뭘 훔쳐 먹으려고 그러느냐?”
　뚱뚱한 흑의복면인이 음침한 음성으로 이죽거렸다. 입에 무엇을 물고 있는 듯 어눌한 음성인지라 그것이 왜타자의 것인지 아닌지 분간할 수도 없었다.
　이제는 그가 누구이든 아무 상관 없다. 행적을 들킨 이상 죽여서 나를 감출 뿐이다.
　쨍―
　고승이 등에 지고 있던 검을 뽑아 들었다.

　쉬잇―!
　세 가닥의 지풍이 쇠뇌처럼 어둠을 뚫었다.
　복면괴한이 급히 숨을 들이쉬었다. 옷자락이 바람을 잔뜩 품은 듯 순식간에 부풀어 올랐고, 퍽! 하는 소리와 함께 육편철이 쏘아낸 지풍이 그것에 세 개의 구멍을 냈다.
　그뿐, 그의 내력을 실은 송곳 같은 지풍은 부드럽고 질긴 무엇에 가로막혀 흩어지고 말았다.

'호신강기!'

육편철이 속으로 부르짖었다. 놀람으로 눈이 휘둥그레졌지만 그대로 서 있을 수가 없었다. 복면괴한이 두 팔을 활짝 펼친 채 와락 덮쳐든 것이다.

파라라락!

나무토막 같은 괴한의 두 팔이 어지럽게 쏟아졌다. 마치 두 사람이 두 개의 몽둥이를 휘둘러 팔방풍우의 초식으로 마구 후려치는 것 같다.

"흠!"

어설프고 막되어먹은 삼류의 초식이지만 육편철은 감히 경시하지 못했다. 그것에 실려 있는 무지막지한 경력 때문이다. 요동치며 쏟아져 들어오는 암경의 회오리 때문에 숨이 콱 막힌다.

그래서 육편철은 아주 잠깐 자신의 장기인 비표를 날릴까? 하는 충동을 느꼈다.

품 안에 지니고 있는 열 개의 비표는 그를 대표하는 무시무시한 암기였다.

암천십류(暗天十流)는 지옥혈 내에서도 제대로 받아낼 자가 거의 없다.

하지만 그는 비표를 뽑아 들지 않았다. 그것은 오직 청부받은 자의 목에 꽂을 뿐이다.

"쓸데없는 목숨은 취하지 않는다."

지옥혈을 나오자마자 대살이 다짐해 준 말이었다.

살수가 아니라 무사로 대접받기 원하는 그들에게는 당연한 일이기도 했다.

“칫!”

분한 숨을 격하게 불어낸 육편철이 나한중중(羅漢重重)의 비결에 충실한 일장을 갈겼다.

보법이 태산을 옮긴 것처럼 무겁고 침착한 중에 수도(手刀)가 비래석(飛來石)이 되어 뚝뚝 떨어진다.

두 손을 번갈아 한 번 한 번 끊어서 내려치고 베어버리는 수법이 중원에서는 볼 수 없는 독특한 것이었다.

퍽퍽퍽! 하는 둔탁한 기음이 연거푸 터져 나왔다.

“흠.”

복면괴한이 큰 키를 휘청거리며 물러섰고, 비로소 운신의 여유를 되찾은 육편철이 그를 매섭게 노려보고는 훌쩍 몸을 날려 어둠 속으로 뛰어들었다.

“쳇, 정말 쥐새끼 같은 놈 아냐?”

그것을 본 복면인이 투덜거리더니 신경질적으로 복면을 벗어 팽개쳤다. 어둠 속에 흐릿하게 드러난 길쭉한 얼굴. 역시 팔비충 천종이었다.

“헛!”

뚱뚱한 복면괴한의 입에서 다급성이 터져 나왔다.

코앞에서 어지럽게 흔들리는 검봉에 사로잡힌 것이다.

환검. 그 이름이 달리 붙여진 게 아니었다.

한 번 검을 뽑아 후려치기 시작하자 고승은 더 이상 엉뚱하고 제멋대로인 말썽꾸러기가 아니었다.

묘하게 뒤틀리는 검로와 더욱 묘하게 점찍는 검봉의 움직임.

빠르고 신랄하다가 갑자기 태산처럼 무거워져서 엄청난 경력을 쏟아낸다. 그럴 때는 가벼운 검이 아니라 천 근이나 나가는 호두철패(虎頭鐵牌)로 찍어 누르는 것 같았다.

짐작할 수 없고, 다음 길을 예측할 수 없는 의외성으로 가득 찬 기이한 검법. 그것은 복면괴한을 놀라고 당황하게 하기에 충분했다.

'빌어먹을, 아무래도 본색을 드러내야 할까 보다.'

복면괴한이 뒤뚱거리는 기묘한 보법으로 아슬아슬하게 여덟 번의 검격 사이를 빠져나갔다. 등줄기에 진땀이 흐른다.

고승의 신법이 더욱 재빠르고 기묘해졌다. 마치 안개 속을 떠도는 유령처럼 흐느적이는 것인데, 느려 보이는 것과는 달리 순식간에 위치를 바꾸며 들어오고 나가는 걸 마음껏 하고 있었다.

핏핏핏—

다시 세 번의 검격이 촌각의 사이를 두고 목덜미와 어깨를 스치고 지나간다.

광풍수타(狂風輪駝)를 보법으로 변환한 광풍팔보(狂風八步)를 어지럽게 밟아 가까스로 그것을 피한 복면괴한이 기어이 흉성을 드러낼 찰나였다.

쉭—

그들의 미리 위로 육편철이 검은 박쥐처럼 지나갔고, 한줄기 암격이 뻗어나와 복면괴한에게 회심의 검격을 날리려는 고승의 뒤통수를 가격했다.

딱—!

"아코!"

불시에 뒤통수에 돌멩이를 맞은 고승이 후딱 돌아보았다. 육편철의

그림자는 이미 어둠 속으로 사라져 버렸고, 귓전에 그의 전음이 웡웡
울렸다.

　"대형의 말을 잊었어?"

　'우리는 살수가 아니다. 그러므로 상관없는 자는 죽이지 않는다'
라고 단단히 이르던 대살 장략의 말이 비로소 벼락처럼 머리를 때린
다.

　'제기랄!'

　고승이 후딱 검을 끌어들여 물러서며 속으로 투덜댔다. 신신당부하
던 대형의 말을 깜빡 잊고 살기를 드러냈으니 된통 혼날 것이다. 게다
가 척살 대상이 아니면 선보이지 말아야 할 자신의 검법을 반이나 펼
쳐 보이지 않았는가.

　'죽었다!'

　이 사실을 대형이 안다면 맞아 죽고 말 거라는 두려움 때문에 풀이
죽어서 싸울 마음이 씻은 듯 사라져 버렸다.

　"다음에 보자."

　훌쩍 몸을 뽑아 어둠 속으로 뛰어드는데, 처음부터 그 자리에 없었
던 것처럼 순식간에 사라져 버렸다.

　"개자식 같으니라구. 네놈이 누구인지 이제 알았다."

　뚱뚱한 괴한이 이를 갈며 복면을 벗어 팽개쳤다. 역시 왜타자 강명
명이다.

　옷 속에 또 옷을 껴입어서 몸을 부풀리고 발에는 한 자쯤 되는 작대
기를 묶고 그 위에 경장을 입어 위장한 것이다.

2

대살 장략의 기색이 심상치 않았다. 원래 무표정한 자인데 지금은
은은한 노여움을 띠고 있으니 한껏 공포스런 분위기가 조성된다.

"꿀꺽."

육편철과 고승의 마른침 삼키는 소리만 굴속 같은 방 안에 메아리쳤
다.

대살이 만난 건 막세풍일 것이다. 육편철과 고승은 자신들이 상대했
던 자가 천종과 강명명일 것이라고 확신했다. 그들이 본래 모습을 감
추었지만 느낌이라는 게 있다.

"확실히 수상한 곳이다."

무겁게 침묵하던 장략이 더 무겁게 입을 열었다. 그리고 고승을 노
려보았다.

"너는 돌아가라."

"예?"

찔끔해서 목을 움츠리고 있던 고승이 눈을 동그랗게 뜨고 변명했
다.

"종사께서 명하시길 반드시 목적을 이루고 돌아오라고……."

하지만 묵묵히 쏘아보는 장략의 눈길 앞에서 더 입을 나불거릴 수가
없었다.

"본가를 떠났으니 내 명령을 들어야 한다. 그런데 너는 살기를 드러
냈고 게다가 검마저 뽑았다."

"잘못했습니다."

머리를 팍 숙였다. 그러면서도 눈으로는 육편철을 매섭게 흘겨본
다.

‘고자질을 하다니.’

육편철은 시치미를 떼고, 대살 장략이 엄하게 말했다.

“또다시 내 명을 거역한다면 더 이상 너를 막내로 여기지 않겠다.”

혈지삼살에서 축출하겠다는 선언이다.

‘쳇, 셋이 힘을 합쳐도 될지 말지 한데, 그럼 이살만으로 당백아를 죽이겠다고?’

그런 불만이 머리를 들지만 어찌 내색할 수 있을 것인가.

“명심합죠. 다음부터는 결코 대형을 화나게 하지 않을게요.”

“요상한 곳이야. 대체 그놈들이 왜 여기에 모여 있는 건지 알아낼 수가 없으니…….”

육편철이 중얼거리며 힐끔 장략을 바라보았다. 대형은 뭘 좀 건졌느냐는 무언의 물음이지만 장략 또한 몇 차례 헛손질만 하다 돌아왔을 뿐, 아무것도 건진 게 없었다.

“밖에는 백 명이 넘는 자들이 숨어 있었다. 하나같이 고수 아닌 자가 없었어.”

말을 하는 장략의 낯빛이 어두워졌다.

“혹시 흑도 방파 하나가 모습을 감추고 때를 기다리는 것 아닐까요?”

“오호, 잠룡지처라는 거네? 여기가 말이야.”

“헛소리!”

이살과 삼살의 호들갑을 꾸짖어 물리친 대살이 다시 음침하게 가라앉은 눈길을 번뜩였다.

“더 이상 궁금증은 품지 않는다. 임무를 마치고 돌아오는 길에 들러서 다시 정탐한다. 그때는 몇 놈 죽이더라도 샅샅이 파헤쳐서 본가에 보고해야겠지.”

“흐흐흐, 그렇다면 그 키 큰 말대가리는 내 차지요.”

“꼽추 늙은이는 물론 내 거지.”

이살과 삼살이 음흉한 웃음을 흘리며 동시에 말했다.

굳게 문을 닫아건 불선다루에도 세 사람이 모여 앉아 이마를 맞대고 있었다.

“아주 훌륭한 놈들이던데? 그렇지 않았어?”

막세풍의 말에 천종과 강명명이 일제히 눈을 흘겼다.

“흥! 훌륭하기는 개뿔이 훌륭해요?”

“내가 진면목을 감추려고 본래의 실력을 반도 펼치지 못했어. 그렇지 않았다면 그 어린 놈쯤은 그냥 단번에.”

“흐흐흐, 너희들이 흰소리를 한다만, 내가 보기에는 그렇게 호락호락한 놈들이 아니야. 막상 붙으면 너희들이 밀릴지도 모르지.”

“아니, 막 형님! 대체 누구 편이오?”

“제기랄, 지금 당장 가서 그놈들을 불러냅시다. 정식으로 한판 붙어 보자구!”

“어허!”

딩징이라도 뛰쳐나갈 듯한 강명명의 말에 막세풍이 눈을 부릅떴다.

“말썽을 부리지 않으면 어디까지나 손님이다. 우리가 당 노신선과 파파 앞에서 맹세한 말을 잊었어? 손님에게는 최고로 친절한 종업원들이 되기로 했잖아.”

“손님은 무슨, 그냥 살수 놈들이지.”

"시끄러. 살수든 마귀든 상관없다. 어쨌든 말썽만 부리지 않으면 손님인 게야."

"조금 전에 말썽을 부렸잖수."

그래도 강명명은 심통이 풀리지 않아서 볼멘소리를 했다. 막세풍이 타이르듯 말했다.

"서로 진면목을 감추고 한번 시험해 본 거잖아. 우리가 그걸 내색할 수 있겠어? 그놈들도 아마 시치미를 뚝 떼고 천연덕스럽게 굴걸?"

"좋아요. 그럼 그놈들이 말썽을 부리게 만들면 되지 뭘. 그때는 막 형님도 뭐라고 못하겠지. 말썽 부리는 놈은 그냥 모가지를 뎅겅해 버린다는 것도 우리 규칙이니까. 흐흐흐."

팔비충 천종이 그렇게 중재안을 내놓았다.

그의 말이 일면 타당하고 좋은 계책이기도 했으므로 막세풍은 눈만 흘겼을 뿐 더 말하지 못했고, 왜타자 강명명은 손뼉을 치며 좋아했다.

"그렇지, 그래. 왜 진작 그 생각을 하지 못했을까?"

다음날 아침. 혈지삼살이 밥을 먹기 위해 객잔으로 들어왔다.

"아침 식사는 닷 냥이우."

어제는 다루의 종업원이었다가 오늘은 객잔의 종업원으로 바뀐 강명명이 수건을 휘둘러 탁, 탁, 소리가 나도록 탁자의 먼지를 털어내며 퉁명스럽게 말했다.

밤새 쌓인 먼지가 온통 날려서 숨이 막힐 지경이지만 혈지삼살은 아무 소리도 하지 않았다.

대살이 품에서 은자를 꺼내 내려놓았다. 그러자 금방 가격이 뛴다.

"한 사람에 닷 냥이라고."

완연한 시비조다. 하지만 대살은 아무 말도 하지 않았다. 서늘한 눈길로 바라보았을 뿐 열 냥짜리 은괴 하나를 더 꺼내놓았다. 얌전해도 이처럼 얌전한 손님들이 또 있을까 싶다.

무지막지한 바가지 앞에서도 찍소리 한 번 하지 않다니…….

이래서는 싸울 수가 없다. 강명명은 제 성질대로 할 수 없다는 게 더 화가 났지만 어쩔 수 없었다.

입맛을 다신 강명명이 어슬렁거리며 주방으로 들어갔다.

"알아서 잘해."

준비가 다 된 몇 가지 요리를 내주며 막세풍이 다시 주의를 주었다. 규칙을 잊지 말라는 것이다. 왜타자가 입술을 씰룩거리다가 한숨을 쉬고 나갔다.

탁, 탁―

던지듯 탁자에 요리 접시를 내려놓는 통에 국물이 혈지삼살의 옷에 튀었다. 몇 방울은 의도적인 듯 고승의 얼굴에까지 튀었는데, 방금 끓여낸 것이니 화끈하다.

"앗, 뜨거워!"

고승이 벌떡 일어나 매섭게 강명명을 노려보았다.

"그러게 조심해야지. 젊은 사람이 그렇게 조심성이 없어서야 쓰나. 쯧쯧……."

오히려 고승이 조심하지 않아서 그런 꼴이 되었다는 듯 책망까지 한다.

고숭이 분한 숨을 내쉬었다.

"앉아라."

하지만 대살의 그 한마디에 다시 얌전해졌다. 강명명이 어이없다는 얼굴로 고숭을 빤히 바라보다가 한숨을 폭, 쉬었다.

돌아가는 꼴을 구경만 하고 있던 이살 육편철이 지나가는 말인 듯 한마디 했다. 그냥 참고만 있기에는 억울했으리라.

"객잔의 종업원이라면 손님에게 친절해야 하는 게 기본일 텐데, 이 객잔은 그렇지 못하니 대체 누가 손님이고 누가 종업원인지 모르겠군. 주인을 불러서 따져야 하나……."

강명명이 찔끔해서 슬그머니 눈길을 돌렸다.

정체가 뭐였든 지금 당장은 얌전한 손님 앞에서 못된 종업원 노릇을 한 게 사실 아닌가. 나중에라도 서천금편 추괴성이 규칙을 따져 다그 친다면 변명할 여지가 없다.

뻘쭘해져서 주방으로 돌아온 왜타자를 막세풍이 위로했다.

"내 살다 살다 저렇게 지독한 놈들은 처음 본다. 내숭을 떨어도 저 정도로 떨 수 있으려면 보통 수련을 쌓아서는 안 될 거야."

"막 형님, 나 신경질나서 못살겠수. 이러다가 홧병이 나서 어쩌면 형 님 옷자락에다 피를 토해내고 죽을지도 몰라."

"참아라."

"그냥 죽여 버립시다. 아무도 없는 데로 끌고 가서 모가지를 뎅겅한 다음에 감쪽같이 묻어버리면 누가 알겠어?"

"흐흐흐, 나는 네 모가지가 그렇게 될까 봐 걱정이다."

"아니, 형님!"

3

그들이 떠난다.

바람이 잦아진 황혼녘, 세 필의 말을 끌어내 올라타더니 간다는 인사의 말도 없이 불선다루를 떠난 것이다.

그 모습을 왜타자 강명명과 팔비충 천종이 속으로 이를 갈며 바라보았다.

"볼일이 있어서…….”

강명명이 슬그머니 자리를 떴다.

"아이구, 배야. 아침 먹은 게 얹혔나……. 그럼 형님, 잠깐만…….”

천종도 배를 문지르고 오만상을 쓰며 슬금슬금 물러난다.

"흘흘…….”

다루에 홀로 남게 된 막세풍이 알 듯 모를 듯한 웃음을 흘렸다.

혈지삼살은 언제 무슨 일이 있었느냐는 듯한 얼굴로 황망령을 내려가고 있었다. 구불텅거리며 끝없이 이어져 있는 누런 황토의 능선들이 아름답게 보이는 황혼 무렵이다.

"쓸데없는 살생은 하지 않는다.”

문득 대살 장락이 혼잣말처럼 중얼거렸다.

이살 육편철과 삼살 고승의 입가에 싸늘한 웃음이 걸렸다.

느낀 것이다.

자신들을 노려보는 눈길, 아니, 그에 앞서 이마에 와 닿는 싸늘한 기운을 감지했다. 기감(氣感)이라고 하는 것이다.

혈지삼살은 자신들을 노리고 있는 자가 누구인지도 이미 눈치 챘다. 하지만 태연하기만 하다.

모르는 척할 뿐인데, 왜타자 강명명과 팔비충 천종은 그들이 정말 모른다고 여겼다. 그래서 회심의 미소를 짓다가 불쑥 나섰다.

"서봐!"

황토 언덕 위에 우뚝 서서 소리치고 주르륵 미끄러져 내려왔다.

삼살 고숭이 나섰다.

"뭐야? 계산이 남은 거라도 있나?"

"물론이지. 흐흐흐……."

왜타자 강명명이 그의 상징이자 무시무시한 병장기인 철장(鐵杖)으로 땅을 찍으며 음침하게 웃었다. 그 곁에서 팔비충 천종은 팔짱을 낀 채 곁눈질로 혈지삼살을 흘겨보는데, 입가에 비릿한 비웃음이 떠올라 있었다.

강명명이 푸른 눈빛을 번쩍이며 스산하게 말했다.

"아직 끝나지 않은 계산이 있어. 나는 그걸 받아야겠다. 그러니 주고 가."

"무슨 소리야? 하룻밤 숙박료와 몇 끼 밥값으로 이백 냥이나 뜯어갔다. 그런데도 부족하다고?"

"너희 세 놈의 모가지는 멀쩡하잖아. 그걸 떼어주고 가라. 그래야 셈이 끝나."

"무엇이?"

고숭이 발끈해서 얼굴을 붉혔다. 그러나 이살과 대살은 묵묵히 침묵할 뿐 아무런 기색도 없었다.

고숭이 애써 분한 숨을 참으며 침착하게 말했다.

"돌아가라. 그러면 우리도 보지 못한 척, 듣지 못한 척 우리 길을 가겠다."

“목을 쥐. 그러면 가지 말라고 고사를 지내도 간다.”

“으음—”

말로 해서 될 일이 아니다. 고승이 힐끔 대살을 돌아보았다. 그는 여전히 무표정한 얼굴로 짙어져 가는 서쪽 하늘을 바라보기만 했다. 자신과는 상관없는 일이라는 듯하다.

속으로 투덜거린 고승이 다시 대꾸했다.

“너희는 강도냐? 불선다루는 강도들의 소굴이었던 게냐?”

“흐흐흐, 그럼 강도가 되어볼까? 살수 놈들을 때려잡는 강도 말이야.”

“무엇이!”

“하찮은 살수 놈들 주제에 무게 잡기는……. 냉큼 목이나 늘여.”

“우리는 살수가 아니다!”

“아니면? 우리가 살수냐?”

“…….”

강명명의 비웃는 말에 대살과 이살의 얼굴에도 드디어 싸늘한 한기가 서리처럼 덮였다. 하지만 그들은 여전히 나서지 않았다. 막내 고승에게 맡기겠다는 듯하다.

살수는 천한 직업이다. 무사 축에도 끼지 못한다. 오직 청부받은 자의 목숨을 취하기 위해 온갖 비열한 수난과 방법을 가리지 않는 자이기 때문이다.

그래서 강호의 무사들은 살수에 대해서 경멸하고 혐오했다. 그건 흑도와 백도가 다르지 않다.

강명명이 자신들을 비웃자 더 참지 못하게 된 대살이 낮게 꾸짖었다.

“말이 지나치다!”

“핫! 지나치다고? 너희들이 민산의 지옥혈에서 나온 살수 놈들이 아니라고 하는 거냐?”

“알고…… 있었군.”

“흐흐흐, 너희들이 어디로 가는지, 누구를 죽이려고 하는지도 잘 알지.”

“어떻게……?”

강명명이 한심하다는 듯 혀를 찼다.

“쯧쯧, 미련한 놈들. 그래 가지고 무슨 살수 짓을 하겠어? 이놈아, 너희가 간밤에 묵어간 곳이 어디지?”

“불선다루…….”

“그럼 너희가 지금 가고 있는 곳은?”

“……!”

“이제야 눈치를 챈 모양이군. 그런 대가리로는 살수는커녕 동냥질도 제대로 해먹기 힘들겠다. 그따위 머리통을 달고 있으면 뭐 해? 이리 와라. 내가 그냥 떼어줄게. 공짜다.”

“으으음─”

대살이 깊은 침음성을 흘렸다.

“제기랄, 대형!”

고숭이 분을 참지 못하고 검자루를 움켜쥔 채 소리쳤다.

그들이 이렇게 노골적으로 나오니 대살로서도 피해갈 방법이 없다. 그가 말을 뒤로 물려 물러서며 턱을 끄덕였다.

기다렸다는 듯 고숭이 등자를 차고 뛰어올랐다. 대형의 허락을 얻었으니 기분만으로도 날아갈 듯하다. 참고 참았던 울분을 마음껏 터뜨리는 건 물론, 가슴을 답답하게 했던 무엇도 시원하게 터뜨려 버릴 수 있다.

내 솜씨를 마음껏 펼칠 수 없었던 것 말이다.

"끼야앗!"

허공 높은 곳에서 그의 날카로운 기합성이 터져 나왔다.

번쩍—!

눈부시게 하는 검광이 창백한 하늘에 가득하다.

"엇?"

천종과 강명명이 크게 놀라 소리치고 즉시 갈라졌다.

콰앙—!

그들이 있던 곳의 땅거죽이 무지막지한 검기를 견디지 못하고 터져 나간다. 자욱하게 날리는 흙먼지가 짙은 구름 같다. 그 속에서 고승이 쳐내는 검기가 뇌전인 듯 번쩍이며 몸부림을 쳤다.

'이럴 수는 없다!'

왜타자의 낯빛이 창백해졌다.

그가 급히 철장을 들어 자신의 성명절기인 추혼철장(追魂鐵杖) 중 가장 난폭한 광풍쇄혼(狂風碎魂)의 초식으로 맹렬하게 후려쳤다.

윙윙거리는 날카롭고 웅장한 소리가 멀리까지 울려 퍼진다. 시커먼 장영(杖影)이 먹구름처럼 사방을 뒤덮었다. 그 속으로 고승의 검강이 벼락이 되어 꽂힌다.

쿠아앙—!

쇠와 쇠가 부딪치는 소리라고 믿을 수 없는 굉음이 터졌다.

"우욱!"

왜타자가 한 모금의 선혈을 토해내며 미끄럼을 타는 것처럼 빠르게 물러섰다.

"이놈!"

놀란 천종이 그 자리를 메우며 힘껏 혈비월(血飛月)을 날렸다.

자욱한 흙먼지와 번쩍이는 검광에 가려져 고승의 모습은 보이지도 않는다.

마도십병의 하나인 혈비월이 마치 먹이를 찾는 독수리인 것처럼 그 지독한 검광을 뚫고 번쩍이며 날았다.

허공 가득 혈비월이 토해내는 음산한 울음소리가 울린다. 소걸이에게 자랑 삼아 던져 보이던 때와는 비교할 수 없이 무섭고 맹렬한 수법이다.

"좋아! 신나는구나!"

어두워진 저쪽에서 고승이 들떠 외치는 소리가 들렸다. 비로소 자신의 모든 것을 마음껏 펼칠 수 있게 되어 한껏 흥이 오른 듯하다.

쩌엉—

대기를 가르는 벽력음.

그것이 고승의 삼 척 장검이 토해내는 어마어마한 검강이라는 걸 보고도 믿을 수가 없다.

후웅— 하는 웅장한 소리를 남기고 뻗어나간 한줄기 창백한 빛이 십 장 허공에 걸린 혈비월을 때렸다.

콰앙—!

요란한 소리와 함께 새파란 불똥들이 우박처럼 쏟아진다. 혈비월에 실려 있던 천종의 막강한 공력이 낱낱이 깨졌다. 그리고 그것을 깨뜨린 검강의 여력이 무지개처럼 뻗쳐오르더니 한줄기 별똥별이 되어 떨어졌다.

"으헉!"

크게 놀란 천종이 남은 모든 힘을 발끝에 모아 힘껏 땅을 걷어찼다. 그의 신형이 누가 뒤에서 세게 잡아당긴 것처럼 한줄기 잔상을 남기고 사라졌다.

쿠아앙—!

그 자리에 떨어진 검강이 마치 포환(砲丸)이 터진 것처럼 강렬한 폭발을 일으켰다. 돌과 흙먼지가 무섭게 솟구쳐 날리고 움푹 구덩이가 파였다.

"이, 이, 이런!"

천종과 왜타자는 입을 딱 벌린 채 부들부들 떨었다. 지나친 놀람이 그들의 넋마저 빼앗아가 버린 것 같다. 삼살의 막내인 고승의 검법은 그들이 처음 겪어보는 극강한 것이었다.

어젯밤에만 해도 초식의 현란함이 혀를 내두르게 했을 뿐이었는데, 그것에 실려 있는 검력이 이처럼 무시무시할 줄이야……

설마 저 멍청해 보이는 놈들의 무공이 이 정도일 줄은 꿈에도 몰랐다. 막내의 검법이 저 정도인데 다른 두 놈은 어떨 것인가.

서서히 흙먼지가 가라앉았다. 그리고 저만큼 멀어지고 있는 고승의 뒷모습이 보인다. 말이 한가롭게 꼬리를 흔들며 터벅터벅 걸어간다.

천종과 강명명을 막내에게 맡기고 태연하게 떠났던 대살과 이살은 벌써 황토 언덕 아래로 내려가 있었다. 그들은 뒤도 한 번 돌아보지 않았다.

삼살 고승이 언제 무슨 일이 있었느냐는 듯 말 등에서 몸을 흔들며 점점 멀어졌다. 그의 흥얼거리는 콧노래 소리가 천종과 강명명의 귀를 울리고 머리 속 가득 웅웅 울렸다.

그가 언덕 아래로 내려가 보이지 않게 될 때까지 멍하니 서 있던 두 마두가 한숨을 쉬었다.

"큰일이다. 감당할 수 없는 놈들이 나타났어."

『불선다루』 5권에서…